永生剧场

曾铮 著

北 京 出 版 集 团
北京十月文艺出版社

目录

1 死神回归

三月第一次遇到大团长，是在他的葬礼上。出席葬礼的全是陌生人，死神也在其中。然而，大团长给三月留下的第一印象却并非一具行将入土的遗体。

那时，半座教堂已沉入泪水的雨季。三月在吊唁的队列里，见到白花从众人怀中冒出，蔷薇、百合、梨花、桔梗花，全是一样的白，就连自己怀中也有一捧，他却根本想不起它们的来历。三月的记忆似乎已经被泪水打乱，他发现一口棺材，赫然安放在刚才还空无一物的地方。棺材里躺着一人，鲜花覆盖，他就是葬礼的主角，大团长。三月不知死者生前统领过什么团，但从前来吊唁的人物推断，那或许是一个杀人如麻的军团，足以慑服教宗和国王，又或是一个驱遣恶魔的神秘团体，就连巫婆和术士都不得不敬畏。不过，最让三月不安的，还是大团长的模样。他面色红润，嘴角似乎还留有一丝戏谑的浅笑，根本不像死人，却比想象中的死人更加惊悚。

三月不愿上前，但一股怪异的牵引力控制着他，将他与那副棺材紧紧相连。迷幻的烛光笼罩他的头顶，把他的影子投落到棺材里，每迈出一步，影子便沿着死者的身躯往上攀爬。等到影子完全躺入棺材，漫过大团长的双眼，三月心里也只剩逃跑一个念头。他刚要递出手中的花，身体就僵住了。他永远无法忘记那个时刻，他看见，棺材里有什么东西在动，不，不是自己的影子，是大团长的眼皮——左眼皮，它似乎触到了阴影，悄悄起伏了一下。

这是一个证据，死者眼珠转动。死者不是死者。

三月呆立在原处，面无人色，模样几乎比棺材中的大团长更接近死亡。就在那时，死神出现了。那是一团黑雾，突然从大团长起伏的眼皮底下蹿出。

“罪人啊，你不是被放逐了吗？”死神不顾棺材里的死者，反倒飘向三月，“你成了个危险的异乡人，哪怕返回，也已经染上了瘟疫，名为死亡。”

三月惊得说不出话，那是他第一次遭遇死神。等到那片黑雾在他跟前获得了形体，三月才看见了死神的骷髅面具、斗篷、长柄镰刀，以及更多将会在日后逐渐丰富的细节。

“但也正是拜你所赐，我才第一次被召唤至此。”这么说着，死神忽然撇下三月，颇有几分好奇地环顾四周，“一场葬礼？在我缺席的地方？你们为何要在乐园中渴求苦难？窥视死亡？但这也无妨，我正好可以借此排遣无聊……”

死神说罢便朝三月微微颔首，像是在表示感谢，却又同时举起了镰刀。三月惊恐万状，他不太确定，这场葬礼的死者究竟是谁。但这紧张的气氛仅持续了一瞬，一切就全变了。哀乐爆发出欢快的变调，覆盖遗体的花瓣飞向空中，棺材里的人猛然坐起，死去的大团长睁开了眼睛。他一把拦住镰刀，逼退了死神，转而握住三月的手，挑眉微笑，模样和善得让三月不寒而栗。大团长高声宣布：

“欢迎！欢迎参加你的葬礼！”

这真是一场糟糕的表演，犹如一出精心策划的恶作剧。后来，每当回忆起这一幕，三月都会感到疑惑，不知自己究竟在何时被推上了舞台。他相信，这都可以追溯到那次不幸的旅行。也许，从那时开始，他的命运就已注定。

三月是跟随父亲来到这座小镇的。在那以前，他们也曾去过许多别的地方。他本以为自己不会在此久留，直到父亲把他留在旅店，独自出了门，而后再也没有回来。在等待的时间里，三月张望天空，感觉天空似乎被某种怪诞注满，又有着前所未有的空洞。他百无聊赖，爬上柜子，弄翻门楣上的经文盒，让众多古旧的莎草纸散落一地。刚学识字的他不懂经文，但其中有一张颜色略白的纸条，跟别的不一样，上面画着几条街道，还有一个红圈。日后回想起来，这或许就是最初的“剧本”。但三月当时对此还一无所知，他认为这只是父亲与自己玩的游戏，便跑出旅店，寻宝去了。

归巢的鸟儿鸣叫着，远山轮廓单薄，天空是一片行将熄灭的紫色，一切都好似剧场的布景。三月走过一条无人的长街，穿过流淌栀子花香的广场，来到了红圈标注的地方。那里有一座教堂，正是葬礼举行的教堂。不过，更确切地说，那只能算半座教堂。它其中一侧的陈设的确相当齐全，有铜制的八分枝烛台，雪松木制作的礼拜长椅，地面铺设大理石砖，光滑得能映出人的倒影，窗子上还镶嵌着彩色玻璃。若非要说有什么奇怪之处，那就是这些彩色玻璃不但拼出了鱼儿、羔羊与圣徒的形象，还拼出了更多更细小、更精致，也更像是宗教符号的人类的眼睛。而这一切都没能延伸到教堂的另一侧。那里只有一道齐整的断口，就像童话世界里的魔法饼干屋，被某个庞然大物咬掉了一块。有一整面墙消失了，去向不明，而拱顶也只剩半个，几乎悬空。布道坛高出地面，高悬着，被安置在几级台阶的顶端，上面攀爬着槲寄生和常春藤的浮雕。在它后方，最重要的圣龛和凹壁一道消失，成了巨物的食粮，只余下刀切似的牙印。一切看上去都是精致的，也是残缺的。

三月在一张长椅上坐定，既没看见父亲，也尚未见到死神或大团长。他的视线恰好能越过布道坛，越过那面不存在的墙，投入暮色，再落入教堂外那片古旧的，略有几分破败的墓园里。夜幕降临，灯火通明，光芒随着哀乐跃动，在墓碑上起舞，照亮了那些由花体字写成的，被遗忘的姓名，还有他们早已模糊的墓志铭。似乎从那时起，这场葬礼就隐约透出了一种愉悦之情。

“葬礼总在落日时分举行，这是规矩。”

三月听到一个陌生的声音，流水般悦耳，仿佛自己的脑海就是声音的泉眼，它汩汩涌出，然后才流到耳畔。

“少年或许尚未知晓，有些事物会因残损而完整，因缺憾而丰富。被崇拜供奉的事物会突然消失无踪，取而代之的是遥远的安息之地。”

三月发现一个女子，就坐在近旁，只见她衣裙纯白，长发纯白，脸上也是纯白，既没有血色，也没有皱纹和瑕疵，若不是瞳仁中还有一点幽蓝的光，三月会以为自己遇到的并非活人，而仅仅是这座魔法饼干屋里同样被施了魔法的石像。除了三月以外，没有任何人看她。她就像并不存在，只有声音在汩汩流淌。

“死者与生者之间，本应有一条界线，圣殿与墓地之间，本应有一堵墙。现在，它消失了，像突然升起的幕布，彼世的舞台在此展现，让你看到生命的背面。于是，等不到自己的棺材被抬过门洞，你的视线就先于身躯，抵达了那里。”

不确定对方是否正在对自己说话，三月耳根发烫，在长椅上不住地挪动身子。就在那时，教堂里忽然一静，各种各样奇怪的角色便开始粉墨登场。

最先走上布道坛的是一个中年男人。他身形矮胖，手执圣典，身上的祭仪礼袍非常考究，若不是左颊上留着一道很深的伤疤，此时他的神情便堪称庄严。三月不知他是牧师还是主教，正想数数他礼冠上的珍珠，注意力却很快下移，停在了男人的脑壳上。中年男人的脑壳往往是个让人难堪的场所，哪怕不是一片荒芜，也多半寥落稀疏，纵有信仰加护，亦难得幸免。这脑壳虽也不例外，三月却还是一眼就发现了它与众不同的地方。它多了个常人没有的东西，鲜艳、肥硕，明显营养过剩。三月相信没有别的解释，那是一颗瘤子。

男人高高的礼冠罩住了瘤子的后缘，所以三月并不确定它究竟有多大。但它实在太大，不仅无法被完全遮挡，反而迫使礼冠歪向一边，令其变成一座辉煌的斜塔，随时都有倒塌的危险。男人以一种洪亮的声音开始说话。三月相信那一定是某些庄重的、得体的，颂扬或缅怀的话，但他一句也没听进去，这不仅因为他仍盯着那颗瘤子，更因为纯白的女子又在他身边开了口，说：

“那是教宗。”

三月心中一惊，却很快就信了。

女子自顾自地述说教宗的故事。他如何叫停了赎罪券的销售，如何颁布禁令限制修道士饮酒，如何不再像众多前任那样热衷于对异教徒发动战争，却开始资助炼金术、医学、天文和航海，如何掀起饮食革命，推广玉米、番茄和辣椒，并拒绝在礼拜五吃鱼。三月没有记全这些故事，这倒也值得庆幸，当三月在小镇滞留的日子一天天延长，他将会发现，教宗并不怎么乐意与旁人分享自己的过去。他不愿意透露脸上伤疤的由来，也不愿解释礼袍上的宝剑和翠鸟都有哪些寓意，唯独热衷于讲述那场改变了无数人命运的宏大远征，以及那段装点着鲜血与杀戮，奇迹与天启，并最终促使故事的主角从佣兵脱胎为圣徒的传奇。

三月注意到瘤子很快就开始冒汗，因高热而泛红。教宗掏出手帕擦汗的瞬间，一抹隐约的光晕从礼冠下颤动而出，使三月有如窥见了圣人头顶的光环。三月被那场面吸引，急切地等待白衣女子讲述与瘤子有关的故事。但声音源源不断地流过，却唯独对瘤子始终没有提及。

紧随教宗登场的是另一位男子。他刚一走进视野，三月顿觉眼前闪起金光。那人比教宗高大年轻，相貌也颇英俊，头戴金色桂冠，披风阔大，边缘缀满流苏，绛红的丝绒，白貂皮的衬里，此外还绣有精巧的蜜蜂和蔷薇纹样，那气派与其说适用于英雄远征，不如说更适用于凯旋的仪仗。三月正要生出敬畏之情，却突然感到有点异样，经过仔细观察，他才意识到问题出在哪里。

那是一撮胸毛。三月不会看错。虽然披风已经裹住男子全身，但那撮胸毛还是从披风左右交叠的缝隙里冒出，夹在两片白貂皮衬里之间，格外抢眼。三月不禁发呆，盯住那人看了又看。那人讲演得激情四溢，肢体也频频招展。三月看见了他披风下的白膝盖，还有光秃秃的脚指头。三月确信，那人除了披风之外，什么也没穿。

“那是国王。”

女子淡然的语气似乎带有魔力，能让人相信她所说的任何事情。三月已不像方才那样惊讶，既然长着一颗大瘤子的人能够成为教宗，那么让一个裸奔男子当上国王也不是什么大不了的事情。女子开始讲述国王的故事。据说，他是一位开疆拓土的统治者，但在将周边的敌国全部征服之后，他又立即解雇了原先的军事顾问，让一名兔唇又驼背的宫廷小丑当了好几年将军。据说，他也是一位开明的君主，曾大手一挥就解放了数万农奴，却又同时颁布了最奇怪的政令，对蓄络腮胡子的男人和穿皮裤的女人征收重税，还将全国的吟游诗人召集到一处，将他们的班卓琴全部没收焚毁，再统一发放陶笛或风笛。而在另一个真假难辨的故事里，国王还下令把王城的每一座建筑都漆成黑色，再在王宫的每一扇窗前安置一支上好了膛的火枪，好让他能随心所欲地射杀那些总爱在屋顶咕咕叫的鸽子。不过，在所有这些离奇甚至自相矛盾的故事里，女子似乎始终没有触及最让三月在意的，国王裸奔的原因。

正是从那时起，三月开始对大团长感到好奇，他想要知道这位大团长究竟是什么人，竟能让教宗和国王都亲自赶到这个偏远的小镇，来参加他的葬礼。

还没等国王退场，又一个角色蹿上了布道坛。那是一个老妇人。矮小、丑陋，头发混乱地缠结在一起，就像一团死掉的章鱼触须。衣衫褴褛——这只是一种较为委婉的说法，事实上，三月相信她穿的不是衣衫，而只是经过编织的树叶和兽皮。最让人印象深刻的，是悬在她胸前的许多项链。它们的材料千奇百怪，既有蝴蝶的翅膀和甲虫的鞘翅，也有乌鸦的羽毛和蜥蜴的尾巴，还有早已褪色的贝壳，以及不知是什么生物的眼珠和牙齿……在这些破烂儿中间，又俨然夹杂着好几颗鹅蛋大小的珍珠，缀着各色闪烁异光的宝石。老妇人拄着拐杖，身后紧跟着一只深灰色的大鹅。她走起路来脚有点跛，她的鹅也一样。尽管如此，他们的动作都出奇敏捷。老妇人刚站定，还没说话，大鹅就扑棱翅膀，跳上布道坛，抢先叫了一声。那叫声很响，有点像人类的笑声。

“那是巫婆。”

白衣女子依然如石像般平静，这让三月越发困惑。相对于教宗和国王来说，巫婆算是什么角色？难道国王不会立刻抽出宝剑，教宗不会下令将她绑上火刑柱，民众不会把那只肥鹅抓住，做成烤鹅？三月环顾四周，发现众人依然神情肃穆，一声不响，仿佛被施了巫术。那只鹅直立脖子还要再叫，倒是巫婆没有给它机会，她一把捏住鹅脖子，在三月看清她的手法之前，鹅脖子就像一根细绳似的被打了个结，任凭它怎么扑腾都没能再叫出声来。

巫婆开始哀悼死者。但她的话语很可能来自另一个时空，其中掺杂着不少三月从未听过的字、词，以及许多靠人类的舌头和声带根本无法完成的发音。但无论如何，三月听出了巫婆的悲痛。待她从项链上摘下一只透明的海螺，举过头顶，把一种清亮的液体滴入眼窝，三月竟觉得鼻子一酸，随即就听见周围抽抽搭搭地响起了哭声。

从那时起，三月的记忆就变得越发模糊。他又见到好几个人登场，退场，不断高涨的情绪如海潮般裹挟而来，终于将他推进吊唁的队伍……

现在，当死神被逼退，大团长从棺材中一跃而起，周围的众人也终于破涕为笑。三月听到了掌声，听到了欢呼声，也听到了不体面的鹅叫，而在这一团混乱之中，还有那个如泉涌般清澈的声音，一直伏在耳旁，告诉他说：

“此处即剧场。现在上演的，是全新剧目，《你的葬礼》。”

大团长仍在推进演出，但三月已记不住任何一句台词。周围的喝彩声铺天盖地，终于让他意识到了观剧者的存在。他们人数众多，就坐在教堂外，隔着那堵被咬掉了的，并不存在的第四面墙，盯着三月，在夜色里闪烁着猫儿般发亮的眼睛。除此之外，一同闪烁的还有窗子上的彩色玻璃，仿佛天使和神都被邀请到了各自的观众席上，睁大了他们的眼睛。至此，三月才恍然大悟。原来，这半座教堂只是一个精心设计的舞台，而这整场葬礼也只是一出夸张的戏剧。大团长所统领的既非军团，亦非什么神秘团体，而只是一个剧团。所以，理所当然，刚才的教宗只是假的教宗，刚才的国王也是假的国王，死神不是真正的死神，就连巫婆和她的大肥鹅，也全都出自高超的演技……至少，在当时，天真的三月就是这么认为的。他长舒了一口气，对自己的推断没有半点怀疑，他转向纯白的女子。

“你是？”

“我？”对于有人提到自己，女子似乎不大习惯，就好像这违反了某种众所周知的规矩。但她还是破例回答了三月，“我是旁白。”

2　国王的新衣

《你的葬礼》在小镇上演了至少六场，乃至七场。而这“六”和“七”的分歧之所以存在，是因为对于最后那一场究竟能不能算正式演出，人们无法达成共识。三月虽不情愿，却参加了每一场演出，因为父亲自那天起就失踪了，再也没有回来。而早在第二次葬礼开演之前，男孩就已经被迫搬出旅店，住进了“悖逆之家”。悖逆之家是镇上的孤儿院，它原本不叫这个名字，后来因一出戏剧改名，自然也是大团长的剧本。当时的三月对此还一无所知，他只感到惶然和沮丧，而《你的葬礼》则恰巧映照了他的心情。当然，最后一幕除外。三月讨厌那一幕，讨厌死神，也讨厌死者突然复活的闹剧，更讨厌那恶毒的欢快，甚至想要把大家的剧本偷偷改写。为了抗议，他拒绝再次出演那个被惊吓的少年，这让他有了更多空闲时间，能够沉浸于自己的不幸，为父亲担忧，并记下眼前发生的一切，试图找到父亲的线索。

他发现，即使是同一出戏剧，每一次演出都与上一次有所差别。舞台在变，布景在变，致哀者的悼词和旁白的念白也次次不同，就连死神的形象、举止和神情也似乎在酝酿着某种剧变，而最为明显的不同，则是棺材里的大团长。每一次，大团长都会穿上一套全新的寿衣，无论材质、样式还是配色都迥异于先前的任何一套，而无论哪一套，都美得堪称珍宝。寿衣被大团长穿在身上，嵌在棺材里，远望去，仿佛死去的不是人，而是某件得不到承认的杰作，被吊唁的也并非大团长，而是某种夭折的艺术风格。不过，在很长一段时间里，三月都不知道，这些令他印象深刻又彼此迥异的寿衣事实上全是同一个人的作品。

那个人就是小镇上唯一的裁缝，被大家称作蜘蛛。

这个绰号是她成为裁缝后才获得的，因为在那以前，蜘蛛还不是单独一人，而是一对孪生姐妹。这对孪生姐妹成为裁缝的过程颇具戏剧性，事实上，就与小镇上发生的大多数事件一样，简直可以说是戏剧本身。她们从未向任何人学习过裁缝的技艺，从未碰过织机或纺车，也从未拿起过针线。在出演大团长所写的那部怪诞戏剧以前，她们只是一对女演员，长着难分彼此的漂亮脸蛋。不过，作为演员，她们无疑是称职的，甚至可以说是优秀的。《魔镜》是她们在剧团首次亮相的作品，在剧中，她们分别扮演女王和恶魔，隔着一块巨大的玻璃对话、歌唱、舞蹈，举手投足配合得出奇默契，以至于到了最后一幕的最后一句台词，当舞台开始旋转，观众才惊恐地发现镜中的恶魔根本不是虚像，而具有实体。后来，她们又出演过《漫游仙境》中的红白玫瑰，《愧》中那两位一同分娩，分享同一个孩子的母亲，以及《死睡》之中那两位分别把人引向梦境与死亡的天使。在日后传为佳话的《两个世界》中，她们扮演了一对经常互换身份游戏人间的公主和侍女，被一场突然爆发的革命拆散，不得不用对方的身份在不属于自己的世界艰难求生，而结局重逢的动人戏码与错位的对白则提供了足够的空间，让这对孪生姐妹将她们的演技发挥得淋漓尽致。平心而论，这些剧目都相当精彩，她们的演技也在不断精进，但是，真正让她们脱胎换骨的，还是大团长特意为她们构思的最后一部作品——《蜘蛛》。

这部戏剧作品取材于民间传说，来自某个遥远的，遍布葡萄、月桂和橄榄树的国度。故事的主角是一位才华横溢的少女，她纺织与刺绣的技艺无人能及，能创造出世上最美的织锦。只要她坐在织机前，便总会引来围观，哪怕是附近的精灵仙女，也会离开隐居的森林或溪流，慕名前来欣赏她的技艺。人们称赞她，在她周围吵吵嚷嚷。她对此似乎既不欢迎，也不反感，只是侧耳听着，手上的工作丝毫不受影响。仅有一次，她的织机停了下来，因为她从一位老妇那里听到了这样的称赞：她的技艺如此高超，一定是得了纺织女神的亲自传授。

“不，您错了。我的技艺源于自身的磨炼，与神毫不相干。”

少女发怒了，似乎这样的称赞对她而言是一种羞辱。她甚至宣称，即便是直接与女神比试，她也有信心获胜。老妇不以为然，她拥有太多人生经验可以与人分享，她劝诫说：人的技艺只能与人相比，无论多高超，都绝不要尝试与神一较长短。少女自然不听老妇的忠告，戏剧也由此被推至高潮。就如观众早已预见的那样，老妇摇身一变，现出了纺织女神的真身，一场女神与少女之间的织锦比赛就此展开。

在剧中，孪生姐妹分别出演了女神与少女。舞台上有两台织机，左右对峙。当她们俩手舞足蹈起来，扮演精灵与仙女的配角们就会协力扬起早已准备好的巨大幕布，演绎出织锦上的瑰丽场景。女神的织锦总在展现神的伟大与庄严，背景是天空，中央端坐着神祇，正投掷出他的愤怒，有时是火焰，有时是闪电，有时是三叉戟。人类永远只出现在角落，姿态也永远是畏惧匍匐。至于另一侧的少女，则总在讲述神与人类交媾乱伦的故事，她的织锦总在展现一位人类少女，身边跟随着各式各样的神，这些追求者有时化身成天鹅，有时化身成公牛，有时化身成一场雨。但无论如何，神就在人身边，就在触手可及之处，而人则几乎总能与神融为一体。

那么，结果如何？技高一筹的究竟是神，还是人？

若有谁这么追问，那么任何一位曾在现场的观众都会超然一笑，幽幽地说：各有胜负。他们之所以会这么回答，倒不全是故作高深，毕竟，这出戏剧也像《你的葬礼》那样，上演过不止一场，而早在那时，大团长就已经养成了一种令人头痛的恶习，不断改动业已完成的剧本。于是，有时，胜者是女神，有时，胜者又成了少女，而这两位人物的扮演者是一对孪生姐妹的事实似乎也在暗示着，剧作者从一开始就有意将胜负本身变成一个无解的谜。不变的是，无论谁胜谁负，女神最后总会发怒，总会施展她的魔力，毁掉少女的作品。而这魔力也会因愤怒失控，将落败者吞噬，使其变成一只巨大的蜘蛛。蜘蛛永不停息地编织，在一张网中，成了自己作品的囚徒。

这变幻不定的结局一下子成了热门话题，让观剧者们津津乐道了好长时间。为此，曾有人开过赌局，更有人专门从演员那里收购来剧本，想要从中分析出最后的结局。但他们非但没能如愿，反而意外地发现了一个事实：即便是演员自己，即便已身在舞台，也常常看不清故事的走向。因为即使是同一出戏剧，大团长也会为每一位登场人物准备好他们各自专用的、独一无二的剧本。天知道他为何会有如此惊人的精力和耐心，但这在剧团里早已不是秘密。所有人都明白，自己手中的剧本并非故事的全貌，仅只记录了某一个角色的行动和见闻，他们也早就知道，为了使故事和冲突看上去更加逼真，不同角色的剧本很可能从一开始就彼此矛盾，而为了保持这种逼真，他们也很有默契地不去相互探听，这就使情节的发展变得更不确定。

那么，《蜘蛛》究竟打算说明一个什么道理，又想要对观众产生怎样的教益呢？支持女神的人会说，少女被变成蜘蛛是因为她受了惩罚，而女神先前所做的一切都只是对人类傲慢的警告。我们应当引以为戒，保持谦逊，对诸神怀有敬畏之心。而支持少女的人则会说，女神变成蜘蛛是出于惭愧内疚，她先前所做的一切都只是因为妒忌和恼羞成怒。我们应当像少女那样，勇敢反抗权威，赞美人的荣耀与尊严。至于大团长自己，则从未明言，他总会气急败坏地宣称，自己根本就不想说明什么道理，也不在乎什么教益。

“我只是在做准备。”他说。

“准备什么？”众人好奇。

“一场华丽的葬礼。”

在那个时候，尚无人能理解大团长的话，不过这反倒让那些无聊的好事之徒变得更加乐此不疲。热烈的讨论一直持续，直到《蜘蛛》最后一次上演，直到最后一幕，直到大家相信人与神终于要分出胜负了，才因舞台上发生的那件谁也无法料到的怪事戛然而止。

事后回想起来，大家相信，那一切都是有预兆的。有人坚称自己在那些天里曾不止一次目击到高悬在两姐妹双手与脖颈上的，一直通往天空的丝线。有人则确信自己曾听到少女腹中传出纺车转动的声响。道具组的人更是在后来坦白说，每到演出结束，他们总会在那两台道具织机上发现来历不明的丝线，而且一次比一次多，就连颜色也变得越发多彩，至于那只可供败者躲入其中的巨大蜘蛛，由木料和金属制作而成。它会在最后一幕才出场，且总会在谢幕时被蛛网覆盖，更一次比一次稠密。不过，哪怕有谁真的相信这些荒诞的证词，觉得它们都没有任何杜撰或夸大，也一样无法解释众人亲眼所见的一切。

人们宣称，当少女和女神开始最后一次比试，丝线便凭空出现了。徒有其表的织机真的运转了起来，全新的，从未有人见过的织锦很快就如河水般汩汩淌出。没有人明白这其中的原理，大家只是呆呆地望着那对入戏太深的孪生姐妹，看着她们舞动的手臂，还有在丝线上跳跃的指尖。那是一种奇异的丝线，轻盈得能够飘浮在空中，再经过少女与女神的编织，成了一团闪烁的雾。织锦上原本扁平的图案逐渐变得立体，而原本静态的事物则开始搏动呼吸。孪生姐妹并没有理会台下的惊呼，创作得越来越快，手法也越来越纯熟，终于使织锦的河水变成奔涌的洪流。很快，这两件作品就弥漫空中，开始彼此渗透、侵蚀，融为一体，庄严的神走下了云端的宝座，而少女则乘着天鹅与公牛升上了天空。

至此，比赛的胜负已然失去了意义。大家只是忘情地望着那由丝线编织的海市蜃楼，突然发现，自己的视线已无法穿透迷雾，更无法找回雾中的女神与少女。那是一场没有谢幕的演出，两位主演者都消失了，仅在舞台上留下一只巨大的，晶莹的，由丝线缠结而成的茧。后来，人们破开茧，见到了被包裹在其中的道具蜘蛛。在蜘蛛的腹中，他们找到了孪生姐妹的其中一人，而另一人则不知所终。没有人知道留在世上的究竟是胜者还是败者，女神还是少女，姐姐还是妹妹，唯一确定无疑的是，她仍沉浸在最后的戏剧之中。她忘了她们曾是一对孪生子的事实，也不再承认自己演员的身份，却如天启般获得了角色的技艺，化作角色本身。于是，自那天起，曾经的孪生子就成了后来的蜘蛛。

蜘蛛没有离开剧团，却也几乎没再登台演出。她加入了道具组，成了一名制作戏服的裁缝。在为大团长制作寿衣以前，她就已经完成了许多作品，比如教宗的长袍和礼冠，国王的披风，乃至巫婆身上那套由树叶和兽皮拼凑而成的编织物，据说都是出自蜘蛛之手。不过，对于这些事，三月当时还未曾听闻。

在遇到蜘蛛之前，三月已三次出席大团长的葬礼，也已见过三套完全不同的寿衣。但若提起这两人的第一次照面，倒是发生在大街上，人群之中。那条大街后来因舞台变动而彻底消失，去向不明，只剩几盏缠绕常春藤的街灯，像幽灵般乘着夜色在商店街和广场间游走，不时被人遇见。但这并不影响男孩的记忆，他记得很清楚，那件事发生在一个夏季的午后。明明是夏季，白昼却短得有些异样，阳光倾斜得厉害，路上的人也多得有些异常，闹哄哄的，全都拖着长长的身影。三月正和他的新伙伴们一道，走在返回悖逆之家的路上。他们刚清扫完烟囱，身上沾满了灰，显得有些狼狈。这工作让三月很不高兴。他不理解，这座小镇为什么会有那么多烟囱，又那么容易脏，竟需要他们隔三差五去清扫。烟囱里的积垢不像是自然产生的，倒像是有谁刻意准备的舞台道具。而更令他无法理解的是，有好几次工作一结束，就突然有一群人不知从哪里冒了出来，向他献上喝彩。一切都太不真实，令他厌恶。但这也难怪，毕竟，他那时还相当无知，甚至都不知道，这座小镇常常会有好几出戏剧同时上演。

两个男孩跑在最前面，一个名叫蝙蝠，一个名叫马靴，他们挥舞着扫帚，追逐着一只鹅。那鹅很肥，腿有点瘸，是镇上唯一的鹅，属于巫婆。三月不知巫婆住在哪里，但他猜那个地方很可能没有烟囱，因为他从没帮巫婆清扫过烟囱。不过，他常在街上遇到这只鹅。它总是独自赶路，身边没有主人，却仿佛有一个明确的目的地。这让三月感到好奇，有好几次，他都试图跟踪这只鹅，想看一看它最后会走到哪里，好借此找到巫婆的家，但一次也没成功。这往往要归咎于他的伙伴，孤儿院的孩子们似乎养成了一种习惯，都爱追打这只鹅，以此为乐。后来，三月相信，他们之所以有这种爱好，并不全是因为孩童天生的残忍，更是因为，那只鹅生气时的反应实在太过有趣。是的，它不但会生气，还会骂人。

"嘎！嘎！没教养的小鬼！不学好的家伙！"每当被冒犯，大肥鹅就总会如此高叫，用一种怪异的声线嚷出人类的话语，"你们可知道我是谁？"

而它接下来所说的更是一次比一次滑稽。有时，它声称自己掌握着长生不死的秘诀，有时，它又声称自己是太阳的化身。它说它出身高贵，曾为美惠女神拉过车，还是造物主的坐骑。有一回，教宗恰好路过，它竟一下子飞扑到那个中年男人怀里，用沾满泥巴的脚蹼猛踢对方的脸，大叫："快救救我，你这个忘恩负义的秃子！我可是你们的圣鹅！要不是我当年在山坡上放哨，你那帮贪睡的祖先早就输掉了战争！嘎！要不是我，你的神殿和皇宫都将不复存在，变成了野蛮人的牧场！"那天，尽管它真的被教宗从孩子们的魔爪中救了出来，却一句道谢也没有，只扔下"嘎"的一声怪叫，便又趾高气扬而去。

今天，教宗不在现场。孩子们对它追打得更欢了。

"嘎嘎！未开化的呆瓜！"大肥鹅一边在路上狂奔，一边不停咒骂，"你以为鹅妈妈的故事只是唬人的吗？我要告诉蓝胡子，让他今晚把你们统统吃掉！"

就在追逐进行到最激烈的时候，街的另一头忽然走出一群人，差点就与孩子们撞到一起。那是国王的仪仗，走在最前面的是一位红鼻子宫廷小丑，紧随其后的是一胖一瘦两位宫廷诗人，再往后是卫队和宦官，以及一匹名为"宰相"的栗色公马，还有一位头戴狼皮帽，手执狼牙棒，绰号也叫"狼"的掌玺大臣。他们浩浩荡荡，簇拥着一辆豪华的彩车。彩车很高，顶端是国王的金色宝座。孩子们停下脚步，与路人一道仰望彩车。令三月惊讶的是，路人非但没有表现出崇敬，还隐隐露出了嘲弄的神采。他们先是对着高处指指点点，随后更是爆发出笑声。很快，这笑声就像瘟疫一般感染了在场的每一个人。所有人都在嘲笑国王，说国王没穿衣服。三月听了很奇怪，哪怕是他也十分清楚，这不值得大惊小怪，因为国王那家伙本来就不穿衣服。不过，更让他奇怪的还是另一件事，这让他忍不住脱口而出，说了一句话，也正是那句话，让所有人都止住了笑，转过脸，以一种讶异的表情盯住他。

"但是，那难道不就是件衣服吗？"

可怜的三月，因为没看剧本，所以念错了台词。他根本就不知道，当时还有另一出戏剧正在上演。那是一个众所周知的故事，名为《国王的新衣》。故事里的骗子装作裁缝，向国王吹嘘自己能制作出世上最美的衣服。但这衣服实在太美，以至于只有符合条件的人才能看到，这条件有时是心灵的纯洁，有时是头脑的聪慧，有时又是合法的出身和纯正的血统……大团长会根据自己的喜好修改骗子的说辞。但无论在哪个剧本里，国王都始终如一，既不会承认自己心灵污秽，也不容许任何人怀疑他是笨蛋或私生子。于是，戏剧的结局往往大同小异。国王总会上当受骗，总会穿上那件并不存在的衣服到大街上巡游，最后也总会被笑声淹没，被自己的虚荣变成一个裸奔的小丑。

尽管故事本身乏善可陈，但它还是在反复上演，这其中最大的原因，恐怕就在于世上从来就不缺这样的国王和骗子，还有他们的扮演者。可不是嘛，还有谁能比国王——这个平时就在裸奔的家伙——更能胜任国王的角色？又有谁能比蜘蛛——这个至今仍自信是裁缝的演员——更能演好那个对着空气忙碌的骗子？一切都是现成的。所有人都这么认为。所以，当蜘蛛在某一天突然对众人宣布，她要制作出世上最美的衣裳，并在空无一物的织机前工作起来时，大家都相信，这位曾经的演员终于重拾起自己的责任，想要回归舞台……当然，除了国王和骗子，戏里还有另一个重要角色，那是一个真正纯洁的孩子，他唯一的任务就是揭露真相，率先在人群中大喊："但是，他确实什么也没穿啊！"

可惜的是，哪怕只有一句台词，三月也没法胜任。他把最精彩的地方演砸了。是的，即使他当时就听到了周围的笑声，即使事情已经过去了很久，三月依然坚信，自己那天并没有目击到国王裸奔，反倒真的看见了那套世间最美的衣服。但那究竟是一套怎样的衣服，他却无论如何也说不清楚。在记忆的碎片里，他相信自己看到了多彩的光，某种层叠的、轻盈的、漩涡般缠结的丝线……但这都不重要，真正重要的只有一点——三月根本就没见到国王。事实就是如此，如果说旁人只见到了国王，却没看到衣服，那么三月所见的情况则恰好相反。他只见到了衣服，却没看到国王。那衣服就悬在宝座上，浮于半空，仿佛拥有自身的意志，两只空洞的袖管不但鼓胀着，还会自行摆动，做出各种人类的姿势。三月瞪大了双眼，看了又看，尽管深知这完全不合常理，却终究还是确信，自己见到的就仅仅是一件衣服。很显然，三月看错了，至少，根据众人事前拿到的剧本，他确实错了。当男孩发现所有人的目光都转向自己，他也立刻意识到了这一点。

“但是，那难道不就是件衣服吗？”

三月感到难堪，但他还是站在原地，又低声重复了一遍，一边说还一边不安地扭绞着手指，害怕自己从此不再聪慧，不再纯洁，甚至是变成了私生子，又或是发了疯。就在那时，三月见到了那个陌生的女人，她穿着一条过分华丽的裙子，巨大的裙撑十分显眼。她就站在人群中，离三月很近，同样正望着男孩，眼中的惊奇却与旁人有几分相异。她凑到三月耳边，悄声问：

“这是你剧本上的台词？”

几乎是下意识地，三月摇了摇头，却突然一惊，想起不久前发生的事。他记得，就在自己终于被旅店驱逐的那个黄昏，他在孤儿院里见到了旁白，旁白似乎早已在那等候多时，还给男孩带来了一封信。那封信很可疑，信封很大，鼓鼓囊囊的，上面既没写寄件人也没写收件人，仅在封口处烙上了大团长的火漆印。旁白把信交给三月，告诉他说，这就是剧本。自第一次葬礼以来，那是三月与旁白的首次见面。男孩没理会旁白，他不信任旁白，也受够了那些可憎的戏剧。他当时只感到无助，几乎已被绝望击垮，满脑子想的都是父亲，根本没法静下心来，也就更不用说去读这么一封恶作剧的信了。现在，被这么一问，三月才想起此事，却不知那个信封后来被自己丢到了哪里。于是，三月又摇了摇头，茫然之上又添了几分胆怯的确定。女人见状，又逼近一步，裙撑碰到了三月的腿，在男孩膝盖上留下一阵刺骨的冰凉。她急切地追问：

“这么说，你真的看见了？”

三月被吓到了，他呆望着这个女人，不知该如何作答。他根本不清楚旁人没看见什么，也便无法判断自己究竟看见了什么。在短暂的沉默之后，周围的笑声终于如涨潮的海水一般淹没了他们，使对话变得不再可能……

这就是三月与蜘蛛初次相遇的情景。那一天，三月第一次产生了一种十分奇怪的想法，并为此感到不安，甚至是深深的恐惧，那就是，他或许看见了某些别人看不见的东西，或许，这个世界在自己和别人眼中有着完全不同的样子。

3 出逃

三月没看剧本，这让蜘蛛很惊讶。而除了蜘蛛以外，三月很快就遇到了另一个同样对此感到惊讶的人，他们甚至还以此为契机，成了朋友。那人也是剧团的一员，被大家称作疤脸。三月第一次见到他，就是在他的工作室里。三月不记得自己是为什么，又是怎样跑到那里去的了，而只记得在那以前，自己做了一个梦。

那是一个幽暗而窒闷的梦。三月似乎受了伤，落入一张巨网之中，他尝试挣脱，却感觉身体被越缠越紧。致密的蛛丝像蛇一样盘绕而上，笼罩着他的口鼻，堵住了他的耳朵和眼睛。他感觉自己像是被浸泡在即将凝结的油脂里，被黑暗牢牢覆盖。那黑暗阻绝了光线和声音，只留下温热、湿润和黏稠。这种状态持续了不知多久，直到黑暗逐渐冷去，转而变得坚硬，仿佛要把男孩封存其中。三月意识到了危险，胡乱拨拉起来，拼命寻找自己的脸，却像是摸到了某种动物的蛋壳，感觉到了直达颅骨的敲击和震动。就在奋力挣扎的时候，一阵血肉撕裂的痛楚忽然传来，紧接着是扑面而来的凉风，缠绕的黑暗就此退去，一切都敞开了，三月感觉自己犹如一只雏鸟，直到那一刻才破壳而出。

周围依旧昏暗，陌生的空气中弥漫着一股蜂蜡和树脂相混合的气味。三月睁开眼，在虚空中见到无数飘浮的面孔。它们像是工艺品，陈列得高低错落，远近层叠，有的英俊，有的丑陋，有的年轻，有的苍老，有的残缺不全，七窍都是黑色的空洞，有的甚至并非人类，倒像妖怪或神祇。但奇怪的是，就算在这些全然陌生的面孔上，三月还是觉察到了某种让他熟悉，却又让他厌恶的东西。说不清那究竟是什么，直到他在镜中见到自己的脸，听到有什么东西像下雨般从天而降，落在地上、墙上，还有那成百上千的面孔上，发出叮叮咚咚的声音。三月的恐惧一下子被点燃了，他发现，那落下的并非雨点，而是耳朵、鼻子、眉毛、颧骨，还有嘴巴和眼睛。它们不属于别人，竟全属于他自己，他映在镜中的虚像，现在像坏掉的零件般不断落下，四处流淌，终于汇入那一个个陌生的面孔，与它们融为一体……

三月想要大叫，却发不出声。他第二次睁开双眼，却仍不确定自己是否已从噩梦中醒来。就在此时，面孔组成的丛林中突然起了一阵骚动。

“快看啊！”首先说话的是一张海盗的脸，他胡子拉碴，戴着黑色的眼罩和二角帽，仅露出一只凶狠的三角眼。他朝三月吹了声口哨，大喊："那小子醒了！"

"嘘，快闭嘴。"紧接着说话的是一张贵妇人的脸，她有一头夸张的盘发，数十枚发饰在那里争奇斗艳，仿佛头上顶着一整座果园，"你会吓着他的。"

"事实上，我觉得我们都挺吓人的。"现在说话的是一张学者的脸，他上了年纪，叼一只烟斗，戴一副破旧的眼镜，镜片上有许多裂纹，还蒙着一层神秘的靛青，"毕竟，我们都只有一张脸。"

各种各样的面孔陆续浮现。他们围绕着三月，争论不休，直到远处传来一阵开门声，他们才稍稍收敛。早已惊慌失措的男孩朝声音的方向望去，在那里见到了一张熟悉的脸。来人快步走到近前，三月望着他，忍不住哭了。男孩一手抓住来人的袖子，像是不让对方离开，另一只手却又挡在身前，像是在拒绝进一步靠近。这种欣喜与恐惧相交叠的情感让三月陷入错乱。他急得大喊，但也不知是幸运还是不幸，这一次，他终于成功发出了声音：

"爸，爸爸？"

坦白说，那场面真是尴尬至极。三月事后再也不愿提起——他第一次见到疤脸，就把对方误认成了父亲。

疤脸曾是一位很有名的工匠，擅长制作面具。他的真名现在恐怕已无人知晓。根据旁白的说法，疤脸不是本地人，不过，如果深究起来，这座小镇恐怕压根儿就没有本地人，即使是大团长也不例外。在来到此地以前，这位面具师曾到过很多地方，寻找创作灵感，同时也寻找着某种他从未对人明言，就连自己也描述不清的事物。若不是大团长挽留，他或许根本不会在小镇上停留，更不可能加入剧团，充其量只会在这里看上一场演出，便匆匆离去。而大团长之所以挽留他，看中的自然是他的手艺。

疤脸制作的面具十分逼真，甚至比真人还要逼真。他能按照自己的希望，为其赋予不同角色，即便佩戴者在舞台上遭遇冷场，这些面具也能自行说出与角色相配的台词。无论是谁，只要戴上疤脸制作的面具，走到镜前，都会立即被镜中的形象吓到，久久才意识到那个正与自己对视的陌生人就是自己。少数人甚至会生出一种错觉，认为那才是自己原本应有的样子。疤脸曾受邀为上流社会的化装舞会制作面具。贵族老爷和夫人们争相订购，用这些面具隐藏身份，寻欢作乐，不少人还借此找回了年轻的感觉，重新燃起了已然冷却的激情。不过，也正是因为这些面具实在太过俊俏逼真，甚至都有了自己的意志，所以还发生过偷情的两人上了床才发现对方竟是原配的尴尬事件。后来，名声在外的面具师接受了一位宦官的委托，为婚后生活不和睦的皇后造了一副面具。有传闻说那副面具融合了六百六十六位美女的相貌，拥有爱神的眸子和魅魔的双唇，但真正见过它的人寥寥无几，唯一确凿的是，皇帝留在后宫的时间明显变长了，淫靡之声夜夜越过宫墙，响彻都城的街巷。民众无法入眠，也便受到感召，于是，还没到第二年，皇城就迎来了史上最汹涌的婴儿潮，而面具师也在那时接受了皇室册封，成了男爵。疤脸男爵并没在皇城久留，他很快收拾好行囊，远离了上流社会。等到皇帝终于因体力不支突然驾崩，他早已不在帝国境内，而是旅行到了遥远的南方群岛。在那里，他依然没能找到所寻之物，却被奉为上宾。一群信奉月亮，崇拜正七面体，并把鸸鹋视作圣鸟的祭司找到了他，请求他为圣典中创教的先知造像。原本，面具师只打算造一副面具，最后还是耐不住祭司们的软磨硬泡，造了七副。祭司把这些面具套在圣殿的七尊圣像头上，圣殿的宝库很快就被朝圣者的供品填满了。但好景不长，没过多久，这七副面具就先后离奇失窃，随后更是传来了先知从大海深处复活归来的消息。不难想象，这样离奇的消息当然不止一条，而是七条，来自七个不同的小岛。七位复活的先知都宣称自己才是正统，开始彼此征伐，终于让无数人血染大海，也使他们创立的宗教从此分裂成了七个支派。

意识到自己的手艺可能带来麻烦，有很长的一段时间，面具师都决心不再接受任何委托。他虽然不擅长拒绝别人，但要避开他们却轻而易举——只需戴上自己制作的面具，走进人群，他便能立即消失得无影无踪。他开始流浪、隐居，抛弃了自己原来的名字，灵感来了就制作一些尺寸夸张的面具，相信这样便不会被滥用。有一次，他恶作剧般地把一副小面具套在了旅馆屋顶流浪猫的头上，结果当地很快就流传起了“提问的斯芬克司”的传说。他又把好些做了一半的大面具扔进附近的海湾，没过多久，港口里就聚集了众多想要捕捉海妖和美人鱼的水手。

对这一切，面具师都一笑置之，继续旅行，寻找着那种他一直说不清道不明的事物。后来，在这座小镇上，他遇到了大团长。不得不说，大团长对面具师是有吸引力的，那种吸引力或许来自他宽阔的额头，或许来自他下颌的角度，或许来自他的鼻梁……当然，还有眼睛。疤脸从未告诉任何人，大团长有一双让他惊奇的眼睛。而更让他惊奇的是，就在他准备离开时，大团长竟在人群中认出了他——戴上了面具的他。

面具师不擅长拒绝别人，所以他留在了小镇上，成了如今的疤脸。后来，才有了今天的这一幕。面具师原以为自己所做的一切都只是在遵循着既定的剧本，不过，等到侏儒们把三月送到跟前，他却禁不住以一种近乎欣赏的目光端详男孩的睡脸，并再一次确信，自己真的找到了创作的热情。他开始工作，内心承受着愧疚的折磨，但即使如此，他还是完美地做完了，表现得既像是一个情难自抑的艺术家，又像是一位称职的演员。后来，见男孩睁开双眼，却仿若仍陷于噩梦，面具师叹了口气。他可怜眼前的男孩，回想起了久远的往事，想起了多年未见的妻子和孩子。他知道自己不是一个称职的父亲。他不懂得安慰人，尤其是孩子。于是，他伸手从墙上取下一副面具，遮住自己的脸。

那是大团长托他制作的面具，五官和细节都遵照剧本的描述，是所有故事中最温柔，也最受人爱戴的形象。躲在这副面孔后面，即使是疤脸这样笨拙的人，也能立刻进入角色，自内心深处翻涌起一股慈爱之情。他曾用同样的方法，安抚过不少从噩梦中惊醒的孩子，每一次都很奏效。只不过，还从未有一个孩子把这副面具误认成自己的父亲，更不会有一个孩子对此感到恐惧。三月的反应让疤脸有点不知所措，毕竟，他当时还不知道，在来到这里以前，三月都经历了些什么。而这都要从那天早些时候发生的事情说起。

那天早晨，天亮得很晚，四处灰蒙蒙的。三月在悖逆之家的寝室中醒来，心情也跟天色一样。周围的一切依旧陌生。他依旧不习惯墙壁透风的院子，不习惯排队洗漱，不习惯带泥腥味又冷入骨髓的井水。他不喜欢修女脸上的麻子，更不喜欢她主持的冗长晨祷，而他最讨厌的，还是早餐的胡萝卜和稀面糊，以及漂浮在面糊上的不知名的虫子尸体。尽管父亲失踪已超过两个月了，三月依然觉得自己不会在小镇上滞留太久，而把他送进孤儿院更是一个错误。他认为，自己应该留在旅店里，不仅仅因为那儿的早餐较易下咽，更因为父亲一定会回去找他，带他离开此地。

那个时候，对于父亲的形象，三月的记忆还很清晰。他知道，父亲是一位考古学者，虽然他并不清楚考古学者究竟是一种怎样的职业，甚至一度认为，世上仅有一位考古学者，正如自己仅有一位父亲。毕竟，除了父亲以外，三月还从未见过任何人会同时戴上草帽和单片眼镜，也从未见过任何人拥有像父亲那样深邃的琥珀色眼睛。以父亲为参考，三月还暗自坚信，考古学者理应有一张被太阳晒得黝黑的脸，留着蓬乱的红棕色胡须。三月记得，在每次出门之前，父亲都会伸手摸摸自己的脸。他对那粗糙的感觉十分熟悉，他曾不止一次端详父亲的手掌，并在那里反复看到一道据说比自己年龄还要大的，从虎口一直延伸到无名指的新月形疤痕。毫无疑问，父亲经历过很多事，却总会回到三月身边。

但是，这一次，父亲又遭遇了什么？

这些天来，这个问题一直困扰着三月。他不断想象，从早到晚，不停地，有时一想就是一整天。不过，今天，一阵怪异的轰隆声突然从远方传来，打断了三月的思考，后来也成了三月对灯塔最初的记忆。那是一种三月从未听过的声音，沉重、刺耳，像金属与巨岩的碰撞摩擦，令人胆战心惊。但是，与三月同处一室的孩子们却突然欢叫起来，仿佛听到了节日的钟响，纷纷冲出孤儿院的大门，朝声音传来的方向跑去。

“这是要去哪儿？”三月紧跟在朋友们身后，心中充满犹疑。

“快！”回答三月的正是那个叫马靴的男孩，他的父亲生前是个鞋匠，在弥留时给儿子留下了一双马靴作为遗产。马靴今天没把靴子穿上，才和三月一样落到了队伍的末尾，“幕间休息开始了！”

他们跑在一条石子小路上，小路通往镇外的山丘。山丘上有一座建筑，轮廓出奇模糊。不得不承认，那天有雾，但三月依然相当肯定，单凭雾气无法造成那种程度的模糊。那是一种能够从视觉入侵意识的模糊，就像魔术师的障眼法，让三月不大愿意相信自己后来看到的一切。

三月爬上山丘，见到一座塔。后来，旁白告诉他，那就是灯塔。三月当时没有提出异议，他甚至忽然想起，父亲在失踪前曾透露说，他们到这里来的目的就是寻找一条船，据说那是条非常古老的船。不过，三月很快就发现，这座小镇周围根本没有海，没有湖，更没有任何港口。所以，他怀疑自己记错了父亲的话，认为这座怪异的建筑不该叫灯塔，而应该换个名字，或许是钟楼，或许是瞭望塔，又或许是别的什么东西。然而，三月也十分清楚，最大的问题并不在于名字，因为无论再给这座建筑物安上一个怎样的名字，都无法使它那怪异的存在变得合理。

它是纯黑的，黑得让人以为自己的眼睛出了问题。这种黑似乎并不属于颜色的范畴，而更像是光芒的反面，犹如黑夜被凝结成了固体。它很大，究竟有多大三月拿不准，但至少比山丘本身还要大。这么一个庞然大物忽地出现，填满了视野，就像骤然降临的夜幕，令人怀疑自己一秒前的记忆。它很高，石壁如阶梯般盘旋上升，一直没入云雾，似乎在嘲笑着所有建筑学常识和力学原理。三月尽力揉了揉眼睛，想让自己完全清醒过来。就在这时，他发现，身边多了一个纯白的身影。

那是旁白。

“当时，少年尚未觉察，灯塔的秘密。”旁白开始念诵，面对虚空，似乎那里也飘浮着无数隐形的观众，“过去，因为一座塔，神曾发怒，变乱了人类的口音。但不相通的语言终究没能阻止他们再度聚集。被神力碾碎之后，人变得更加破缺，更加单薄，也更加热衷于将自身嵌入群体，尽管那已是一个无法彼此理解的群体。他们不再是塔的建造者，反倒成了最好的原料。至于神，则开始了另一桩伟业，修建另一座塔。那是一座反向的塔，目的不再是将人引向天国，却是让神降临人间……”

自从知道了旁白的角色，三月就对她说的每一句话都抱着怀疑，不知哪些真实可信，又有哪些来自荒唐的剧本。警觉的对峙持续了好一阵，直到那位白衣女子也转过脸盯着他，以目光拉拽着三月，似乎要把他也领入剧中。

“你知道吗？”三月确信，旁白此刻正朝自己说话，她一贯平静的瞳仁闪出幽光。旁白放轻了声音，“这座塔，是从上往下建造的。”

从上往下？三月愣住了，认定自己听到的是另一段疯狂的念白。就在这时，晨光穿过雾气，拨开黑暗，让三月稍稍看清了前方的景象。于是，尽管仍不相信旁白那“从上往下”的说法，有一点三月已无法否认——这座建筑物就连底层也远未完工。在灯塔的底层，随处可见修建中的黑色岩墙，等待立起的黑色石柱，中断在半空的黑色台阶，还有各种由不知名黑色金属锻造的巨型齿轮、转轴、滑槽、连杆，以及繁复得有如迷宫般的脚手架。很快，脚手架的丛林中就冒出了许多人影，他们有的仍扛着锤子，拖着锯子，大多身上还沾着黑色的泥灰或石尘，黑色的木屑和油污，全都在往外走着，似乎漫长的工作才刚告一段落。

这样的景象若出现在傍晚，倒也罢了，但三月确信那发生在清晨，而他根本无法想象，人们在黑夜中建造高塔的情景。当高塔的建造者们逐渐走近，他注意到了一件更加稀奇的事——这群人竟无一例外是侏儒。而且，即便以侏儒的标准来说，他们也是极端矮小的侏儒。一个诡异的念头击中了他，他确信，无论是谁，在这里都会变得越来越矮，而人失去的身高则会化作塔的高度，直到人都变成侏儒，塔才有了今日这副高耸入云的样子。三月不知道自己这个怪念头是怎么产生的，但他并不认为这只是错觉。他想要转身离开，却发现一股欢笑的洪流正把自己往前推去。悖逆之家的孩子全都兴奋起来，狂奔向高塔的建造者，朝那群侏儒发出呼喊：

“爸爸！妈妈！”

这喊声极为热情、真切，却又与他们孤儿的身份极不相符，让三月先是错愕，进而感觉自己遭了背叛和欺辱。可不是嘛，直到这一刻以前，他都天真地以为，这群他新交到的朋友就真如他们自己所宣称的那样，失去了父母。那个被大家叫作蝙蝠的男孩，因为能够倒立着睡觉而得名。三月前不久才听说，他之所以会住进孤儿院，是因为他演杂技的父母在一场表演中双双失手，从高处坠落。那个绰号叫可可的女孩，身上总散发着一阵淡淡的甜味。她昨天刚告诉三月，她家曾在南方经营着大片可可种植园，后来一道闪电从天而降，击中了她在树下避雨的双亲。此外还有那个叫小尾巴的孩子，她的母亲曾是一位酿私酒的助产士；至于马靴，则本来还有机会继承双亲的鞋店……但是，现在，无论是蝙蝠、可可，还是小尾巴或马靴，都和那群既非杂技演员，又非种植园主的侏儒们拥抱在一起，更是亲昵地管他们叫爸爸妈妈。而更荒唐的是，每一个孩子都同时拥有好几位侏儒父母，而每一个侏儒也都同时担当着好几个孩子的爸爸或妈妈。望着这个群聚在一起的大家族，三月目瞪口呆，他怀疑自己的朋友全都发了疯，更想知道世上还有没有人能理顺眼前这混乱的血缘关系。三月转向旁白，求助般地望着她，却发现白衣女子双唇紧闭，正沉默地仰望高塔，似乎在等待着什么——若这一切真的只是一出戏剧，那么现在显然还没到下一次念白的时间。忽然，人群里传出一个声音，如霹雳般让三月浑身一颤，进而惊喜得几乎落下泪来。他听到了父亲的声音。

父亲正在呼唤他，让他过去。

瞬间，旁的一切都不再重要。三月循声冲入人群，寻找着父亲，自信马上就能跟这些侏儒和疯小孩说再见，离开这里。他是如此兴奋，以至于根本没意识到自己已经加入了众人。他跑着，笑着，直到他终于在人群中遭遇了那个侏儒。那是一个相貌丑陋的侏儒，却拥有一副与父亲完全相同的嗓音。要接受这一事实并不容易，他呆住了，几乎忘记了呼吸，如果这是一场噩梦，他希望自己现在就能惊醒。但他终究没有醒，反而看到那侏儒正朝自己张开双臂。他转身要逃，却早已被侏儒包围。一个侏儒拦住他的退路，不仅戴着父亲的草帽，也戴着父亲的单片眼镜，此外还拥有一双深邃的，三月无比熟悉的琥珀色眼睛。紧接着，三月又撞到了另外两个侏儒，他们一个蓄着父亲的红棕色胡须，另一个则长着父亲的黝黑面孔。最后，一个不知从哪里冒出来的侏儒牵起三月的手，三月想要将他甩开，却突然被一种熟悉的粗糙感击中。他在对方的手掌上瞥见一道新月形疤痕，恰好从无名指一直延伸到虎口。

“孩子，你不认得我们了吗？”

这一次，三月不仅听到了父亲的声音，还见到了父亲的微笑。那笑容中充斥着和善与爱，曾无数次出现在回忆里，令三月鼓起勇气，而现在却被一群侏儒挂在脸上，让他不寒而栗。父亲就在眼前，却早已不复存在，他只剩下无数碎片，拼接成矮小的侏儒。那一刻，高塔似乎又变高了，黑暗膨胀着，三月只感到天旋地转，很快就忘记了之后发生的一切。

他昏了过去。

或许正是因为受了这样的惊吓，三月现在才会又喜又怕，竟把戴着面具的疤脸误认成了父亲。后来，他从疤脸那儿得知，对于自己当时的反应，他的那帮侏儒父亲感到很受伤，可他们却还是十分尽责地把三月扶起，一路抬回小镇，送到了这里。这样的陈述让三月对那帮侏儒改观了些许，甚至生出了一点愧疚和谢意。不过，对于眼前的情况，三月还是没搞明白，比如自己为什么没有被送回悖逆之家，却来到了面具师的工作室里。

“为什么？”对于三月的疑问，面具师有些惊奇，“你难道没看过剧本吗？”

“不，我没有！”见又有人提起剧本，三月忽然来了气，“我不是演员，也不想参加你们的演出！而且，为什么连你也知道剧本的事？我还根本就不认识你！”

“但我认识你。”面具师摘下了那副友善的面具，随着角色的转换，声音的温度也骤降了些许，“那是在《国王的新衣》上演的当天，我从高处看见了你……”

三月不想再提那场戏剧。他当然记得，那天街上挤满了人，路两旁有许多敞开的窗子，窗子里还有无数眼睛。事实上，三月很快就会发现，无论自己走到哪里，观剧者的眼睛都永不缺席。它们无处不在，却又隐蔽得很好，就像那些铺满了教堂窗格子的彩色玻璃。所以，他不知道疤脸当时躲在哪里，只知道所有人都在盯着他，无论是演员还是观众，全都面露讪笑。疤脸显然没注意到三月对这个话题的厌恶，就像是要证明自己真的在场似的，依然自顾自地讲述着当时的情形。他说他见到了蜘蛛，而且第一次发现，那个女人竟会露出如此激动的神情。

“她究竟对你说了什么？”面具师很好奇。

“她问我是不是‘真的看见了’。”三月说，“但我不知道她是什么意思。”

“那么，你当时究竟看见了什么？”面具师更好奇了。

“我就看见了一件衣服，一件很漂亮的衣服。”

“在王座上？”

“在王座上。”

“那么，国王呢？”

“我没看见国王。”

“真的？你真的没看见国王？”

“我真的没看见国王！”

那一刻，在疤脸的工作室里，包括海盗、贵妇和老学者在内，沉默已久的面具们忽然齐声惊呼，但这些声音很快就被压低，变成一片不安的私语。至于面具师，他反倒噤了声，难掩脸上的震惊。三月望着疤脸，感觉他此时的表情就与裁缝相仿，只不过他们一个是因自己“看见了”而震惊，另一个则是因自己“没看见”而震惊。焦灼的不安在黑暗中蔓延，疤脸开始在房间里来回踱步，在他的所到之处，面具们全都不安地别过脸，没有一个敢直视主人的双眼。许久，面具师才停下，说：“我曾一直坚信，每一个为国王制作新衣的裁缝都是不折不扣的骗子。但是，在见到你以后，我开始怀疑了。”

“嗯？”三月不解。

“我想，他们之中也许有人并不是骗子，却只是一个……非常非常孤独的人。”

三月没接话。他不理解疤脸的胡言乱语，认定那也是某出疯狂戏剧的念白。然而，他又在对方脸上看到了一种真诚的悲悯。又过了许久，面具师走到三月身边，把手搭在男孩的肩上，说：

“朋友，一位大师说过，若你在舞台上应付不了演出，就应该用一只手扯下角色头顶的幕布……但同时，你可以用另一只手草草记下舞台上看到的一切，因为你和别人看到的不同，而且更多。你没有角色，你所演绎的皆为真实。”

“但我根本就不想演绎什么，我只想离开你们的剧团，离开这里！”

似乎从未料到三月会有这样的意愿，疤脸有些讶异地望着眼前的少年。男孩头发湿漉漉的，脸上淌满汗珠，眼中藏着泪水，那脆弱与惊惶无疑超越了面具师最引以为豪的作品，足以让任何一个观众心生恻隐。自那时起，疤脸就决定，他要帮助三月，但这不仅仅是因为自己心中的怜悯，更因为他在三月身上发现了某种陌生的，他暂时无法辨识，却又为之着迷的东西。他有点担心，若三月继续留在此地，这种东西或许很快就会被摧毁，又或是消耗殆尽。于是，接下来发生的事也就顺理成章了……

入夜以后，三月离开了疤脸的工作室，独自一人走进黑暗的街巷。他背着一个小包袱，里面装着面具师为他准备的干粮和衣服，此外还有一笔钱。那是数额颇大的一笔钱，几乎全部由金币组成，上面印刻着异国的象形文字，有些还能隐约见到一张大人物的脸。这些金币兴许曾属于面具师的某位贵族雇主，又或是哪个宫廷宦官，无论如何，都足够让三月离开此地。街巷在脚下不断延伸，肉店、面包店、钟表店、棺材铺子、制革车间、玻璃工房……一幢幢房子从黑暗中闪过，尽管朝向和顺序似乎都与过去略有出入，却还是擦亮了少年的记忆。三月回想起初到小镇的那天，自己正是跟在父亲身后，一路走过这条长街。所以，他确信，只要再转过前方拐角处的马厩，他就能抵达小镇的驿站，回到所有不幸经历的起点，再从那里出发，离开此地。

那一夜，驿站里只剩一驾马车。三月走上前，相信自己是幸运的。那正巧是他来时搭乘的马车，车窗上还挂着那一面陈旧的沾满泥点的帘子。或许是仍记得这位乘客，又或许是听到了金币在包袱中发出的轻响，本已收工的车夫尽管有些不情愿，还是为少年开了门，问他要去哪里。

“去哪儿？先别管这个。”三月迫不及待，“总之，先离开这里！”

“好的。”车夫一扬鞭，高声重复了一遍，“离开这里！”

马儿发出嘶鸣，车动了，一阵熟悉的颠簸，直到那时，三月才长舒了一口气，意识到自己竟是那么疲倦。他两眼微闭，倾听马蹄和车轮滚动的声音，想到再也不用出演这帮人的戏剧，三月几乎要笑出声来。然而，就在那时，毫无预兆地，车窗外传来了一个声音：

“当然，少年的故事不会就此走向结局。”

猛地拉开帘子，三月发现，车窗外竟站着一个人。那是旁白。不知旁白为何会出现在这里，但马车早已行驶起来的事实似乎给了三月十足的信心，他甚至探出头，朝窗外的白衣女子大喊：“再见了！我要离开，离开你们，也离开你们的剧场！”

“难怪少年无法确定自己的目的地。”旁白面无表情，“他或许还不知道，整个世界本身就是一座巨大的剧场。至于这条道路，它并不通往任何地方，因为，前方的舞台还没有布置好呢……”

马蹄和车轮滚动的声音并未停歇，但理应被抛在后面的白色身影却并未远去，旁白的话音丝毫没有减弱，依然如流水般在车厢里打着旋，清晰得让人害怕。直到这时，三月才发现马车压根儿就没在前进，而自己拉开的也根本就不是什么帘子。

那是一块巨大的幕布。

幕布的另一侧灯火通明，有数不清的人头在攒动，全都闪烁着观剧者特有的兴奋的眼睛。这是全剧的高潮，观众情绪沸腾，被少年精湛的演技所折服，欢呼和掌声如潮水般袭来。马车也在那一刻崩溃解体，变成坠落的鲜花，被掏空的南瓜，还有扁平的硬纸皮布景。而饰演车夫的大团长更是奔上前来，拥抱三月，在他耳边说：

“太棒了，太棒了！多么绝妙的即兴发挥，多么震撼人心的演绎。孩子，我果然没看走眼，你是一个天才。”

的确，从某种意义上说，三月是个天才。毕竟，他还从未看过剧本。不过，就在《出逃》大获成功的那天，被喝彩声包围的三月内心没有生出一丝喜悦。他瘫软在地上，抱着头，第一次感到绝望与恐怖的冰冷。

4　钟表匠

在小镇上住得越久，三月就越是对它感到陌生。这里的一切都不像是真的，尽管看得见也摸得着，却更像是舞台上的布景。缺少第四面墙的建筑绝不仅限于教堂，单是三月亲眼看到的，就还包括马厩、酒坊、钟表店、咖啡馆，以及两间他曾清扫过烟囱的私人住宅，甚至还有全镇唯一的公共浴场。事实上，只要有演出，任何一座建筑的任何一面墙都有可能在特定的时刻消失，并在事后重新出现。只要有演出，广场就会在一夜之间变成花园，古老的雕塑转眼就会被源头不明的喷泉所替代，门牌和路标上的文字总在变化，就连众人走惯了的街巷也会毫无预兆地转向，重新组合，像迷路的蚯蚓一般交织出全新的纹样。曾有不止一次，三月想要画出小镇的地图，最后都不得不放弃，仅留下些彼此矛盾的半成品。这些失败的尝试没能助他出逃，却让他注意到另一个蹊跷的事实——这座小镇拥有不止一座墓地。尽管每一张地图都不完整，三月还是发现，无论在哪一张地图上，都不缺少墓地的标记。而它们的位置更是如鬼魅般飘忽不定，几乎遍布了小镇的每一个角落。三月越是对比，就越是搞不清，这里究竟有多少墓地。

事实上，若严格推敲起来，早在《你的葬礼》第二次上演时，三月就已觉察到了这一点。那是另一个漫长而幽深的黄昏，属于一段注定会被众人怀念的日子——是的，他们将怀念那已然变得短促的白昼，因为黑暗将在不久之后完全降临。阳光奄奄一息，笼罩着送葬的队伍，为每一朵白花都镀上一层稀薄的金。大团长躺在棺材中央，原本红润的脸色似乎也被染上了一丝缺乏温度的金属光泽。他穿着崭新的寿衣，那是蜘蛛为他做的第二套寿衣。迥异于第一套的纯白，这套寿衣以蓝色为主基调，好似天空与大海的混合物，从内里翻涌出浪花与浮云，描绘出一种动态的死亡。远远望去，大团长就像是悬浮在海天相接处的一个点，位于世界的中心。这本是一件恬静的、旷阔的、寓言式的作品，暗含哀伤，蜘蛛将其命名为《战神的手臂》。

男孩跟随抬棺的队伍，走进一片树林。坐落于此的墓园已许久无人照管，而关于这片树林，镇上还有不少离奇的传闻。比如有人宣称在林子里遭遇过身披铁甲的鬼魂，也有人说在那里见到了体形瘦长的赤眼怪物，更有人说那里住着一群爱捉弄人的小妖精，它们能任意改变尺子的长短，使秤砣变重或变轻，把黄金变成泥土，令罗盘失灵。这其中最可信的恐怕是一个流传了十多年的故事，主角是一位贵族小姐。她与自己的情郎私奔至此，躲在林子里。她的父亲随后赶到，领着九十九名家奴冲进树林，要把女儿追回，却像是被林子吞噬了一般，从此失去踪迹。多年以后，有人在树林入口撞见了那对情侣，贵族小姐的模样丝毫没变，甚至还穿着私奔时的长裙，仍在低吟着“罗密欧噢你为什么是罗密欧”，但她的情郎却像是经历了好几个世纪的岁月，牙齿脱落，脑袋秃顶，成了一个健忘干瘪的老人，浑身上下还沾满了孔雀色的铜锈。至于那位可怜的贵族父亲，似乎至今仍未找到出来的路，依然和他的九十九个家奴一道举着火把，在树林里转个不停。尽管这个故事本身乏善可陈，不少镇民仍对此津津乐道，声称他们如今还不时在夜里见到树林深处透出的火光。不过，即使抛开这些明显出自三流剧作家之手的蹩脚故事，这片树林给三月留下的第一印象依然十分怪异，一点也不逊色于那座被啃掉了一半的教堂。

三月相信那不是一个欢迎生者的地方。男孩不但没在林子里看到任何动物的足迹，甚至也听不到一声鸟叫或虫鸣。空气中弥漫着一股陌生的，有点刺鼻的气味，令少年蓦地想起父亲，想起某个萤火虫飞舞的夏夜，想起篝火、石滩，还有烧焦的银灰色海鱼。当抬棺的众人停下脚步，再一次，三月见到了死神。他就站在墓园中央，等着，依然是第一次出场时的模样，仿佛自那以后他就从未走下舞台，一直守候在这里。

阳光更弱了，如将断的蛛丝，只能勉强穿过周围的参天大树，勾勒出一些耸立在林地上的轮廓。那是亡者的墓碑，它们簇拥在死神周围，有的是三角形，有的是六边形，有的是棱柱，有的是棱锥，有的甚至是一个巨大的圆盘，又或是某种上下左右前后全都对称的多面体，迥异于三月常识中的模样。三月想要看清墓碑上的文字，但落日并没有留给他足够的时间。直到完全陷入黑暗，他才听见这座树林的声音。那是一种微弱的沙沙声，滴答，滴答，初听起来像雨点击打树叶，却比那更轻，也更规律。它们均匀地弥漫在时空中，冷冷的，没有风的随性，倒像是沙漏中不断落下的沙子，交织成无起伏的旋律。

大团长从棺材中坐起身，面对死神，开口说话：

“我们又见面了，老朋友。”大团长睁眼的瞬间，黑暗中仿佛有光燃起，“我能感觉到，你就像海水，已经漫过了我的膝盖。”

“我一直在等你。”死神微微前倾，镰刀犹如镜子，反照着大团长阴郁的脸，“你知道，我是谁。”

“我知道。你是死神。你来接我了。但请你稍等，我还没有做好准备。”

“我是死亡。我是生命尽头的谜，是须臾化作永恒的瞬间，是所有命运的唯一归宿。啊哈，你，你，你，还有你……”死神抬首环顾，将他空洞的目光盯进每一个人的眼睛，“先别忙着别过脸，也不要马上闭口不言，你是知道的，既无人能借逃避获得我的赦免，更无人能用缄默将我消灭。我是必然的，因而也是重要的。看一看人类的历史吧，它就始于你们被逐出乐园的那天。那一天究竟有何特别之处？”

“那一天，我们预见了自己的死。”

“那一天，你们第一次与我相遇。正是凭借着对我的不断想象，使你们得以与鸟兽相区别。所有的宗教，都是对我的解释。所有的神，都是我的分身。你们信仰的大厦，需要建立在最坚不可摧的地基之上，那就是死亡——唯一的，无可辩驳的出发点。至于其他，那千姿百态的仁慈与爱，敬畏与虔诚，无论被如何鼓吹，都不过是这座大厦上无关痛痒的装饰品。”

“是啊，塑造我们的，往往也是那些终将毁灭我们的事物。愚者，贤人，概无例外。你创造了宗教，但人们并没有因此就喜欢上你，反而去崇拜起某个虚构的永生神明。永生的幻象是如此甜美，足以让大部分人停止思考，不再发问。”

“所以，在宗教之后，我又孕育了哲学。”

“没错，只有注定毁灭的灵魂，才被赋予了思考与发问的特权。这些可怜的，被你选中的人啊，他们不知疲倦，所问的每一个问题，都是对你的窥探。哲人之所以成为哲人，正是因为他们的恐惧异于常人，正是因为他们的灵魂过分敏感，正是因为他们一刻都无法摆脱来自你的困扰。后来，他们自己也终于发现，哲学的本质，就是预习死亡。”

“但是，会预习死亡的，又何止是哲人？”

“是的，会预习死亡的，还有我们。我们也是被你选中的人。我们不但预习死亡，我们还演绎死亡。我们是戏子。我们贩卖爱情与战争，更要展现出你降临人间的情景。要知道，无人死亡的戏剧是注定失败的戏剧，缺少墓地的舞台绝非完整的舞台。在我们这里，你的模样千奇百怪，从弑君到弑父，从与仇敌同归于尽到与恋人私奔殉情，有的人会死于水，被自己湖中的倒影溺毙，有的人会死于火，因双翼被太阳融化而坠亡，哪怕是无敌的英雄，也难免死于妻子以毒血制作的媚药，又或是被一支飞箭射穿了脚后跟，即便有谁真能躲过这一切一切，最后也还是要被你拖入地狱，去推动那块永远无法抵达顶峰的巨石。噢，请别误会。我对你之所以如此着迷，正是因为我依然没有接受你，依然想从你的镰刀下逃离。我无法容忍，自己也要成为那无数个被遗忘的死者之一。”

“但是，你很清楚自己的处境，因为你与我一样，也热衷于对死亡的创作……”死神说着，朝大团长又逼近了一步，“你早已预见了自己的失败，你知道自己会被我逮住。你在摇头？你怎么能否定？你难道从来就没有想象过，自己临终的情景？”

“我想过！”

“是的，你想过，不止一次，如醉如痴。正如所有剧作家都会为自己的作品设计结局，任何人都难免会设想自己的死。真正的问题并非生存还是死去，而是该如何——何时、何地，以何种方式——迎接死亡的到来。你一定想过的吧，自己是希望死在病榻上、战场上、十字架上，还是火焰之中？你也一定想过的吧，自己死时会是垂垂老矣，心灵平静，还是情感丰沛，或慷慨激昂，或悲愤交加？除了我以外，谁会守在你身边？是你的恋人、子嗣，还是战友，甚至仇敌？你认为他们会对你说些什么，又将会如何看待你的死？你准备成为一位默默无闻的逝者，还是一位万人憧憬的英雄，又或是一位殉道者，乃至异端？而更重要的是，你将对这个世界留下怎样的遗言？那将是爱还是恨，是满足还是不甘，是宣言还是忏悔？是某个生前绝不能吐露的秘密，还是某段早已被念诵过千遍的祷言？这一切，你一定都早已想过了吧？即便在过去没有，到了今天，到了现在，你也应该都想过了吧。我知道，像你这样的聪明人，不仅会为自己设计一种最理想的死，更会把其他每一种你能料到的，不那么理想的情况都考虑一番，以便临场发挥。而你一旦这么做了，你就已无愧于自己剧作家和演员的身份，为了迎接我的到来，准备好了台词和剧本。”

“演出，直到生命的最后一幕。难道天下还有比这更壮丽的剧本？难道世上还有比我更尽责的演员？”大团长睁大双眼，直视死神，“不仅是我，几乎每个人都曾畅想自己的死亡。怀着恐惧与崇高相交杂的情感，我们对这一幕设计再三，我们甚至会以一种艺术家特有的专注，为你的到来安排合适的季节、天气和钟点，思索谁该在场，谁该落泪，谁该被震撼，谁又该将这一切铭记在心。我们甚至会为临终的遗言感到苦恼，从用词到句式，从语气到韵脚，既担心它是否足够深刻，又担心它是否足够庄严。我们像诗人般打着腹稿，精益求精。毕竟，这将是自己的最后一场演出，若因准备不足而出丑失败，将再无任何机会挽回。”

“是的，你深知，这一幕很重要。幸运的是，你身边的人也一样，深知这一点。正是拜你们所赐，我才永远不会感到无聊。”此时的死神就像一名看台上的观众，竟满心欢喜地拍起手来，“回想一下你们遇见的每一种宗教吧，哪一个对于我的到来不是早已有了详尽的安排？那些专为死者服务的神职者，那些专为讨好我或驱退我而设计的繁复仪式、古怪经文，还有让人眼花缭乱的小道具，就连想象力最丰富的戏子看了也会脸红惭愧，自叹不如。你们的注意力就像渴血的苍蝇，总会被我的气味吸引，一边害怕，一边又忍不住用这阵气味将自己装点得无比崇高。我无法理解你们人类的默契，为什么你们总是一厢情愿地相信，在我出现的那一刻，时间理应为你们停滞，而整个世界也理应为你们安静下来？哪怕是再卑微的人，也认定自己将在那一刻成为主角，获得了走到舞台中央的权利，可以尽情表演，被人关注，被人倾听。最后，就连我也被你们变成了一种手段，有些人主动呼唤我，仅仅是为了找来一帮观众，让旁人以一种严肃的态度来倾听他最后的悲鸣，哪怕这种态度仅能持续极短的一瞬。‘噢，可怜的人啊，他就要死了。’你们总爱这么说，‘就让我们听听，他还有什么要说的吧。’”

“当然，我还有很多话要说。我的内心兴奋莫名。看，这么多的人啊，全都为我聚到了一起，隐没于黑暗，因你的到来而变得肃穆又沉静。对一个戏子而言，如此宏大的场景实在太珍贵、太诱人，就连紧随其后的死亡都显得不那么让人恐惧，甚至引人向往了。如果可以，我是多么希望自己能够永远停留在这个瞬间，永远享受身处舞台中央的特权。啊哈，我知道，自己是一个贪婪的人。我根本就不想死，但我要说的台词却滔滔不尽。它们每一句都很重要，很精彩，理应得到临终遗言般的礼遇，至于世界，则最好能闭嘴，专心倾听。噢，真不幸，我知道，自己演不好这一幕了。我的临终遗言实在太多，根本来不及在死前把它们全部说完。”

“那还请你赶紧，我这边可是快要等不及了……”

“但是，实在太多了。”

“所以？”

“所以，只死一次怎么够！”

三月隐约记得，大团长还对死神说了点什么，但那些台词并没有在后来的任何一场葬礼上重现。黑暗依旧，却逐渐从沉静变得骚动，更有鼓掌和欢呼从阴影中传出。于是，一转眼，葬礼就变成了英雄的凯旋。

送葬的人们开始来回走动，绕着圈，在无光的世界里握手、碰杯，也正是在那时，三月突然发现，有什么东西，缠住了自己的脚。他原以为那是树根或藤蔓，就本能地蹬了一下腿，却非但没能挣脱，反而被缠得更紧了。等到他终于低头，才赫然见到一只手，正牢牢地抓住了自己的脚踝。那是一只奇怪的人类的手，散发着发烧般的高热，几乎将三月灼伤，肤色却出奇惨白，没有一点血色。而更吓人的还是，这只手来自地下，是从泥土里伸出来的。三月魂飞魄散，还没来得及逃跑，那只手就突然发力，猛地把男孩往后一拽，令他扑倒。三月伸手想要撑住地面，却发现那只手早已变换了位置，正张开五指，在落地处等待着他。三月就这样倒在地上，以一种怪异的方式抓着地，与那只泥土里的手十指相扣，紧紧地握在了一起。接下来的狼狈和混乱男孩不愿对任何人提起。他始终不知道这是谁搞的恶作剧。不过，等到他终于挣脱，等到那只怪手再次潜入泥土，消失无踪，他才发现，不知自何时起，自己手中竟多了一件事物。那是一片树叶，尽管沾了泥，还带着灼热的体温，却依旧无法掩盖它透出的冷冽光泽。它不是普通的树叶，而是一片精巧的，由青铜拼接而成的树叶……

三月把这片青铜树叶揣进衣兜，带回了悖逆之家。尽管有这样一段奇遇，但这片树叶的来历其实并不神秘，它的制作者就是剧团的一员。事实上，在此之前，三月就已经见过那个人，还替他清扫过不止一次烟囱。而早在第一次钻进烟囱以前，三月就已经在葬礼上听过他的哭声，并对他右臂上的金属义手留下了深刻印象。

毫无疑问，即使是在这个怪人云集的剧团里，铜腕也是一个颇为显眼的角色，这不仅是因为他有一只金属义手，更因为他是道具组不可或缺的成员。就像道具组里的许多人一样，铜腕在小镇上也拥有自己的店面。只要拐进广场旁侧的商店街，就几乎能找到道具组的每一个人。面具师的工作室就建在那里，而蜘蛛则在他隔壁开了一家裁缝店。此地的店铺乍看上去平平无奇，内里却往往有些怪异。比如面包店里既卖真正的面包，也卖舞台上用作摆设的道具面包，真假面包放在同一个柜台上，拥有同样的色泽，散发同样的香味，如果不试着咬一口，就很难分辨哪一个才能下咽。药店里既有真正的药材和药剂，也摆满了仅仅是形态有些独特的枯叶和干树枝，又或是瓶装的井水、泥水、染料，以及它们的混合物，某些精致的玻璃瓶里甚至还泡着真假难辨的蟾蜍、猫头鹰或眼镜蛇尸体，再配上杜撰的异国文字写成的标签，即使后来被搬上舞台，不少观众仍坚信这些随意调配的液体拥有种种神奇疗效。街尾有一家书店，既出售真正的古籍手抄本，也出售全是白纸的无字书作为演出道具。它们全都有漂亮的书皮，书脊上烫了大小不一的金色字母，单凭外观几乎无法区分，被密密麻麻地排列在巨大的书架上，远远望去颇具舞台效果。除了剧团，有好些学者也是这家书店的常客，此外，还曾有不止一位镇外的贵宾找上门来，也不问价，就一整书架一整书架地买书，再急匆匆地运往他们新近落成的官邸或别墅，摆放在书房中，仿佛那里每天都有好戏等着上演……

铜腕的店在此处就显得颇为与众不同，不仅因为它位于最繁华的地段，是商店街最大的建筑，还像教堂那样缺了一整面墙，更因为店里卖的商品全都是切实可用的。只要一走进店门，就能嗅到一阵淡淡的怪味，三月最初以为那气味是某种异国植物的花香，又或是来自店主人养的猫狗，但他很快就发现，铜腕不但从不养宠物，甚至也从未想过要在店里布置任何盆栽。有一次，那个叫可可的女孩来到店里，她当时正在扮演一位卖花女，篮子里满是道具组精心准备的鲜花。她向铜腕兜售着一束玫瑰，玫瑰很漂亮，上面还沾着清晨的露珠。不过，不知是出于真心还是演技，铜腕虽很爽快地付了钱，却并未接过玫瑰，反而把它们又放回到可可的花篮，便打发女孩赶紧离开，理由是他讨厌玫瑰上的水汽。由于店主人有这样的怪癖，三月一度有种错觉，以为自己嗅到的气味来自无生命的金属，直至许久以后，他才意识到那是挥发在空气中的油。也难怪三月会产生这样的错觉，铜腕制作和出售的正是这样一类东西，它们几乎完全由金属制成，无论拥有怎样的外壳，内里都安置了数不清的齿轮和发条，总会一边嘀嘀嗒嗒地运转，一边散发出淡淡的油的味道。不难想象，店内最常见的商品就是怀表和时钟，尽管柜台尽头还十分显眼地站着一个身形瘦削的铁皮人，天花板上还悬着一台巨大的天球仪，帘子的另一侧还陈列着各式人类甚至非人类的义肢、定时点火和熄灭的青铜烛台、自动奏响的管弦乐器，以及更多功能不明的奇异装置。不少人依然对铜腕有误解，认为他就只是一个钟表匠而已。

这样的误解可以追溯到多年前，那场几乎毁灭整座小镇的灾难。灾难的源头正是铜腕制作的时钟，以及他身为钟表匠的可怕执着。铜腕无疑是一位可敬的工匠，他技艺精湛，对自己的作品也有极严苛的要求。他的时钟不但鲜有故障，更准确得让人心惊——它们虽各自独立运行，却又像在一齐倾听着时间之神的呼吸，彼此步调不差分毫。每到整点，成百上千的时钟便会一同敲响，响彻小镇。那并不是一大片此起彼伏的不同声音，而是完全同步的同一个声音，以同一个瞬间为起点，又以同一个瞬间为终点，拥有同样的节奏、同样的旋律、同样的重音。一时间，钟声会将小镇完全笼罩，令窗子乃至墙壁不住颤抖。后来，为了排演新剧《圣母院》，铜腕经过长久努力，为教堂的钟楼完成了一座空前庞大的时钟。午夜十二点，当它第一次与其他时钟一同响起，钟声引发的共振终于失控，演变成了地震。

地震摧毁了孤儿院的院墙，震垮了教堂的拱顶，粉碎了钟表店的第四面墙壁，更让蝙蝠永远失去了他表演杂技的双亲，如果任其持续下去，或许远在山丘上的黑色灯塔也将不再是今日这副模样。所幸的是，面具师及时赶到现场，扭转了小镇的命运。那一回，疤脸戴了一副极其丑陋的独眼面具，驼着背，冲进摇摇欲坠的钟楼，猛地抡起钟楼上的石像鬼，砸向崭新的大钟。铜腕虽是天才，却从未料到自己的心血杰作会遭如此对待。石像鬼的脑袋轻易就撞进了齿轮的迷宫，在黑暗中溅起无数火花，一下子就将那台精密的仪器变成了废铁。钟声停了下来，地震也戛然而止。剧团的人都感到庆幸，只有铜腕还守在那堆残骸旁边，以一种极为复杂的神情望着逐渐走远的驼背怪人，似乎要用目光将那副丑陋的独眼面具灼穿，烧死面具下的真凶。日后想来，或许，从那时开始，钟表匠与面具师之间就已经埋下了怨恨的种子。

后来，还是大团长出面，才把事件平息了下去。他走上前，在钟表匠耳边大喊：

“我亲爱的朋友啊，无论你是否喜欢，对于这个世界而言，误差都仍是必要的！要知道，等到一切都变得精确无误了，世界末日也就到了！”

无人能猜透，那究竟是大团长的真心话，抑或是某出戏剧的台词，也就更不会有人知道，这场地震是否早已被写进了剧本。但无论如何，它确实让铜腕做出了让步。为了不让末日再临，铜腕决定改造这些钟表。不过，当众人提出要求，想要避免时钟全都在太过准确的时刻响起时，这位天才的钟表匠却像是还没转过弯来似的，显得有些茫然：

“那么，你们到底是想要它们提前些？还是推迟些？是全都早一秒？还是全都晚一秒？”

“不不不！既不是全都早一秒，也不是全都晚一秒。”人们急忙纠正，“最危险的并不是早晚，而是‘全都’。太过整齐划一会带来灾难，它们必须错开，必须要有的快一点，有的慢一点。”

尽管铜腕是一个甚少将情绪表现在脸上的人，但那一回，他还是惊讶得瞪大了眼。很显然，这样的要求对他而言简直不可理喻。最后，还是因为大团长，他才勉强接受了一个折中方案——铜腕的时钟依然分秒不差，但其中一部分已不再进行整点报时，而剩下的则必须使用旋律和音色都相互迥异的钟声。此后地震就没再发生，而小镇的钟声也终于变得与其他地方一样，成了一片此起彼伏的声响。

鲜有人知道铜腕为何会对大团长如此言听计从，而对于那些了解他的过去，早在他装上义手前就认识他的人而言则更是如此。铜腕从来就不掩饰他对大团长的崇拜之情，这种强烈的情感绝不输于任何一种宗教信仰。不过，哪怕他什么也不说，许多人也能注意到这一点，而这其中便包括三月。三月之所以会认识铜腕，自然是因为钟表匠店里的烟囱。不过，若说到三月真正开始对铜腕有所了解，就不得不先提一下钟表匠最具野心的一件作品。

那件作品名叫《庭园》，它独占了钟表店最大的橱窗，是一件非卖品。那是铜腕在地震后才开始制作的，是最复杂的一台大钟。在那以前，铜腕已制作了许多时钟，其中不少还是颇为有趣的工艺品，比如每到整点就会有小鸟从树洞里钻出来报时的壁钟，又或是有两位银色的舞者如陀螺般绕着钟摆打转的座钟，在某些更具创意的作品中，铜腕甚至抛弃了传统的指针，转而把整个钟面连同其上的数字制作成一台多层的，彼此嵌套的，转速各不相同的旋转木马。这些作品已算得上精巧之至，但若是拿来和《庭园》一比，则只能是望尘莫及。事实上，《庭园》虽是一台时钟，却又绝不仅仅是一台时钟，若按照铜腕自己的说法，他想要在《庭园》中做到的，是创造一个完整的世界。

《庭园》拥有自己的天穹。太阳、月亮、星辰全都由滑轨和齿轮驱动，在一张网状的金属天幕上有序运转。如果仅以计时为目的，单看这个部分，便已完全足够。不仅仅是钟点，就连年份、季节，甚至是各种古怪的天文周期和偏门的历法换算，在这里都一目了然。不过，这还只是《庭园》中最简单的部分，而在这片精巧的天幕之下，才是铜腕真正想要创造的世界。首先，在这个世界中央，钟表匠制作了一座小教堂。它就与小镇的教堂一样，缺少第四面墙，却也恰好可以让人看到内里运行的每一个零件。教堂里也有一位秃头的教宗，只不过全身皆由陶瓷制成，它头上同样顶着一颗瘤子，瘤子是玻璃的。这个教宗会动，会祈祷，会攀上钟楼，到露台散步，也会走上布道坛布道，它拥有会转动的眼珠和会扑扇的睫毛。每日午后的两小时，一秒不多，一秒不少，它还会坐在书桌前，抄写圣书，用比蝴蝶触角还纤细的手指握住一支小得离谱的金属鹅毛笔，十指的每一个指节都在有序运动。鹅毛笔里真的有墨，而它抄出的也是真正的圣书，不过，若不是三月后来从观星者那里借来了些神奇的光学道具，这些太过细小的文字恐怕永远也不会有人看得清楚。除了会动的教宗，教堂里还有许多别致的设计，比如那队由十三人组成的唱诗班，以及那台音管直通拱顶的金色管风琴。每到礼拜天的上午，一个拇指大小的侍童便会出现，拉动风箱，而陶瓷教宗则会端坐在那台精巧的管风琴前，弹奏出乐曲。小巧的炉膛里燃烧着真正的火焰，细小的音管中演绎着真正的乐曲，唱诗班的歌声像极了人声，至于那些陶瓷小人的身体里究竟安装了怎样的发声装置，则恐怕永远都是钟表匠的商业秘密。

很显然，除了铜腕，世上恐怕再没有第二个人能制作出这样一座小教堂了。但他并不满足于此。事实上，在他的有生之年，《庭园》就从未停止过扩张。很快，他就在教堂大门外安置了一个广场，又在广场周围搭建起了各式建筑和街道。广场的地砖由金属铺就，周围点缀着铜制的栀子花，而在众多街道和建筑当中，最引人注目的是一条商店街，那里有面包店、制革车间、玻璃工房、裁缝店、钟表店，以及一间制作面具的工作室……至此，即便是最迟钝的人也必定会意识到，铜腕正用他的《庭园》再现出整座小镇的模样。在这里，不只有教宗，人们还可以找到国王，找到疤脸，找到蜘蛛，甚至是找到铜腕自己。这些陶瓷小人儿全都由发条和齿轮驱动，在这座金属小镇上来回行走。它们各司其职，作息遵循日出日落，衣着也会随变换的季节更替。到了规定的节日，它们甚至还有另一套全然不同的行动模式，专门用以举办庆典。总而言之，《庭园》作为一台空前繁复的时钟，其中的一切都在精准有序地运转。若铜腕没有遭遇后来的意外，他或许真的能够用《庭园》复制出整个世界。

不难想象，无论对谁而言，《庭园》都是一件赏心悦目的艺术品。第一次到店的客人总会被它吸引，在橱窗前久久驻足。三月自然也不例外，渴望逃跑的他尤其着迷于《庭园》里的驿站，他总是死盯着那辆仅有两寸大小的金属马车，看着它一次又一次驶往小镇边缘。不过，就连这辆马车的出逃也从未成功，每一次，它都会在某个地方突然分解，就像舞台上曾经发生过的那样，变成数十个金属零件，这些零件均由极细的连杆牵动，很快就四散下沉，被嵌入满布机关的青铜地缝之中。而每到那时，在《庭园》的另一端，男孩也总能见到数十个完全相同的金属零件突然从地缝里冒出，又拼接成一辆全新的马车，开始嘀嗒嘀嗒地驶进小镇。在重新抵达驿站之前，它会驶过教堂，驶过酒坊，驶过棺材铺子，驶过悖逆之家孤儿院……等到它驶进商店街，三月便会从《庭园》中抬头，往外望去，因为每到那个时候，也总会有一辆真正的马车恰好驶过钟表店的门口。三月不明白其中的奥妙，他只感觉一切都很神奇。《庭园》就像一台无限接近真实的玩具，让男孩产生了一种美好的错觉，仿佛自己在俯瞰整个小镇，也在俯瞰着所有人的生活。

三月很喜欢《庭园》。《庭园》的每一次扩张都令他兴奋不已。一个个地，他的朋友们都加入了《庭园》，拥有了代表自己的陶瓷小人儿，先是马靴，而后是可可、蝙蝠、小尾巴……但令三月有些失落的是，他迟迟没能在《庭园》里见到自己，更总也找不到父亲。不过，或许正因为如此，三月才总是对这件艺术品保持着一种怪异的热情。而每当新的期待变成失望，三月都禁不住怀疑，自己是不是做了什么招人讨厌的事，竟让那位天才钟表匠如此嫌弃自己。可想而知，若铜腕在某一天突然对三月许诺，说要帮他找到父亲，男孩的内心会是多么惊讶，又是多么欣喜……

这件事真的发生了，时间是大团长的第六次葬礼之后。那一天，太阳明明已经落下，店内的自动烛台却迟迟未能点起——为此，曾有人问铜腕，他的时钟是不是出了故障，而铜腕竟回答说出故障的并非自己的作品，反倒是天上的太阳。于是，拜这位傲慢的钟表匠所赐，来为他清扫烟囱的三月几乎是摸着黑走进了大堂。所幸这样的事最近发生得很频繁，所以三月也早已驾轻就熟。男孩在橱窗边站定，本想在开工前先偷瞥几眼《庭园》，却突然听到嘎吱一声，只见暗处冷光一闪，那个一直伫立在柜台尽头的铁皮人竟动了起来。这个大家伙先是扭转脑袋，以一双空洞的眼睛直勾勾地盯着三月，随后便像是猛兽发现了猎物一般，吱吱嘎嘎地朝少年直奔而来。若说眼前的情景已足够把孩子吓坏，那么接下来的事则更加糟糕。三月后退了半步，刚想要躲开这铁皮怪物，就感到一股力量正在把他往前拉。他惶然四顾，没见到任何人，却发现自己上衣前端竟已变形，向外凸出，就像是被一只不可见的手揪住了，正把他径直往铁皮人那里拽去。而在另一边，铁皮人也朝三月伸出了手，但它并没有攻击三月，只是一把抓住了他的上衣，就好像那只不可见的手终于显了形，与铁皮人的手合二为一了似的。黑暗中响起了哐的一声，清脆悦耳，是金属间相互碰撞的声响。直到这时，三月才突然想起，自己今天出门时走得太急，竟把最爱的玩具忘在了衣兜里。那正是他上回在林子里捡到的青铜树叶。它当然算不上真正的玩具，甚至也不归三月所有，但不可否认的是，它制作得实在太精致了，哪怕只是反复翻看，也能让三月获得不少乐趣。而现在，这片青铜树叶正隔着衣兜，被铁皮人死死地抓在手中。

还是铜腕及时出现，才把三月从铁皮人的手中救了出来。但关于这件事，即使是在自己的日记里，三月也没有写下多少细节，值得一提的仅有一点，那就是他清楚记得，自己是第一次如此近距离地观察铁皮人，而他也是第一次注意到，铁皮人瘦削的手臂上还烙着好几个形状相同的黑色符号。

“抱歉，我对此负有责任，还请原谅黑桃七的无礼。”铜腕朝男孩躬了躬身，转而把目光投向那片引起骚动的青铜树叶，脸上似乎还有一丝罕见的好奇，“不过，这东西为什么会在你手里？”

“对不起，我不知道，这原来是你的东西。”

“不，严格来说，它并不属于我。但这确实是我的作品。”铜腕沉吟着，似乎正在回忆往事，“你是在哪里找到它的？”

“树林里……”

“噢，这么说，你遇见它了？那个惹人讨厌的家伙，那个无耻的盗匪，逃跑的懦夫，它竟然还活着，它竟然还藏在那片林子里？”

三月一脸茫然，因为那树林拥有太多传说，他不知道铜腕口中的“它”是指谁，而铜腕也显然没有兴趣把这个令人不快的话题进行下去。钟表匠从铁皮人的手中接过青铜叶，开始向三月解释起刚才发生的一切。三月记得，铜腕提到了一种叫作“磁力”的东西，还向自己展示了一种叫作“指南针”的道具，但男孩依然无法理解铁皮人袭击自己的原因。不过，这个问题很快就变得不那么重要了。当那位天才钟表匠拿起树叶，将叶柄插入义手上某个常人根本不会留意的凹槽，三月立即听到，义手内部传出某种陌生却悦耳的嗡鸣。紧接着，那片由青铜拼接而成的树叶就在三月眼前旋转折叠，化成一个花蕾，随后又舒展开来，变作一朵花，再卷曲皱缩，退回到一枚叶芽，最后竟不断往内塌缩，重新蜕变成一颗种子，停在铜腕掌心。

“怎么回事？”三月既惊讶又好奇。他时常独自摆弄这玩具，本以为对它已十分了解，却没想到自己还远未触及其中的玄机，“这难道是一片真正的树叶？你逆转了时间？”

“这是不是真正的树叶，取决于你对树的定义。至于时间，无人能将其逆转。”铜腕的回答不急不缓，声音不高，却有一种不容置辩的感觉，“时间是世界的准绳，我们所能做的，仅仅是在准绳上刻线。”

“是的，时间丈量万物，而他，则丈量时间。”现在，店里的自动烛台终于点起了灯火，而在两人身后的《庭园》里，白陶制作的旁白则在广场上开了腔，“他把时间视作终极的真实，却又怀疑它不过是知觉的谎言。他相信时间是神赐予人类的最后平等，却又担心它只是一支永远射向死亡的箭。他毕生都在追逐这箭矢，欣赏它飞逝的身姿，不但痴迷于对时间的丈量，也痴迷于这个被时间丈量的世界。但专注往往会使人目盲，勤勉有时会令人迷惘。布置过无数舞台的人，或许还不知道，这世上只有一座舞台。参演过无数戏剧的人，或许并不愿意承认，人间只有一出戏剧。他有时感到自卑，埋怨自己没有编织故事的才能，有时又感到自傲，因为他自信能看破舞台上的一切……”

“孩子，祝贺你，你得到了一个极为重要的角色。”铜腕紧盯着眼前的少年，神情复杂，视线仿佛能将他穿透，看到了《庭园》里确定无疑的未来，“不过，即使获得了最精彩的剧本，若要让演出取得成功，仍需准备一座可靠的舞台……”

“是的，他坚信，舞台只为演剧而生，其上的万物都只是布景。”后来，在那座太过宏伟的舞台上，真正的旁白会趁着众人在光芒中狂舞的间歇，为钟表匠的理想留下一段简短的脚注，“他创造完美的舞台，他渴望完美的戏剧，但他并不确定，在完美的安排之下，是否还应为即兴表演留出空间。花儿应在哪一天绽放？风暴应在哪一夜袭来？树叶应在何时落下？太阳又应在什么钟点升起？哪怕是一朵云、一场雨，甚至是一片蛙声、一阵虫鸣，它们是否都应被写进剧本，又能否被事先预见和丈量？若有谁真能做到这一点，在环顾舞台时，他是会感觉兴奋，还是会感到忧伤？看哪，在这过分精巧的庭园里，一切都美得令人心痛，却又被安排得那么凌乱，错漏百出……”

“你拿着它。”那一天，铜腕把已变成种子的青铜树叶重新交给三月，又掏出怀表，瞥了一眼时间，“等到它再次开花，你就带上它，到你捡到它的黄昏树林里来。我在那里等你。”

“等我？”三月一脸疑惑，“等我做什么？”

“做什么？自然是帮你找到父亲。”

“你知道我爸爸在哪儿？”几乎不敢相信自己的耳朵，三月又惊又喜，“他怎么了？你不能现在就告诉我吗？”

“当然不能。”

“为什么？”

“为什么你要问我为什么？”钟表匠看了男孩一眼，一点也不掩饰自己的惊讶，“你难道没看过剧本吗？”

确实，三月没看剧本，他本想继续追问，但一见到铜腕那惊讶的模样，他就放弃了。也许，这就是钟表匠嫌弃自己的原因吧——三月早已知道，对于这座小镇而言，只要一牵扯到剧本，再怪异的事都会变得理所当然。所以，尽管完全不了解对方的用意，三月也只能按捺住急切的心情，默默地把铜腕的吩咐记在心中。

在返程路上，他把那枚青铜种子攥在手中，感觉到掌心处传来的微弱颤动。后来，每当他把种子放到耳边，还总能听到一阵细碎的、嘀嗒嘀嗒的声响。要不了多久，三月就会发现，这枚青铜种子事实上也跟铜腕的其他作品一样，是一台无比精巧的计时器，它会按时抽芽，按时长叶，按时开花，按时结果，而后再重新变成种子，如此循环往复。遗憾的是，即使后来好不容易盼到它再次开花，三月却依然没能与父亲团聚。铜腕没有赴约。铜腕没能履行承诺。因为那期间发生了一连串无法预料又不可思议的事，不但改写了小镇的未来，也改变了镇上每一个人的命运。而这一切，都要从大团长之死，还有他的第七次葬礼说起。

5 太阳陨落之日

《你的葬礼》或许不是大团长最得意的作品，却将大团长的创作风格推到了极致——每次演出都必定会大改剧本，也必定会更换舞台。正因为如此，三月才一直没搞清这小镇究竟有多少座墓地。不过，相对于演出地点的多变，它在演出时间的选择上就显得很单一，几乎无一例外，都是在日落时分举行。黑暗成了贯穿始终的元素，令到场者都沉浸在一种对死亡的联想之中。但在三月眼中，这黑暗绝不单调，它是变幻的、多彩的，拥有温度，哪怕不去听演员的台词，不看他们的动作或神态，只消从远处望一眼那巨大的棺材，望一眼死者的寿衣，就能意识到这一点。那些寿衣设计得十分怪异，三月不知蜘蛛用了怎样的布料，又用了何种缝纫技巧，却能清楚见到它们在黑暗中发出的光。它们有时像黑豹的眼瞳，有时像游隼的尾羽，有时像蝎子的螯针，有时像蜣螂的鞘翅，或柔和，或耀眼，总是恰好能与大团长的台词相配，给人留下一种五彩斑斓的，关于死亡的记忆。不过，这样的印象很快就会发生改变，而起因则是大团长的最后一次葬礼。

事实上，在那场葬礼举行之前，三月已觉察到了异样。他记得，蜘蛛在某个清晨突然造访了悖逆之家，为每个孩子都带来了一套新衣。这并非裁缝第一次造访，她过去也为孩子们制作过不少衣服。她曾用牦牛皮为马靴做了一件马甲，又用驼羊毛为蝙蝠做了一件披风，她曾为小尾巴做过三条百褶裙，分别再现了孔雀、火烈鸟和天堂鸟的色彩，又为可可做过一条连衣裙，会随季节交替散发茶叶或薄荷的清香。在《国王的新衣》落幕之后，蜘蛛还专门找到三月，替他量身制作了一套衣服，那套衣服使用了一种比丝绸还要细腻的面料，据说来自地底，三月从未见过，穿起来很舒服，却总会引来路人的指指点点甚至是讪笑的目光……在孩子们的记忆里，这位裁缝似乎就从未制作过两件一样的衣服。不过，这一次，他们恐怕要失望了，因为蜘蛛带来的新衣竟一反常态，采用了完全相同的样式和相同的黑色。它们似乎只有一个用途，统一名称——“丧服”。后来，在最后的葬礼上，三月才发现，除了自己这个异类以外，不仅是孩子，就连镇上的其他居民，甚至是一贯裸奔的国王，还有巫婆的大肥鹅，都穿上了这套丧服。这种默契似乎从一开始就预示着，此次演出将会与以往大不相同。

那确实是一场怪异的演出，但若将其视作真正的葬礼，又说不上有什么怪异。舞台又回到最初那半座教堂，主持人依旧是手执圣典的教宗，致悼词的依旧是国王，紧随其后的依旧是巫婆，以及那只有点跛脚的肥鹅……这一次，以往总是在场的死神并没有出现。向死者献花时，大团长罕见地保持着静默，不但没从棺材里突然坐起，甚至都没动一下眼皮。人们献完花，回到座位上，太阳恰在那一刻落下，小镇上空响起一片钟声，紧接着，钟表匠制作的自动烛台一齐点亮，宣告守灵夜的来临。旁白结束了念白，一切都安静下来，除了不时从不知哪个角落里传出的啜泣，就几乎再听不到别的声音。所有人都垂着头，脸上挂着极为逼真的忧伤，让三月越发绷紧了神经。过去的经验告诉他，大团长的戏剧总是满布陷阱，只要稍不留神，就会在某个意想不到的地方背叛他的预期。但是，这一次，什么都没发生。

时间一分一秒过去，三月四下张望，始终没找到死神的踪影。他转而盯着棺材，但棺材里的主角也一直没有动静。不知过了多久，少年的情绪从紧张变成了焦躁，又不知过了多久，这份焦躁终于变成了厌倦和无聊，直到这时，三月才不得不承认，若大团长的目的只是为了捉弄观众，那么他无疑又一次成功了。三月感到挫败，他打了个哈欠，把目光从棺材上移开，转向教堂外的黑暗。他知道观众席就藏在那里，他有些好奇，在目睹了如此漫长的静默之后，那些以往总会在最后献上掌声和欢呼的家伙现在究竟是什么心情。但是，这一次，三月没发现任何人影，也没遭遇任何一双发亮的眼睛，就连窗格子上的彩色玻璃都闭了眼。黑暗中，回望男孩的只有空虚。

观众都到哪里去了？

如果一出戏剧失去了观众，它还能否算是一出戏剧？

三月感到困惑，不断自问，却尚未注意到一个事实：大团长的脸色发生了变化。那种变化不是戏谑，不是演技，也并非发生在某个戏剧性的时刻，那是一种更缓慢、更不易觉察的变化。在三月初到此地时，大团长的脸色是健康红润的，而如果他能依次回忆起随后上演的每一场葬礼，他就会发现，大团长也开始逐渐变得虚弱、苍白和干瘪，仿佛他一直在刻意把这个剧团领袖的角色推向死亡，朝着万劫不复的深渊靠拢。而到了今夜，大团长似乎终于将这个形象塑造至完美，在他脸上，任何人都能见到一片燃尽的死灰。他成功了，他变得比所有人都更像死者了。

那么，这究竟是一场演出，还是一场真正的葬礼？

三月垂下头，两手紧张地扭绞着，额头和脖子都渗出了汗。夜本就很长，寂静令它更长，若再加上内心的不安，守灵就变得让人无法忍受。所以，到了后半夜，当越来越多的人拥进教堂，当空气中弥漫的哀恸变得越来越难以抑制，当骚动打破了寂静，尽管不明就里，三月心中还是感到莫名庆幸。不过，人们从各处赶来，显然不是为了消除少年的不安，他们更像是一群敏锐的，预感到有大事即将发生的野兽，凭本能聚集到了一起。这其中既有从不登台的道具组成员，也有小镇的居民和往日的观众，此外还有许多来自镇外的人，包括经常光顾商店街的学者、巫医，来自皇都的钦差大臣，十多个口音各不相同的乞丐，五六名或赤脚或秃顶的传教士，以及一位腋下夹着班卓琴的吟游诗人，就连那帮甚少离开灯塔的侏儒也尽数下了山，挤到了人群之中。这些人拥入教堂，先是占满了长椅，随后又占满了走道，摩肩接踵，神情凝重，一举一动都像极了真正的送葬者，若说这一切皆是演技，那三月就显然低估了剧团的实力和规模。

后来，等到事故终于发生，那半座小教堂早已被人群包围得水泄不通，不但如此，还有更多的人仍在赶来的路上。所以，没有人能确切知道，事情发生时，教堂内外究竟聚集了多少人，唯一能确定的是，它发生在黎明时分。众人之所以如此确定，是因为那一刻，教堂里所有的自动烛台都齐刷刷地熄灭了。要知道，那是铜腕制作的烛台，它们会在日落时一同点起，也必定会在黎明时一同熄灭。只不过，在那一天，那一刻，就像是命运开了一个恶意的玩笑，太阳竟没能按时升起。于是，忽然间，一切都陷入了黑暗之中。

关于后来在黑暗中发生的事，每个人的证词和猜测都不尽相同，却也在某几个关键之处显出了惊人的一致。所有人都表示，自己听见周围响起了哭声，哭声如潮涌，一下子淹没了黎明的钟响，差点就引发了又一次地震。除此以外，人们还听到了送葬队伍由远及近的脚步，听到棺材离开地面，听到它在高低错落的肩膀上传递，听到告别的诗歌，祈祷的咏唱，渐行渐远的安魂曲，以及泥土被铁锹铲起，随后又落在棺木上的声音。有不少人坚信，这期间爆发了一场骚乱，骚乱中有声嘶力竭的尖叫，有渴望殉葬的呐喊，狂热的哀悼者们甚至冲上去掀开棺材，死死抓住逝者的裤腿和衣袖，直到黑暗中传出布帛撕裂的声响。此外，更有极少数人宣称，他们听到天堂之门在头顶敞开，听到天使扑翼，听到一个辉煌的声音宣布裁决与容赦，甚至是死神挥舞镰刀的轻响，还有灵魂飞升时发出的欻欻声或嗖嗖声。至于三月，他不确定自己那天是否有过如此神圣的体验，他当时已经很困了，记忆也变得模糊，他只记得自己在黑暗中闻到了一股臭味，他并不知道那意味着什么，直到许久以后，当他从林立的火刑柱旁走过时，才将这股臭味与死亡联系到一起。而在当时，三月只是踮起脚，颇有些害怕，望着大团长栖身的黑暗，却什么也看不清楚。这不奇怪，因为在那一场葬礼上，大团长穿的寿衣与以往的任何一套都不一样，它被蜘蛛命名为《太阳神的心脏》，却只有一种最名不符实的颜色，那就是黑，最纯净的黑。第一次，大团长没有睁开双眼，没有成为黑暗中的光源，却由始至终都保持着沉默，融入并消失在了那片突然降临的黑暗之中。

事情就是这样，大团长不见了，连同教堂中央的棺材一道，无影无踪。

所有人都参加了这场葬礼，所有人都是这场葬礼的听众，但所有人都坚称，自己既没抬棺，也没铲土，更没能挤到队伍的最前端，在最靠近大团长的地方送他走完最后一程。那么，如果这场葬礼真的有一帮神秘的执行者，他们究竟是谁？而剧本里本应出现的死神又到哪里去了？有人试图将这一切都解释成集体的幻觉，但大团长的遗体，连同他的寿衣和棺材却又真的不见了。在这座被围得密密实实的教堂中央，它们就这么消失了，仿佛魔术，而守了一夜的人们却连抬棺的队伍从哪里来，又从哪里离开都搞不清楚。更让人无法理解的是，为了确定大团长下葬的地点，人们后来找遍了小镇的每一座墓园，却意外地发现，每一座墓园里都立起了新的墓碑，而那些新墓碑上竟全都刻着大团长的名字。这是可能的吗？毫无疑问，有人在撒谎，在制造假象，又或是活在某一出幻想的戏剧之中。

“他永远地离开了我们。”

那是旁白。当人们重新点起烛火，当骚乱终于安静下来，旁白的声音就立即与复归的光芒一道，传遍了教堂内外。旁白就是这样一个角色，她出现在每一部剧中，却从不与任何人发生冲突，她的话语从不遭遇任何反驳，因为她仅仅是在陈述事实。现在，她竟向所有人宣布，大团长死了。如果说，在先前的守灵夜里已有不少人对大团长的生死产生了猜测或担忧，那么，在听到旁白这样的宣告后，就再没有一位出演者会否认——

是的，大团长死了，这一次，是真的死了。

哀悼持续了好多天，小镇被绝望和恐惧笼罩。剧团失去了大团长，陷于瘫痪，空气中弥漫着祷告、悲叹和呜咽，预示着令人担忧的未来。尤其令人印象深刻的，是铜腕悲恸欲绝的哭声。要知道，作为大团长最得力的助手，铜腕历来是个冷静得接近冷漠的人，几乎从未流露过情感。也许正因为如此，他才会一直留在道具组，从未真正登台。这样一位冷峻如铁的男子，此时竟长久号啕，就像是失去了父母的孤儿，让好些擅长悲剧的女演员都自愧不如地收起了手帕。

后来，直到大家通过各种奇怪的方式找到大团长的遗产，这种惊慌失措的情绪才稍稍缓解过来。甚至有人开始相信，大团长当初之所以要反复上演《你的葬礼》，正是因为他要以这种方式来帮大家做好心理准备，淡化今日的悲哀，好让大家直面他的死亡。不过，从人们那天的反应来看，准备显然还没做足，大团长低估了人们对他的情感，不管那情感应被称作爱还是崇拜。无论如何，大团长早已预见了自己的死，也深知这将使剧团面临灾难，但他没有抛弃自己的追随者，更为每一位成员都留下了一笔珍贵的遗产。这笔遗产远胜过任何有形的财富，那是大团长为他们写的剧本，关于未来的剧本。

只要有剧本，戏就能继续演下去。

铜腕最初究竟是怎样找到了大团长留给他的剧本，如今已无人确知。但根据那段后来被重演了无数次的情节，人们难免会认为最初的情况也一定与此一致，一定是钟表匠某日回到店内，发现那个名为黑桃七的铁皮人又擅自离了原位，在大厅中央踱着步等他。见他回来，铁皮人一手拉开自己腹部的暗匣，从中掏出一沓纸，那是一部陌生的剧本，但每一页上都写满了铜腕熟悉的，大团长的笔迹。那一刻，店内的时钟一齐敲响，总共七下，钟声各不相同，却依然在钟表匠的灵魂深处引起了一场地震。自那一刻起，铜腕摆脱了绝望，获得了救赎，他发出一声长叹，抹去泪，面孔重新变得冷峻，一度空洞的眼瞳也重新燃起了责任与使命的光彩。

钟表匠戏剧性的转变让不少人感到好奇，想要知道他的剧本上究竟写了什么。但这些人很快也获得了自己的剧本，事情也随即变得与以往的任何一场演出一样，大家依然保持着大团长在世时的默契，将剧本视作不可侵犯的隐私。不过，即便如此，只要目睹了铜腕后来那些令人匪夷所思的行为，便不会再有人怀疑，这位从未真正登台的钟表匠正以一种绝对的忠诚演绎着大团长的剧本。只不过，众人也会禁不住猜测，大团长为铜腕安排的新角色，很可能是个疯子。铜腕再也没有睡觉，他全天精力充沛，圆睁着眼睛，不断工作，做的却都是些旁人无法理解的事情。其中最重要的一件事，便是大规模地改装自己制作的钟表。值得一提的是，在加入剧团以前，铜腕制作的钟表尚与世上的其他钟表并无多大差别：它们的时针每一昼夜都会在表盘上走两圈，不多也不少。但在来到小镇的第一天，大团长就向铜腕提了一个看似奇怪却又相当合理的建议，希望他制作出表盘数字加倍，但一昼夜只走一圈的钟表。

“这样不是更好吗？”大团长开玩笑似的说，“只要看一眼，就能知道确切时间，还绝不会搞混白天和黑夜。”

虽然铜腕当时并不认为有谁会傻到搞混白天和黑夜，但他还是接受了这个建议，将之后制作的钟表都设计成了那个样子。镇民们对此最初也有些抵触，但还是慢慢地习惯了这些新事物。作为计时器，它们确实无可挑剔，尽管后来差点引发了一场地震，但在改换过钟声之后，它们很快就再一次赢得了大家的信赖乃至喜爱，一直完美地运行至今。现在，铜腕又要改造它们了，只不过，这一次，他要改变的已不再是报时的钟声，而是表盘的结构——他开始清除表盘上的第一个数字，也就是那个标志黎明的钟点。

只消想象一下铜腕总共制作过多少时钟，便知道这项工作究竟有多么繁重。在那些天里，只要一走近商店街，就能听见叮叮咣咣的声响。这声响越过钟表店并不存在的第四面墙，冲击着每个人的鼓膜，预示着这里即将变作舞台的中央。铜腕不分昼夜地工作，义手飞速运转，犹如一台欢快的乐器。当他把店内的钟表全部改装完成，那些从表盘上拆下的数字已积成一堆，在大厅里形成一座小山。小山映着烛火，数字上的雕花和嵌片微微闪烁，浮现出暗淡的金属光泽。结束了店内的工作，铜腕还不满意，他立刻挎着工具箱走出店门，开始改造镇上的钟表。由北向南，从西到东，他走遍每一条街巷，造访每一户人家。无人能理解他的用意，大家都从未听过这么离奇的请求，但一看到这位钟表匠那冷峻的、令人信赖的面孔，想到他长久以来的好口碑，大部分人还是勉强同意他进屋，拆走了那个标志黎明的钟点。当然，也有少数人很固执地表示拒绝，不过，最后还是被铜腕连蒙带骗，甚至是用接近强夺的方式达成了目的。这其中当然会发生不少冲突，甚至埋下了怨恨。

比如有一次，铜腕趁深夜偷爬上教堂的钟楼，改造了楼顶的大钟——这座多灾多难的大钟已经在地震中被疤脸摧毁过一次，现在又不得不面对制作者突然爆发的疯狂。巨大的青铜数字在落地时发出了巨大的声响，惊醒了所有人，也包括教宗。那个虔诚又肥胖的中年男人还穿着睡衣、戴着睡帽就冲了出来，头顶的瘤子因气急败坏而剧烈颤动，左颊上的旧伤疤几乎要再次裂开，他二话不说就一脚踢翻了铜腕的梯子。但一切都太迟了，这一脚不但没能拯救落地的钟点，反而打碎了好几块钟楼上的彩色玻璃。还有一次，在多番交涉无果之后，铜腕带着黑桃七强行闯进疤脸的工作室，为了应对可能遇到的抵抗，他甚至为铁皮人配备了武器，包括一柄钢叉、一副弹弓、一面盾牌，以及一把能令目标麻醉的十字弩。但面具师当时恰好不在，所以铜腕需要面对的其实只有贵妇人的尖叫、海盗的威胁，以及其他众多面具的愤怒呵斥，但这些无力的抵抗并没能让工作室内的壁钟逃过一劫。后来，作为受害者，疤脸还是找到了铜腕，揪着领子把他痛骂了一顿，但围观的众人似乎都暗暗松了一口气，庆幸这一幕没走向更血腥的结局。可惜的是，在当时，尚无人能料到，这两人很快就会成为仇敌，并在未来上演一场又一场可怕的决斗。

当钟表的改造全部完成，这座小镇的时间似乎也发生了变化，永远地失去了一个钟点。

按照成分，铜腕又将拆下的金属数字分成了好几座小山，堆积在店内，看上去就像是车间里的废料。但它们的使命还未就此结束，因为铜腕并没有把它们直接扔进垃圾堆，而是将它们重新投进了锻炉。几天过后，黑桃八诞生了。跟黑桃七一样，黑桃八也是个铁皮人，它就像是黑桃七的孪生兄弟，除了制作者铜腕以外，旁人几乎看不出两者有何差别。当时，还有不少人对此感到新鲜，怀着好奇心，想要分清两者。但如果这帮人中有谁能够预见到事态的发展，他们就会立刻意识到，自己现在的努力只不过是在浪费时间……

对于钟表匠最近的怪诞行为，三月关心得并不多。他只是小心地保存着那枚青铜种子，每日观察，听着种子里传出的嘀嗒声，看着它逐渐发芽、长叶，焦急又天真地等待着开花的那一天。虽然也有自己的烦恼，但三月与其他镇民不同，他并没有因大团长的死而大受打击，他的感受与其说是悲伤，倒不如说是惊讶，不明白众人为何会对大团长抱有这样一种近乎宗教崇拜的情感。即便如此，大团长的死依然改变了孤儿院的生活。现在，除了清扫烟囱，院长又给孩子们分派了新的任务，那就是到郊外去，尽可能多地收集灯芯草。正因为如此，三月才有了机会，能够第一次走进小镇郊外的向日葵花田。

他记得，自己曾遥望那片花田。当时，他正与朋友们奔跑在小路上，去往远处的黑色高塔，还不知道在前方等着自己的竟是早已碎成侏儒的父亲。尽管那个清晨根本算不上晴朗，天空中还是传来了雀鸟的鸣唱，无数向日葵的花盘像是听到了召唤，微微仰首，朝着日出的东方。空气是欢快的。亮眼的金黄色花瓣从尚未苏醒的灰色田野中冒出，组成了一幅还没上完色的油画。画中的点睛之笔是一个高瘦的身影，独立于花田深处，头戴礼帽，身穿燕尾服，打一把阳伞，由始至终背对着三月，一动不动，眺望着远方。三月对那个身影印象很深，后来，他甚至会不自觉地观察街上的行人，留意有没有人戴礼帽，有没有人穿燕尾服，有没有人打伞，却再也没能与那个身影相遇。

如今，三月又走进记忆的花田，但一切已然改变。鸟儿不再歌唱，寂静中只有催人入睡的虫鸣。向日葵垂下了头，花盘枯萎，似乎再也听不到太阳的召唤，往日的金黄被一种病态的蓝色取代，而田野则被染成紫黑，点缀幽绿的萤火，就像是原画的作者受了什么打击，终于发了疯，把一件杰作改成了这副模样。

三月与伙伴们分散开来，摸着黑采灯芯草，一直朝花田深处走去。他并不知道事情为什么会变成这个样子，无论在镇内镇外，规律和常识似乎都完全失了效，仿佛大团长的死真的具有某种可怕的魔力。突然脚底一滑，三月向前一扑，撞到了一个人身上。他赶忙道歉，抬头想要看清对方，却发现那人依然背对他，默不作声。男孩忽然发现，眼前的形象是那么熟悉。礼帽、燕尾服、阳伞，他依旧是过去的样子，就连所站的位置，眺望远方的姿势也和过去并无二致。一股莫名的亲切感涌上心头，三月拨开周围的向日葵，快步绕到这位奇人跟前，却还没开口就呆住了。那一刻，一只萤火虫停落在男孩鼻尖，扑扇着翅膀，让他看清了眼前的景象。三月大笑起来，眼泪直流，持续的笑声越来越像哭声。

“噢，我真没想到……”三月自嘲地看了对方一眼，伸手将那伞夺了过来，“你竟是一个稻草人。”

没错，那只不过是一个稻草人。即使这个稻草人确实是一位绅士，也真的需要遮挡日光，它的伞现在也再没有存在的必要了。正是出于同样的理由，三月才会被派到这里来收集灯芯草。事实上，自从大团长去世以后，太阳就再也没有升起。

6 生之不适

三月偷走了稻草人的伞。他是临时起意这么做的。即使事后自问，他也没法为自己找到一个合理的动机。那是一把很普通的伞，似乎已经有点儿年头了，但还能用。唯一值得一提的地方，就是胡桃木的伞柄上有一排来历不明的刮痕，有点像野兽的抓痕，又或是小动物的牙印。在发现大团长留给自己的剧本以前，三月一直认为，这件事不过是偶然，根本没什么大不了，更无关乎自己的命运。

大团长死了，太阳行踪不明，黑暗笼罩此地。荒唐的现状正侵蚀人心，很多平日里潜伏的事物也开始从阴影中浮现。

小镇有了新的名字——长夜镇。这个叫法最初由谁提出已不可考，也曾有不少人对此表示反对，坚信太阳将很快回归，但当这个名字越来越频繁地出现在旁白的陈述之中，反对者也只得闭嘴，接受了这个事实，转而相信一切都早已在剧本中有了安排。

为了应对长夜，大家想出了各种各样的办法。国王的行动最抢眼。“如果太阳失踪了，我就再造一个新的。”他挥舞权杖，打开宝库的大门，从中取出白银和黄金，又请来工匠，先用黄金铸造了一只火盆，又用白银铸造了无数面镜子。那火盆极大，四周装饰有太阳、狮子、独角兽，以及国王本人的浮雕，象征威严的王权。至于镜子，则每一面都闪闪发光，像古代方阵武士的盾牌，更配有可以旋转角度的握柄。一切准备就绪，国王召集仪仗的队伍，在漆黑的大街上举行了一场史无前例的皇家巡游。巡游是奢华的，也很成功。火光冲天而起，被火盆镀上炫目的金色，光芒四散开去，投落在仪仗队高举的银镜上，再经过若干次训练有素的反射，恰到好处地照在大街上，投射到路两旁每一座建筑的每一扇窗子里。自那以后，除了礼拜天，每周六次，一到正午时分，国王的巡游便会上演。届时，这道皇家光源就会缓缓穿过镇上的每一条街巷，犹如一座由黄金与白银搭建而成的移动要塞，彰显出国王特有的魄力和骄傲。人们对此满怀期待，不少人放下手头的工作，拥上街头，短暂地沐浴在这人造的阳光之中。美中不足也是有的，比如，在巡游队伍的最前端，除了受惊乱跑的“宰相”和披着狼皮的“狼”以外，还不可避免会出现国王——这个一直裸奔的男子，总是置身最明亮的地方，占据着大家的视野。

事实上，早在国王光荣裸奔之前，教宗就已经开始了行动。作为信仰的守护者，他显然对这场灾难有自己独到的理解。在查阅过数量可观的历史和宗教典籍之后，他得出了一个并不怎么让人意外的结论：神发怒了。他宣称，这座小镇不但缺乏对神的敬畏，还滋生了可怕的罪恶。“神隐去了太阳，但这只是一个警告，若神的愤怒无法平息，未来的神罚只会更加严苛。”他大声疾呼，在黑暗中描绘着末日的图景。善男信女们如潮水般涌来，惊惧地寻求着救赎。作为对神的赔礼，有人牵来了刚成年的公牛，有人扛来了初生的羊羔，即便是家里拮据的，也至少会带来几只鸡鸭，又或是一篮子玉米或小麦。在教堂门前的广场上，人们很快就搭建起一座简易祭坛，他们在那里生火、焚香，献上谷物和水果，屠宰牲畜和家禽，期待着神能够瞥见自己此刻的虔敬。在祭祀最繁忙的时候，主持活动的教宗几乎要累晕过去。凄厉的祷告和狂热的祈福彼此混合，几乎完全淹没了管风琴的演奏，淹没了唱诗班的阉人歌手，也淹没了报时的钟声。祭坛的阶梯上，死去动物的血液不断淌下，在广场上形成一条温热的小溪。空气中弥漫着血腥味、油脂味、禽畜的粪尿味，以及这一切被火焰炙烤过后留下的焦臭。不难想象，若有谁先前还对教宗的警告抱有怀疑，那么，在目睹这一幕时，他也很难不相信末世的确已经来临。就连那只总是趾高气扬的大肥鹅也突然收敛起自己的骄傲，连滚带爬地逃入了黑夜之中，有很长一段时间都没敢靠近这里。

当然，为了平息神怒，仅表达对神的敬畏还远远不够，与祭祀活动一同进行的，还有一场遍及全镇的大忏悔。教堂的忏悔室外排起了长龙。在进去以前，这些罪人的神态就像他们所犯的过错一般千奇百怪，但在坦白过后，几乎每个人都变成了同一副表情，泪流满面，激动得无法自已。他们感到轻松，相信神已经宽赦了他们的罪行。这些罪行包括但不限于：酗酒，赖床，打孩子，私拆别人的信件，编造关于情敌的下流谣言，和其实并不怎么漂亮的女佣人私通，往水井里撒尿，又或是趁着夜色溜进邻居的厨房并偷走了两条咸鱼和一块发霉的腌猪肉。他们认定，自己的罪行正是神发怒的原因，并一厢情愿地相信，只要完成忏悔，太阳就会在明天升起。不过，坦白说，即便真有哪位神明会为了一块腌猪肉而将太阳囚禁在地平线之下，那么他恐怕也不会因为一两次忏悔而改变主意。事实上，无论是祭祀还是忏悔，都没能让太阳重新升起。但这并不妨碍人们继续聚集到教宗身边，也不妨碍他们继续以相同的方式寻求救赎。毕竟，教宗所警告的更多更严苛的神罚并未降临，这恰恰证明了神的愤怒没再加剧，也证明了祭祀和忏悔绝非无用，却仅仅是做得还不够好而已……

当然，除了王权与宗教，大家也不是没有别的力量可以依赖，但相比之下那都只能算是些旁门左道的东西。在大团长死前，就曾有好几位镇民拜访过巫婆，而根据他们日后的回忆，巫婆或许早已预见了即将发生的不幸。可惜这些人当时多半处于人生的低谷，有些正对未来感到迷茫，有些则正承受病痛的折磨，他们根本没有闲暇去领悟巫婆话中的深意。这也难怪，毕竟，除了那些走投无路的家伙以外，又有谁会去找一位巫婆问卜治病呢？巫婆接待了这些访客。她用一对鹿角和几片贝壳为一位意外怀孕的娼妇找到了腹中婴孩的父亲，又用一副纸牌和十三枚银币为一位寡妇确定了丈夫生前埋藏财产的地点。有一次，她把蒲公英用酒染成红色，洒在一位少女头顶，随后轻轻一吹，根治了女孩的头疼。另一次，她将一条蟒蛇的蛇蜕缠在一位老翁胸前，而后将其吊起，由尾至头烧成灰烬，治好了老人的肺病。在巫婆那里，每一位求助者的所见都迥然相异，然而，在告别的时候，他们却无一例外地收到了相同的礼物。那是一个护身符，只有拇指大小，由纸折成，看上去十分廉价，形象似乎是某种有翅的昆虫。“带着它。”巫婆的声音十分沙哑，“在未来的漫长黑暗中，它或许会有用。”当长夜真的降临，这些拜访过巫婆的人便惊讶地发现，那只白纸折成的小虫竟动了起来，张开翅膀飞入半空，断断续续发出奇异的冷光。直到那时，他们才意识到，巫婆的礼物是一只萤火虫，而她所说的黑暗并不是特指某个人渺小的命运。

那个时候，三月还从未拜访过巫婆，但巫婆的萤火虫还是帮他找回了大团长留下的剧本。那只率先被发现的萤火虫本属于谁如今已不得而知，或许只是走失了，迷了路，它毫无预兆地从窗口闯进三月的房间，成了黑暗中唯一可见的光点。三月盯着它，听见纸折的虫翼在空气中微微颤动。似乎在这只小虫身上觉察到了什么，三月伸手，想把它拢入掌中。但萤火虫忽一转向，躲过三月，在空中划出一个优美的圆弧，便径直飞入了床底。三月追上去，撩开床单，俯身朝内里望去，顿时像被灼了一下。他见到一片光，让他早已习惯黑暗的瞳孔猛地一缩，一阵刺痛。他不大相信自己所见，揉了揉眼睛，眼前的景象渐渐清晰。那是一群萤火虫，与刚飞进来的那只一模一样。它们正聚集到一处，此起彼伏地发着光，同时也发出一种极轻极细的沙沙声，正一同啃食着一个大信封。

三月意识到，那正是旁白在很久以前交给自己的信封。据说，那其中有他的剧本。也正因为如此，他当时才感到愤怒，把它一脚踹到了床底。现在，借着萤火虫的光，三月突然心生好奇，探手进去，拨开虫子，把信封重新拖了出来。萤火虫并未放弃，像是无法拒绝信封的诱惑，马上又聚集了过来。三月趁机把它们全部捉住，关进了一个小瓶子里。他将信放到桌上，举起瓶子，仔细观察。那是一个大信封，鼓鼓囊囊的，封口处还留有大团长的火漆印。它已在床底放了很长时间，从未被人拆开过，除了刚才被虫咬的痕迹以外，几乎完好无损。一想到大团长对自己所做的一切，三月就来气，不过，既然大团长已经死了，怒气也就变成了好奇。他还清楚地记得，镇上的每一个人几乎都问过他同一个问题——“你难道没看过剧本吗”，现在他想要看一看，大团长究竟在剧本上写了什么东西。三月拆了信。然而，与他预想的不一样，信封里并不是一沓厚厚的，写得密密麻麻的剧本，却是另一个信封，这个信封与三月拆开的那个大小相仿，封口处同样留有大团长的火漆印，不知内里装着什么。信封的背面写着几行字，那是大团长的笔迹：

> 三月偷走了稻草人的伞。他是临时起意这么做的。即使事后自问，他也没法为自己找到一个合理的动机。现在，他感到惊讶，似乎还无法接受，这样一件小事竟会关乎自己的命运……

这怎么可能？三月呆坐桌前，难以置信。要知道，莫说是大团长，就连三月自己，也绝不可能预料到这件事。但事实是，这一切竟早已被大团长写进了剧本，就连那“临时起意”也能被清楚预见。接下来的文字进一步证明了这一点。三月读到了自己方才经历的一切，包括他如何与萤火虫相遇，如何找回剧本，如何拆信，甚至还有他内心的好奇，以及此时此刻的震惊。那一刻，三月突然有了一种奇怪的感觉，认为自己正被什么东西俯视着，操纵着，把玩着。他想到了观剧者的眼睛，它们遍布小镇的每一个角落，甚至被镶嵌到了教堂的窗格子里，它们总在讪笑，总在以一种超然的方式对舞台上发生的一切评头论足。或许它们早就知道，自己一直以来都戴着某种无形的枷锁，既毫不自知，又无法挣脱……这让三月感到极度厌恶。在男孩心中，大团长的形象迅速变换，他有时是一位智慧超群的先知，有时是一位渴望统治所有人的君王，有时又成了一位以戏耍他人为乐的魔术师，又或是这些东西的集合体。渐渐地，三月开始理解了，为何众人会对大团长抱有那样一种敬畏、恭顺，乃至崇拜的情感。但无论大团长的真实身份究竟为何，有一点都不会改变——三月不喜欢他。而在读到这段文字的末尾时，这种厌恶的情绪就更加强烈。

现在，三月后悔了。他后悔自己拆开了第一封信，但与此同时，他又迫不及待地想要拆开第二封信……

尽管憋得满脸通红，三月还是不得不承认，这确实是自己现在的心情。但也正因为如此，他才越发感到愤怒。是的，他迫不及待地想要拆开第二封信，他迫不及待地想要看一看后续的剧本，他知道，那里面可能有自己的未来，也可能只有一派胡言，更可能什么也没有。三月想要再见识一下大团长的智慧、权柄或魔法，确认一下他究竟能神通广大到什么程度，却又暗暗期待着他只是一个耍小聪明的，运气终究耗尽的，无法继续圆谎的小丑。这么想着，三月不由自主地把手伸向信封上的火漆印，但是，就在指尖触碰到它的瞬间，男孩停了下来。一种孩子特有的逆反情绪突然爆发，压倒了他的好奇心。一个绝妙的主意闯进脑海，让他笑了起来。

“是啊，我怎么这么傻？既然我已经知道了他的把戏，既然他狂妄到要预言和规划所有人的未来，那么，只要我不按剧本上写的去做，他不就只能变成一个可悲的小丑了吗？看，他说我迫不及待？但我没有迫不及待！”三月用左手抓住自己的右手，虽有些艰难，却仍十分坚定地把它从火漆印上抽离，“我不，我偏不！我要证明，他错了。”

三月相信，自己已经破解了大团长的把戏。无形的枷锁被解开了，他重新夺回了自由的感觉。然而，这么做并不是没有代价的，当三月冷静下来，一度被压抑的好奇就又熊熊燃起，烈焰般燎烧着他的心。尽管已下定决心不马上拆开，但他依然迫不及待地想要知道，第二封信里究竟装着什么，他急于确认，自己已取得完全的胜利，而他也十分清楚，最有力的证据就藏在眼前的信封里。所以，即使在日后自问，三月也不得不承认，自己是不可能不拆开那封信的，他甚至就从未设想过不拆开信的可能。于是，在体验过短暂的胜利之后，三月的灵魂又陷入痛苦之中。他开始不断自问，自己该等多久？到底要再过多长时间，才不算是“迫不及待”？五分钟？一小时？一夜？还是一个礼拜？三月挣扎着，感到愤怒，自知这种痛苦的思考绝非胜利者应有的模样。最后，他一拍桌子，决定在两天后采取行动。这显然是一个折中后的选择，既不算太久，却也绝对称不上是“迫不及待”。不过，三月已能够想象，自己将以何种心情去度过这段难熬的时间……

当然，除了三月自己，没有人知道这场发生在男孩与大团长之间的较量。大家都很忙，尚未从大团长逝世的哀伤中恢复，也远未摆脱太阳失踪所带来的一系列混乱。这两件不幸的事几乎在同一时刻发生，很难不让人产生联想。不少人猜测，它们之间存在着某种更加密切也更加神秘的关系。或许，正因为如此，人们才很快就决定，要让《你的葬礼》重新上演。有的人认定这么做可以找回失踪的太阳，有的人则声称能借此把去向不明的大团长唤回人间，甚至还有一小部分人相信，这出戏剧会让时光倒流，令小镇和剧团都重返往日的美好岁月。在大团长死后，这是剧团的第一场演出。镇上的大部分人都参与了，其中最积极的就是钟表匠铜腕。他那时已经十多天没合眼了，却依然精力充沛，重演的想法正是由他首先提出的，此外还有面具师疤脸和裁缝蜘蛛，也都立刻表示了支持。多亏了这些人的参与，本属于大团长的角色空缺才得以被填补。为此，铜腕献出了新铸造的黑桃八，并替它安上了《庭园》里陶瓷小人儿的发声装置，而疤脸则用树脂和蜂蜡为铁皮人制作了一副面具，尽管在左眼处仍稍有瑕疵，却还是颇为精准地再现了大团长生前的面孔，至于蜘蛛，则按照铁皮人的尺寸重新制作了一整套寿衣。不得不承认，用人偶来出演一个如此重要的角色实属无奈。尽管剧团人才济济，根本不缺演技精湛的演员，但因为大团长生前的威望，也因为这个角色早已被他反复演绎至完美，大家都不愿再去尝试，甚至无法想象对这个角色加入自己的理解。他们都担心自己辱没了大团长的遗产，认定它早已超出了自己能够驾驭的范围。

当《你的葬礼》再次上演，所有人都隐隐感到，与其说它是一出戏剧，倒不如说它更像是一场仪式，每一个参与者都在暗暗祈祷，期待着某种奇迹发生。

那是大团长的第三场葬礼。送葬的队伍抬着棺材，走进一座钟乳岩洞穴的深处。岩洞是小镇的另一处墓园，里面摆放着许多巨大的纳骨坛，其中不少早已字迹模糊，看不出死者的姓氏和生卒年月，还有些则已与地面或岩壁彼此溶融，陷入了钟乳石深处。它们就像一颗颗灰暗的果实，散落在这座永不腐败的岩石丛林之中。没有人知道，这些纳骨坛有多少只是舞台道具，又有多少真的存放着尸骨。事实上，这片墓地被用作舞台已有很长时间。在上一出戏中，它就充当了通往地府的道路。一位演奏七弦琴的少年用音乐感动了冥王，救回了亡故的恋人。两人在离开地府时被告诫说，在路上绝不能回头，但路实在太长，少年终究忍不住，回首看了恋人一眼，他便立即风化成灰了。他的爱在拯救了她之后，也为她招来了第二次死亡，让她再次堕入冥界……即使到了今日，当年的演员和观众似乎还能在这里听到七弦琴的回声。或许，也正因为如此，众人才会决定在此处重演大团长的葬礼，祈祷奇迹发生。

除了纳骨坛，此处还存放着些别的东西。其中最引人注目的，就是那些数量众多，年代几乎与纳骨坛同样古老的木桶。那一幕颇为怪异，若出现在某位画家的笔下，恐怕任何人都会对这些木桶感到好奇。不过，让当地人骄傲的是，至今还从未有谁真的向他们询问过这些木桶的来历和作用。这也理所当然，哪怕是初次拜访的人，只要嗅觉还未完全失灵，就会发现，这座墓园同时还是一座酒窖。空气中弥漫着醉人的酒香，越往墓地深处走就越浓。三月记得这阵酒香，也记得岩洞中有许多岔路，它们大多黑洞洞的，说不准哪一条就真的通往地府，只有一条例外，点着一盏小灯，连接着酒坊。而这一回，三月正是通过这条路与众人一道走进洞里。

一切似乎都与过去一样，却又略有不同。这里曾是蝙蝠聚居的巢穴，是它们白天的藏身之所，但如今小镇已陷入长夜，这些喜欢黑暗的生物也就不再蛰伏，纷纷离开，飞入自由的天空，享受着它们的好时代，使本就寂静的岩洞变得更加寂静。不过，这都不重要，最大的变化事实上只有一个——大团长的缺席。现在，黑桃八戴着大团长的面具，身披寿衣，闭着双眼，静静地躺在棺材里。那套寿衣就与三月记忆中的一样，以绿色为主基调，被蜘蛛命名为《牧神的头脑》，它时而透出草叶的光泽，时而显出藤蔓的质感，拥有颤动的脉络和似乎仍在生长蔓延的根须，就像一片壮丽的翡翠森林，甚至能吸引鸟儿到上面停驻歌唱。毫无疑问，这正是大团长在第三次葬礼上穿过的寿衣。这是一个近乎完美的替身，没有人质疑疤脸的手艺，也没有人质疑铜腕的才能，在某个瞬间，三月甚至以为这场神秘的仪式真的成功了，不但让众人回到了过去，还让大团长重返了人间。不过，等到死者终于睁眼，这样的幻象也立即破灭了。黑桃八并没能成为黑暗中的光源，因为它终究不是大团长，更没有大团长那样的眼睛。

三月记得大团长的眼睛，尤其是他的左眼，也就是他们初次见面时，在眼皮底下不断起伏的那只眼睛。那一次，男孩被吓到了，不仅仅因为他目击了死者复活，更因为他在极近处见到了大团长的眼睛。无论在过去还是现在，三月都坚信，那绝不是一颗人类应有的眼睛，它不但大得异常，还在眼眶中不住翻滚，好像不能在任何一处多做停留，否则便会灼伤自己。这使得它的视线极度飘忽不定，似乎总在跳跃，也总能看到某些别人无法觉察的东西。三月猜测那或许是一颗设计失败的义眼，又或是某种罕见的疾病，但无论如何，他都不敢直视那眼睛。它太刺眼了，似乎瞳孔中真有光芒透出，仿佛一座活火山，随时都有爆发的危险。三月的担忧并非全无道理，事实上，就曾有好几位来剧团见习的演员后来坦言，自己身上留下了无法解释的烧伤，而剧团每一次外出巡演，几乎都必定会伴随着一两场离奇的，或大或小的火灾。最严重的那一次发生在首都的皇家剧院，不但烧死了财政总管的宠物——一只据说会算乘法的金肩鹦鹉，就连帝国元帅引以为傲的大胡子也成了牺牲品。当然，三月对这些往事一无所知，但随着葬礼不断上演，当大团长在黑暗中一次又一次睁眼，聚集起众人的目光，三月也越发坚信，他真的拥有一只灼人的、会发光的眼睛。

“我嗅到你了，朋友。”那一回，在这座岩洞中央，大团长对着黑暗高呼，“你就弥漫在空中，把血肉化作骨骸，把果实化作美酒……”

“不幸的人啊，你难道不热爱生命吗？”死神从黑暗中浮现，过去如此，现在亦如此，仿佛他一直都在，从未走下舞台。只不过，他的下半身已变成了蛇，闪烁锋利的鳞光，而手中的镰刀则化成了形似毒牙的匕首，“为何总要寻找我？你知道，我只是耗散，是挥发，是生命的一个过程。”

“我热爱生命，也关心死亡。热爱生命的人怎么可能不关心死亡？你是一个过程，从未停止。我每一次呼吸，都无可避免地嗅到你，但你的气味注定难以描述，既有人猜测那是诱人的芬芳，又有人认定那是可怕的恶臭……”

“都一样。”大团长还没说完，死神就打断了他，“究竟是芬芳还是恶臭，只有你们生者会争论不休，仿佛在发酵与腐败之间真的存在什么本质差别。但对于我辖下的死者，芬芳与恶臭同等奢侈，也都同样早已失掉了意义。”

“是啊，死者就像一面镜子，让我看到了生之可贵。尽管生命并不尽是美好，但我依然渴求它，希望自己能永远活下去。因为死亡实在太过可怕，可怕到令我忍不住去羡慕那些总把天堂与地狱挂在嘴边的愚者。没错，我羡慕他们，因为他们不但认为自己在天堂里能够尝到幸福，甚至认为自己在地狱里能够感到痛苦。噢，那帮乐天派，究竟是谁给了他们这种近乎傲慢的自信，去拥抱如此荒唐的信仰？在扮演他们的时候，我总是无所适从。难道他们就从未经历过无梦的睡眠？难道他们就从未在病榻上失去意识，陷入昏聩？他们根本不懂你，竟天真地断定，自己在死后还能保有知觉，能感受天堂或地狱。”

“天堂？地狱？那是什么东西？”死神摇了摇头，“若它们确实存在，你就真应该感到庆幸，甚至心怀感激，为你仍能感到庆幸而感到庆幸，为你仍能心怀感激而心怀感激。因为你将依然存在，并依然意识到自己的存在。但我不是灵魂的摆渡者，我从未把任何人从一处送到另一处。我剥夺知觉。我召唤虚无。我令你无法再感知世界，也无法再感知自己。是的，你哪也去不了，没有天堂，没有地狱，你只会与世界重新融成一片混沌。”

“这才是你最让人生畏之处。我害怕你，因为你让‘我’这个概念不复存在。”

“生命即知觉的存续，死亡即知觉的消泯。”

“原来，我所珍视的生命，不过是一种分辨芬芳与恶臭的权利。”

“追求永生的人，希望永远保有这份权利。无论是否有此自知，你们所追求的，正是永不消失的知觉，你们想要借此永远体验幸福与痛苦，永远嗅出芳香或恶臭。你们听着，看着，触摸着，品尝着，时而贪婪，时而畏缩，你们不断与外界的各种刺激相遇，将其由知觉变成经验，做出反应……”死神在虚空中蜿蜒，起舞于每个人头顶，犹如一团乌云，无论过去还是现在都挥之不去，“你们所说的活着，不就是这么回事吗？为了享受这份权利，你们用尽各种方式延长寿命，推迟我到访的日期，仿佛你们的生命就寄托于此，而只要这个数字能够不断增大，直至无穷，你们也就获得了永生。但是，你们错了。你们并不真的理解生命。你们甚至不愿承认，我一直栖身在生命里，而所有生命从一开始就是永恒的反义。如果有谁不信，就嗅一嗅这里的空气吧！我不关心你嗅到的是酒香还是腐臭，但如果你还记得自己第一次拜访此地的情景，如果你还记得刚才走进洞穴的第一次呼吸……”

当时，没有一个人回答死神。三月只是低着头，感觉这段台词不知所云。现在，更没有一个人能够回答死神。三月依旧低着头，却真的回忆起过去。他记得自己第一次嗅到的那股腐败与芳醇，它是那么浓烈，令他在洞口就感到眩晕。而现在，他发现自己已不再需要时刻掩住口鼻，即使走到洞穴深处，也已能够适应。

“毫无疑问，这里的空气并无改变。毕竟，相比起人，无论美酒还是骸骨都稳定得出奇。但是，你们真有谁能从不变的空气里嗅到与过去完全相同的气味吗？即便你深知它们理应相同，你又是否真的产生了完全相同的知觉？不，你会发现，曾经强烈的知觉正在迅速减弱，你已开始习惯这里，已不再像过去那样感到惊讶或新奇。是的，总而言之，你适应了。”说到这里，死神轻哼了一声，“我行走于世间，兴趣是观察生命，而我见到的尽是这样的例子：初恋、初吻、初夜、首航、首战、首演……你们总是对各种各样的第一次记忆犹新。但如果相似的事情反复发生，相同的体验被反复经历，到了十次、百次、千次以后，你们就再无法保持最初的敏锐，却只会习以为常，感到麻木，甚至心生厌倦。这样的现象在你们味觉的变化中尤为明显。随着年岁增长，你们人类总会发现，某种自己一度钟爱的食物正变得索然无味，而许多童年无法接受的味道后来竟变得那么美好。薄荷、胡椒、芥末、酒精……我目睹过无数少年与它们邂逅时的狼狈模样，但或迟或早，你们的口味总会变得越来越重，甚至会抱着一种近乎猎奇的心态去寻求更加强烈的刺激。童年的你绝对无法理解这种变化，因为人总是幼稚地认定，未来的自己将会与现在的自己拥有相同的知觉。但知觉是会损耗的，每一次使用，它都必然会朝着麻木跌落几分。而一旦知觉遭到损耗……”

“生命就被稀释了！”大团长面露悲伤。

“没错，生命将被无限稀释，因为不断损耗的知觉……”死神的毒牙寒光一闪，“而我，则总在麻木的彼岸等着你。”

“难怪即使是同样长短的时光，所能承载的生命也因人而异。孩子总觉得度日如年，老人却总感叹时光飞逝。孩子仍对外界的各种刺激感到新奇，总会产生出强烈的、印象深刻的知觉，至于老人，则早已对同样的刺激习以为常，甚至难以将其与自己过去的记忆相区分……”

“所以，只有不得要领的人才会用推迟死期的方式追求永生。他们总是天真地以为，我只会在某个特定的瞬间来访，而在那以前，就跟他们毫无关系。但我从一开始就在，在你们所有的知觉当中，渗透了每一个人的生命。”死神凑到大团长跟前，高举起匕首，像是马上就要刺下来，却突然停在半空，“你知道吗，在很久很久以前，我曾因为好奇，满足过一个人的愿望，让他永远不必迎来自己的死期，你猜他最后变成了什么样子？你能否想象，在无穷尽的时光中，他都经历了些什么？他无数次走进他人的墓园，无数次闻到酒香，无数次闻到腐臭，他很快就习惯了酒香，也习惯了腐臭，最后对两者都麻木了，再也分辨不出彼此。他无数次经历世人所能经历的一切，大到爱与恨，幸福与痛楚，小到冷热、明暗、声音、苦辣酸甜……这些知觉无论在过去多么剧烈，最后皆尽归于麻木。百岁老人与他相比就像孩子一样敏锐善感，千万年时光对他而言只是微不足道的一瞬。他不再思考，因为再没有任何新事物能引发他思考，而已有的旧事物则都让他感到厌倦。他耗尽了自己的知觉，他没有死，因为我始终没有去拜访他，但他已无法觉察时间的流逝，外界的任何刺激都无法对他造成任何影响，而他也自然不可能再有任何回应。旁人不会知晓他已获得永生，因为从很久以前开始，他们就没再从他身上观察到生命的迹象。他们会从他身旁走过，仿佛脚边的那个‘活人’就只是一块石头，一池死水，一堆燃烧过后的余烬……啊哈，你明白我的意思吗？”

“愿神怜悯我们！”

“是的，我怜悯你们。正因为如此，我才没再应允过，你们这太过愚蠢的许愿。世上从不缺乏你们向往的永生，它们的状态就如你们尚未被逐出乐园时的样子。看一看你的周围吧，我告诉你，每一块石头、每一滴水珠，甚至是一粒沙子、一颗微尘，它们都拥有永恒的生命。它们都曾像你们一样，能够看见光芒，听见声音，甚至能凭着自身的意志在大地上奔走迁徙，在空中翱翔跳跃。但我不喜欢它们，我任凭它们耗尽自己的知觉，看着它们对一切都厌倦麻木。它们完全习惯了这个世界，完全适应了这个世界，外界发生的一切都无法再触动它们。至此，它们也就彻底失去了知觉，对它们而言，外界已不复存在，‘外界’这一概念也就随之消失，而作为与‘外界’相对的概念，‘自我’当然也会一并消失，这也意味着永生者将不再能认识自身，不再能找回自身与世界的边界。从那一刻起，它们便彻底地与世界融为了一体，或者说，它们自身就成了整个世界。”

“失去自我？与世界融为一体？”大团长突然兴奋起来，“我曾听说，在某个遥远的国度，千百年间一直流传着众多与之颇有几分相似的神秘哲学。对于如何描述生命的最高境界，他们自有一套艰深的修辞，有时将其称作‘无我’，有时又将其称作‘天人合一’，虽然难解，却又让人深感敬畏。难道，他们真的找到了别的道路，能够……”

“不，他们当然也受我管辖。”死神侧了侧脸，像是在眺望某个遥远的地方，“尽管他们似乎比你们更喜欢我，更能接受我，甚至会以一种崇高的语气把我的到来称作‘轮回’，似乎还不知道我为他们准备的其实是更崇高的‘解脱’，但我从未真正搞懂过他们的哲学。他们的有趣之处就在于他们像谜一般难解。但如果有谁真的希望失去自我，又或是想要与整个世界融为一体的话，那么一滴水或一粒沙也许正是他们所能追求的最高境界。一旦到达了这个境界，它们就不再显露生命的意志，反倒成了自然现象的一部分，成了自然规律的结果，正如烟往高处飘，水往低处流，四季不断更替，星辰不断轮转，它们将永远顺应着纯粹的惯性，继续运行下去。至于你们这帮不懂神秘哲学的凡夫俗子，我很清楚，你们早就为那些东西定下了另一个统称，比‘无我’或‘天人合一’浅薄得多，却更加通俗易懂……”

“死物，是的，我们把它们称作死物！但为何从‘永生’的起点出发，抵达的终点竟是‘死物’？噢，这不对……”

“这没什么不对，因为我根本不需要等到你们的死期才匆匆降临。死亡既可以是一瞬，也可以是一个极为漫长的过程。若不愿承认死物永生，就必须放弃以时间为量尺，改用知觉去度量生命。”

“那么永生就不再是死期永不到来，而是知觉永不耗尽。”

“但知觉有可能永不耗尽吗？你们知觉的来源，无外乎是外界的刺激。既然一个生命越羸弱就越接近死物，也越像是要与外部世界融为一体，那么一个健康旺盛的生命就理应拥有完整的自身，与外界划出界限。这条界限越清晰，由外界刺激引发的知觉才越强烈，你才越有可能借此辨识世界和自己，挣脱死物的命运。但是，这种清晰可辨的刺激，难道不也是你的个体生命与外部世界之间发生的冲突吗？正是这种冲突，带来了知觉，也支撑起了生命。是的，你的生命就建立在这所有的冲突之上，冲突越强，生命就越强，冲突越弱，生命就越弱。而这冲突存在的前提，就是你尚未习惯这个世界，也尚未真正适应这个世界——你仍对世界感到不适。这就是知觉的本质，也是生命的本质。”

“不适？”大团长发出难以置信的高呼，“生命竟是一种不适？”

“事实不正是如此吗？生命力旺盛的少年总是更敏感、更不适应世界，也更易与世界发生冲突，而垂垂老矣的长者则总是更淡漠、更适应世界，也更能够与世界和谐相处。当你的生命从年轻走向衰老，你与世界的冲突便逐渐平息，你的不适也逐渐消退。等到不适完全消失，死亡也终于降临，完全取代了生命。”

“那么，若要达到永生，我就必须永远维持冲突，永远处在这种不适的状态。”

“你知道，这毫无疑问是一种最不平衡，也最不稳定的状态，注定难以长久。而与它相对的厌倦和麻木则无不展现出一种终极的平衡与稳定，直通向我的怀抱。若有谁真能战胜我，那么他想必是永不厌倦，也永不麻木的。无论哪一种冲突，即便已重复了千百万次，在他那里都能造成如初次经历那样的强烈刺激，就好像他过去从未曾体验过，也从未曾感受过这一切似的。但这是可能的吗？”

“除非他对自己的过去没有记忆，除非他从未将知觉转变成经验，除非他活着，却始终是这个世界的陌生人，也始终没在灵魂深处留下丝毫曾经活过的痕迹……”

“祝贺你，人类，你找到了另一条通往永生的路。”死神的下颌骨胡乱抖动起来，像是在笑，发出一连串清脆的声音，“但那将是一个多么可怜的状态啊。经验当然是导致厌倦与麻木的元凶，但它同时也是你生命的结晶，是你曾经活过的证据。若说活着就是一个对外部刺激做出反应，并将知觉变成经验的过程，那么你所设想的这位永远敏感的永生者事实上从来就没有真正活过！”

现在，黑暗中响起了第三个声音，那是旁白，她说：

“死神藏身于麻木。麻木来自经验。经验是生命的结晶。永生者从未真正生活。而我们之所以会死，正是因为我们记得，自己曾经活过。于是，他理解了，死亡从一开始就潜伏在生命里。死亡是生命的证据。”

酒窖里的葬礼还进行了许久，大团长与死神的对白也变得越发古怪稀奇，至于黑桃八有没有将它们都完整地复述了出来，三月无从知晓。他只觉得头脑有些混乱，心中升起一阵忧郁，不确定这是否应归咎于洞中弥漫的酒气。事实上，他之所以决定去观看这场演出，完全是为了散心，因为那天正是他早已决定好的，要拆开第二封信的日子。

演出还没结束，三月就钻出围观的人群，赶回了悖逆之家。当期盼已久的钟声终于在黑暗中响起，他早已在桌前正襟危坐。两天的等待到此结束，三月努力克制着内心的急迫与胜利的狂喜，用一种缓慢得近乎做作的动作拆开了大团长的第二封信。就像上次那样，他举起瓶子，借着萤火虫的微光凑近观察，却发现自己见到的竟是与上次几乎一样的东西。那是第三封信，封口处同样留有大团长的火漆印，而在信封背面也同样能见到大团长的笔迹。

尽管迫不及待，三月还是强忍着，等了整整两天，并用他所能想到的最不“迫不及待”的方式拆开了第二封信……

三月猛地一捶桌子，发出一声尖叫。很显然，他非但没有获得预想中的胜利，反而再次一败涂地。他本以为自己会咬牙切齿，但他现在只觉得心里发毛，脊背上蔓延开一阵骇人的凉意。即便是再不机灵的人，到了现在，也会禁不住生出一种十分不合常理的预感，担心这层层嵌套的信封无穷无尽，担心自己永远也拆不完，也永远无法摆脱这部早已注定，却又不断向内延伸的疯狂剧本。而最不幸的还是，后来发生的一切非但没能让三月摆脱这种荒唐的想法，反而一次又一次地印证了他的担忧。不过，在当时，对未来一无所知的三月仅将其视作一种毫无根据的狂想，并未过多理会。他憋着一口气，把这段剧本读完。在众多与现实分毫不差却又乏善可陈的情节之中，只有最后一句吸引了他的注意，让他感到好奇，却又难以置信。

秋季的第一个礼拜五，青铜叶开花了。但三月没有在树林里见到铜腕。因为，恰是在那天午后，他用一只乌龟让铜腕获得了永生。

7 意外永生

对于铜腕后来是否真的获得了永生，长夜镇流行着几种完全不同的看法。但几乎所有人都相信，一切的起因只是一场意外，或者说，大家至少遵循着各自的剧本，表现出了这种相信的心情。那一回，巫婆所扮演的角色十分显眼。她不但救了铜腕的命，还率先对铜腕的未来做了预言。后来，哪怕是最不信任巫婆的人也不得不承认，她的预言是准确的。这是一个事实，大家有目共睹，只有一人由始至终都对此毫不知情，那就是铜腕本人。

巫婆那天为什么会出现在意外现场，如今已没有人能说得清了。但她确实出现了，就像过去参加大团长的葬礼那样，她罕见地离开了自己隐蔽的居所，来到人群中央，仿佛一切都早已被剧本安排得妥妥当当。

在那以前，三月根本就不相信巫婆的占卜，认为她只不过是某出戏剧中的一个完全虚构的角色，而巫婆给男孩留下的全部印象，恐怕也只是一个衣衫褴褛的老妪，许多古怪的项链，以及一只脖子能打结的大肥鹅。事实上，这也是悖逆之家的大多数孩子对巫婆的印象。不过，若是年纪稍大一点的人，则多半会听过这么一个传说。那是在巫婆加入剧团的几年前，曾有一位女萨满住在北方广袤的针叶林深处。她会通灵术，喜欢用蜻蜓的眼睛和变色龙的舌头熬汤，将死者的魂魄召唤至生者的梦中。她只帮助死者的血亲，从不收取报酬，但为了施术，她总会向求助者索要一束他们的头发。若是再年长一点的人，则还可能听过这么一个故事。那是在将近一个世纪以前，曾有一位女巫医在东方的大草原上行走。她医术高超，能治百病，曾治愈了大帐可汗的癫痫，也根除过好几场在部落间蔓延的痨病或伤寒。她乐意为任何人服务，从不收取诊金，但人们并不轻易向她求助，因为病人必须提供制作丹药的原料，而那其中必定包括一只三条腿的青蛙，以及病人的一颗门牙。除此以外，如果有谁不但年长，而且还是一位业余史学家的话，那么他兴许还会记得这样一段多次出现于不同野史的记载。那是在数百年前，也就是人类仍信仰旧神的时代，曾有一位来历不明的女祭司，在圣城的月神庙里借住过一段时日。那是一位奇怪的女祭司，总在所过之处留下一股月桂的香气。她颁布的神谕精准无比，不仅能左右战争的胜败，还能预见蝗灾、洪水、地震、火山喷发。无数王侯到神庙向她求问未来，不少人为了见她甚至不惜抛弃了原有的信仰。不幸的是，她从不接受金银、羔羊或美酒之类的贡献，却只对求问者的血液情有独钟。也正因为如此，她后来终于被视作恶魔，遭到神庙驱逐，孤身一人消失在圣城外的沙漠之中。这几则传说毫不相干，也与巫婆没什么关系，却都拥有一个值得注意的、彼此神似的细节，那就是关于一只鹅的叙述。没错，无论是萨满，还是巫医，抑或是祭司，她们身边都无一例外跟着一只肥胖的、深灰色的，据闻还会说话的鹅。那只鹅虽然脚有点跛，却曾陪着女祭司闯进茫茫沙漠，陪着巫医走过辽阔的草原，陪着萨满穿行于林海。至于它和它的主人后来究竟身在何方，如今虽已无人确知，猜测却从未停止。大团长曾将这几个故事搬上舞台，主角皆由巫婆扮演。此外，还有观众曾当面问巫婆，想要知道她与那几个人物究竟有何瓜葛。巫婆对此毫不回避，竟大大方方地宣称，自己与她们是同一个人。不过，就连这场对质本身也发生在舞台之上，所以事实究竟怎样，也只能任凭观众自行理解了。

正是这位巫婆，在秋季第一个礼拜五的午后，与她的大肥鹅一道，来到了铜腕与疤脸决斗的现场。

尽管钟表匠和面具师的关系历来算不上融洽，但两人的决斗还是让不少人吃了一惊。要知道，他们才刚合作重演了《你的葬礼》，甚至还在谢幕时给对方送上了一个友好的拥抱，所以，哪怕有谁真的认定他们要有一场命中注定的决斗，恐怕也很难料到它竟会发生在这样一个时间点。但事情就这样发生了，演出过后的第二天，铜腕就当着众人的面，朝疤脸扔出了手套。至于决斗的理由，则众说纷纭。有人猜测钟表匠是为了复仇，因为面具师在地震时毁了他倾注心血的杰作，也有人猜测钟表匠是为了掌握剧团的领导权，而面具师则是他最有力的竞争者。事情始终没有定论。很快，哪怕是孤儿院里的孩子，也能对此提出些新奇独到的见解。比如三月，尽管他无意偷听，却还是在某一次清扫烟囱时偶然听到了两人的对话。

那一天，铜腕突然来到面具师的工作室，提出要看一看大团长留给疤脸的剧本。这显然是个无礼的要求。然而，他却坚称，大团长留给他的剧本也有一部分被混入其中。铜腕并未说明自己是从哪里得到的消息，但从他万分确信的模样推测，这事很可能就清清楚楚地写在他拥有的上半部剧本之中。面具师断然否认了钟表匠的说法，也不愿与他分享自己的剧本。正当两人争执不下，一直在边上围观的海盗面具却突然插话进来，对疤脸说了一句话，把事情彻底搞砸了：

“哈哈，你这么辛苦骗他做啥？做人要诚实！你干脆把剧本给他，让他自己亲眼看看，那个被寄存在此的滑稽结局！”

“快闭嘴，你有什么资格谈论诚实？”还没等别人回话，头顶果园的贵妇就先和海盗吵了起来，“你不是不懂善意的谎言，而是缺少起码的良知。”

“对，别听他的。”一时间，疤脸的面具们纷纷骚动起来，就连那位老学者也劝钟表匠，不但言辞恳切，而且面露担忧，“相信我，即使这份剧本真的存在，它的内容也绝不是你希望看到的。”

这混乱持续了好一阵，但因为一直藏在烟囱里，三月始终无法看到铜腕当时的神情。若仅从他离开时摔门的声响判断，钟表匠显然没能如愿，而且还被彻底激怒了。三月记住了这件事。无论是铜腕的急切，还是疤脸的毫不动容，都让男孩产生了强烈的好奇，想要去看一看那份神秘的、引起争端的剧本。尽管面具师后来把剧本投进了火炉，男孩的好奇心还是得到了满足，不过，他必须等到许久以后，直到那出早已安排好的戏剧隆重上演。当然，这都是后话，而相比起那份鲜为人知的剧本，眼下这场迫在眉睫的决斗显然更能吸引众人的眼球。

铜腕和疤脸一致同意，在小镇的广场上进行决斗，由教宗来担任公证人。因为消息事先就已传开，现场灯火通明，挤满了围观的人。大家不仅暂停了当天的祭祀活动，在广场上清扫出一片空地，甚至还有人为此开设了赌局。作为一个早已抛弃了睡眠的人，钟表匠登场时精神得让人害怕，右臂上的金属义手在黑暗中闪烁寒光。他紧握一把大剑，剑身形似一枚巨大的时针。从剑柄上安装的众多齿轮和铰链看来，这把剑很可能也经过改造，不但能与义手完全咬合，而且还暗藏着好几个致命的机关，显得十分危险。而在另一边，面具师则一身轻便装束，仅在腰间配一柄细剑就来到了广场。但这显然并非他的全部准备，事实上，在决斗开始之前，他还戴上了一副面具，遮住了自己的脸。尽管人们从未在任何一出戏剧里见过那副面具，而它在陈列架上也总是沉默不语，但它就与疤脸曾制作的任何一副面具一样逼真，是一张坚毅的，饱经风霜的，异国男子的脸。直到后来，人们才知道，那张脸并非虚构，它原本的主人生活在大洋彼岸，来自一个崇拜菊花与樱树的国度，不但如此，当地的尚武民族甚至还将他尊称作“剑圣”。

教宗循例进行了最后一次无果的调停，决斗随即开始。两人的剑第一次交锋，金属碰撞，火花划破虚空，在黑暗中飞溅出很远。铜腕积极猛攻，他的义手与大剑在力量上拥有压倒性的优势，但疤脸毫不示弱，一旦戴上面具，他就立即成了另一个人，开始灵活运用武者的经验和细剑的轻巧与对手周旋。他们从广场中央追打到边缘，数个回合后又返回到中央。观战的众人无不聚精会神，尤其是那些下了注的，更是紧张得屏住了呼吸。铜腕和疤脸不分高下，若真要深究两人的差别，就只能说铜腕似乎对胜利有着更强烈的渴望和自信，却也因此更加鲁莽，而疤脸则稍显被动，却也因此更加冷静沉着。铜腕的大剑抓不到对方的破绽，反倒是疤脸用细剑能屡次命中对手。只可惜那位异国的剑圣还从未见过钟表匠的义手，更从未与类似的敌人战斗，他的攻击纵然精准，能直接刺伤筋腱，无奈铜腕的义手没有筋腱，所以也不会被伤及分毫。缠斗持续了片刻，疤脸才像是终于开了窍，变换招式，绕过义手，刺向铜腕的血肉之躯。那一瞬间，所有人都认定铜腕将要输掉决斗，有好几个人甚至已发出欢呼，但大剑的齿轮突然疯转起来，金属义手欻的一下伸长，更朝着常人绝不可能做到的方向翻折，只听

“叮”的一声，细剑就硬生生地被铜腕用手臂夹住，停在距离血肉不到一寸之处，深陷在齿轮的丛林之中。

“看来，胜负已分。”

钟表匠瞪大了满布血丝的双眼，朝对手撇了撇嘴，权当是一个宣告胜利的微笑。至于面具师，则早已松了手，放弃了剑，往后退了好几步。毫无疑问，这是铜腕在这场决斗中最接近胜利的时刻。但不幸的是，他永远也不会知道，在这一场以及今后的无数场决斗中，这也将始终是他最接近胜利的时刻了。后来，很多人都替他感到惋惜，认为如果没有那场意外，他就一定能取胜。至于铜腕自己，则连替自己感到惋惜的机会都不再有。

他没赢。而罪魁祸首正是三月。

当然，三月并不是有意这么做的。那一天，也就是秋季的第一个礼拜五，青铜叶真的如剧本上所写的那样，开花了。所以，对于三月而言，真正重要的事情只有一件——他要带着开花的青铜叶，到黄昏树林里去，见到铜腕，并找回自己失踪的父亲。他必须这么做，不仅仅因为这是铜腕对他的承诺，更因为他正与死去的大团长进行着一场较量。三月不想迟到，便提前出了门，而路过小镇的广场时，他甚至还不知道那里正上演着一场决斗。但围观的人群和武器的撞击声还是很快就吸引了他的注意，而更让他惊讶的是，他发现钟表匠此时竟在场上与面具师厮杀。联想到自己在烟囱里听到的一切，三月十分担忧。他曾受过疤脸帮助，自然不愿见到疤脸受伤，但为了与父亲团聚，他也希望铜腕能安然无恙。男孩内心十分挣扎，他祈祷着所有问题都能圆满解决，但一看到两人杀气腾腾的模样，他也无法为眼前的事态想象出一种能让人接受的好结果。所以，当三月见到疤脸抛下剑，退出很远以后，他也像在场的每一位观众那样相信，胜负已分。而两人都没受伤的事实则更是让他如释重负，长舒了一口气。不过，就在这时，借着摇曳的火光，他无意间发现，自己脚边有一块形状怪异的，正在缓缓移动的阴影。无来由地，剧本上最后那句不明所以的话忽然如雷鸣般回归，响彻三月脑海：

……那天午后，他用一只乌龟让铜腕获得了永生。

三月的预感没有错，那块阴影正是一只乌龟。必须说明的是，尽管三月在事后认定这只乌龟出现得十分突然，让人怀疑它来自某种巫术或魔法，但那不过是男孩的错觉。它其实就来自广场边缘的喷水池。池里长着水草，养着鱼，还生活着青蛙和好几只乌龟。三月遭遇的就是其中的一只，也许看热闹的人声吓到了它，让它恰巧爬出了池子。这只突然出现的乌龟令三月莫名惊恐，他一瞥见龟甲上的纹理，就仿佛在其中撞见了无数圆睁的眼睛。“他们都在看着我！”——读过的剧本和眼前的乌龟一下子重合，终于使男孩陷入了非理性的狂乱。尽管三月根本不相信一只乌龟能让任何人获得永生，但此时他心中只闪过一个念头：

绝不能让它靠近铜腕！

被这个念头催动，三月别无选择，他以闪电般的速度俯身拾起乌龟，扭头冲出人群。直至那时，他才见到了不远处的喷水池。瞬间，他再也无法承受内心的惊恐，就像是等不及要摆脱自己的厄运一般，他铆足了劲，将乌龟高举过头。当然，三月期望乌龟能划出一条曲线，落回水中，但在来得及抛出之前，男孩的手就受到了一阵意料之外的冲击。一个黑影突然从天而降，夺走了乌龟。那是一只饥饿的秃鹰，已不知在黑暗中盘旋了多久。坦白说，若三月没有举起乌龟，秃鹰或许永远无法遇到这么容易得手的猎物。但一切假设都是徒然，事实是乌龟并没有回到水池，反而被秃鹰抓住，越飞越高……

在讲述接下来发生的一切之前，有一件事必须先行澄清，那就是钟表匠其实从来没有谢顶的困扰，他的头发乌亮浓密。但不知是出于什么原因，就在决斗的前一天，他忽然去了一趟理发店，剪掉了所有头发，把自己变成了一个光头。这件事本身并没引起多少注意，毕竟，在那以前，钟表匠就已经做出过更多更让人难以理解的事情。但这件事倒是让接下来的一切都显得顺理成章了。事实证明，铜腕或许并不像某些人怀疑的那样，怀有继承大团长位置的野心，因为如果他真的立志成为一位剧作家，却又同时拥有一颗光头，那么他就理应知晓光头剧作家最富戏剧性的命运，并时时小心，哪怕是在最接近胜利的时刻，也会留心头顶。但铜腕终究没有这么做，也终究没能躲过必然的命运，那只乌龟还是从高空坠落了下来，径直落到广场中央，砸了他的光头。

扑通一声，铜腕倒在地上。所有看客，无论下了注的还是没下注的，乃至是他的对手，都发出了惊呼。他伸长的义手依然保持着那个常人不可能做到的姿势，将面具师的细剑牢牢夹住，就好像他尚未放弃决斗，随时都有可能重新站立起来似的。但这一切都无法阻止鲜血从他光溜溜的脑壳里汩汩淌出。大家都慌了神，陷入混乱，不少人已奔向赌桌，想要加注或取回自己的赌本。只有公证人教宗仍在履行职责，他快步跑到铜腕身旁，俯下身，检视伤口，尝试施救。教宗不是医生，但青年时代的经历还是让他积累了相当丰富的处理伤口的经验。他曾多次替人包扎刀伤，处理烧伤，也拔出过射进肺部或眼珠的箭矢，甚至还在战场上冒着大雨替伤员做过简易的截肢手术，若没有他的帮助，那些人大多活不到今天。不过，这一次，在目睹了铜腕的伤势之后，教宗的两眼也暗淡了下去，虽然他的手仍在忙着处理伤口，但心中已不抱希望，甚至默念起了经文，开始向天祈祷。

巫婆就是在那时出现的。没有人知道她先前藏身在哪里，也没有人听到她移动的脚步声，大家第一眼见到她时，她就已站在了教宗身边。巫婆身披一件厚重的斗篷，一动不动，像是早已等候多时，俯视着濒死的钟表匠，望着鲜血在地上蜿蜒，直至最后触到她的脚尖。那一刻，天际投落一束光，明亮得近乎刺眼，笼罩血泊中的三人，唯独将巫婆的脸更深地隐藏入斗篷的阴影。这束光震撼了众人，也令巫婆的显现带上了一丝反常的神圣色彩。意外的现场仿如一幅宗教图画，其中既有受难者，又有祈求者，还有降临者，凑齐了一整套庄严崇高的元素。巫婆探出手，手臂像干枯的枝条，越过慌乱的教宗，用一片鹅毛轻轻覆盖住了铜腕头顶的伤口。血止住了，但这一现象显然超出了常识，因为血液不但没再从伤口涌出，也同时停止了在地上的流动，就像是突然凝固了，被牢牢地定格在画中。紧接着，巫婆从她的一条项链上摘下一件事物，握在手中。笼罩三人的光芒立即变得更加明亮了，广场上的每一位旁观者都感觉到一股久违的、太阳般的温暖，而巫婆手中的事物则更是反照出一阵炫目的银光，让人终生难忘。那是一只怀表，样式古旧，也许并非出自铜腕之手，又或是被他大意忽略了，表盘上依然保留着那个指示黎明的钟点。巫婆嘴唇微微颤动了一下，拇指压住时针，缓缓地，将其往回拨。奇迹出现了，地上的血液又开始流淌，只不过，这一次是朝着与先前完全相反的方向，一点点地后退，往回收缩。当巫婆把怀表上的时间从午夜拨回到黎明，血液也终于全部回流进铜腕的伤口。直到那时，教宗才心领神会，开始急急忙忙地用绷带包裹起钟表匠的光头。

如果说这场奇迹还有什么美中不足的地方，那就是铜腕没能马上睁开双眼，更不可能继续决斗。这最初确实让人感到一丝担忧，看着长久瘫倒在地的铜腕，人们都害怕自己见到的奇迹只是一场华而不实的表演，无法真正阻止钟表匠的死亡。不过，这样的担忧很快就烟消云散了。尽管铜腕依旧一动不动，但众人已确信，这个倒在地上的男子真的躲过了死亡。因为，他们都清楚地听到了，铜腕的鼾声——现在，这个自从大团长死后就从未合过眼的男人，终于在决斗场上睡着了。

大家提起的心才刚放下，广场上就又炸开了锅。押过注的人无不宣称自己是赌局的胜者，无论他们当初押的是哪一边，现在提出的理据听上去都相当充分。意见的冲突几乎演变成了骚乱甚至群殴，而在这一片喧闹之中，只有没参加赌局的人才能勉强保持冷静。他们中有一部分还不忘走上前去向巫婆道谢，这其中就包括疤脸。疤脸那时已摘下了武者的面具，微笑着，朝巫婆深行一礼，甚至还颇具绅士风度地询问，自己的对手何时才能伤愈复原。那本是一句客套话，即使巫婆不回答，也没有人会在乎，但巫婆还是回答了。

“他永远不会复原了。”没看面具师一眼，巫婆把脸转向另一边，低声说，“这一击伤了他的魂，让他获得了永生。”

无人理解巫婆的话，只有三月确信，巫婆当时正望着他，而这些话也都是冲他去的。男孩躲在人群中，极力避开巫婆的目光，因为刚才闯的祸，双腿还在不住打战。但在场的人压根就没有闲心去过问行凶的乌龟，他们始终没搞明白乌龟为何会出现在铜腕头顶，就更别说去追究什么人的责任了。只有三月自己仍在兀自惊恐，兀自仰望着那束从天而降的光，看着它缓缓移动，越过众人，最后停在自己头顶，仿佛要以此来向每一位观众指出，他才是真正的罪魁祸首。不过，这异象也只持续了一小会儿，那束光很快变弱，就像在宣告戏剧的终幕，转眼便消失无踪。后来，铜腕被铁皮人黑桃七送回到家里。他躺在床上，睡得死死的，像是要弥补先前失去的睡眠，整条商店街都能听到他如雷的鼾声，这状态持续了整整一个礼拜。

8 观星者

尽管长夜让许多人深感不便，却也有少数人对此并不反感，甚至还暗自庆幸，观星者就是其中之一。观星者是个怪人，他隐居在小镇西头，一座荒弃大宅的阁楼里。与他打过交道的人屈指可数，也正因为如此，在三月闯进那座大宅以前，观星者似乎都尚未听闻大团长的死讯。他远离人群，从未靠近皇家巡游的队伍，也并未观看疤脸与铜腕的决斗。事实上，他很可能从未见过国王或面具师，从未与他们同台演出，甚至根本就不知晓这些角色的存在。

观星者真正关心的，只有星空。

他正在绘制一张星图，想要以此找到回家的路。那张星图的年龄比他还要大，属于他的父亲，也属于他的祖父，至于究竟还能往上追溯多少代人，他自己也不太清楚。认识他的人都觉得他的脑子不大正常，因为他竟宣称，自己的祖先来自星辰，而非神的造物。他相信他的族人在过去都是远航的水手，曾经乘帆船在天穹中旅行，从一个星座驶往另一个星座。有一回，他讲起祖先的船，竟绘声绘色地说，那艘船由纯净的黑色岩石制成，形似水母，除了人以外，船上还载着一头黑山羊、九百九十七条蛇，以及一些稀奇古怪的、大地上没有的物种。他无法解释这样一艘想象的怪船为何能离地飞行，若有人追问，他就一口咬定祖先的智慧早已超越时代，非常人所能理解。末了，他还会强调，这个世界从来就不是他们的目的地，航船只是出了事故，才在这片蛮荒之地搁浅。而在说到“蛮荒之地”时，观星者更是会撇撇嘴，露出一副鄙夷的神情。因为这个缘故，愿意听他胡诌的基本只有孩子，而为了加强说服力，让自己的故事显得更真实，观星者后来还主动向三月透露了搁浅事故发生的地点。让人意外的是，那个地点并不遥远，它就在长夜镇郊外的山丘上，侏儒们修建灯塔的地方。按照观星者的说法，建造灯塔所用的黑色石料根本不属于这个世界，而是取自搁浅航船的残骸……

三月第一次遇到观星者，是在钟表匠与面具师的决斗过后。不难想象，那几天他的心情十分糟糕。他不但没找到父亲，而且对于自己处理乌龟的做法，他更是感到既后悔，又挫败。尽管周围的人并没有追究他的责任，看样子还对此毫不知情，而他自己也不相信巫婆，不相信她关于永生的呓语，但男孩仍不得不承认，自己还没摆脱剧本的摆布。他认为，如果自己当初没看剧本，没被龟甲上的眼睛吓到，他就绝不会采取如此不可理喻的行动。他被骗了，他的敌人掌握了他的心理，把他像个傻瓜一样耍得团团转。他因自己的无力心生愤怒，而当他意识到自己的怒火竟指向一个死人，这愤怒非但没有平息，反倒因无处发泄而变得更强了。被复仇的冲动驱使，他撕开了下一封信。如他所料，信封里又出现了新的信封，新的信封上写着新的剧本，讲述了他如何逃离决斗现场，以及此时的心情有多么气急败坏，一切都准确得令人恼火。是的，就连“准确得令人恼火”也只字不差地被写进了剧本。而在最后，三月又读到了一段不明所以的话：

> 信拆开了，三月的疑惑却没解开。趁着幕间休息，他将与朋友一道拜访面具师，并在那里找到答案。记住，线索就藏在光芒中。但在光芒点燃之前，一切探求的尝试皆是徒劳，只有层叠的黑暗，深不见底。

三月感到疲倦，他不想再与大团长对抗，也不愿再去猜测。好吧，让这一切都见鬼去吧！他并不惧怕什么幕间休息，灯塔和侏儒早已吓不倒他了，至于去见疤脸，他更是毫不介意。三月已经无所谓了。如果说他曾经把这场较量当作一次智力上的公平对局，那么他现在已下定决心要无视游戏规则，把整个棋盘掀翻。一种破罐破摔的好奇心支配着他，让他只想要再看一看，那位已死的先知还能耍出怎样恶毒的把戏。于是，不等到下一幕情节上演，三月就又把新的信封抓在手里，撕开。然而，在更新的信封上，三月并没有读到新的情节，却只见到一段很短的文字：

信拆开了，三月的疑惑却没解开。他不得不等待幕间休息，与朋友一道拜访面具师，而后找到答案。但在光芒点燃之前，一切探求的尝试皆是徒劳，只有层叠的黑暗，深不见底。

“好吧，就连我这个犯规的举动，他也早已预料到了。”三月对自己说，“但这又有什么用呢？我还能再拆下去。”他不耐烦又故作镇定地继续拆信，却很快就在下一个信封上见到了一段更短的文字：

信拆开了，三月的疑惑却没解开。在光芒点燃之前，一切探求的尝试皆是徒劳，只有层叠的黑暗，深不见底。

“我就不信了！”再一次，三月心中陡然升起一阵无名火。他本以为自己早已疲倦得不会生气，现在却发现自己显然低估了大团长的狡猾。他不停地撕信，从信封内掏出新的信封，动作越来越快，却始终找不到任何新的内容，只有一段文字被不断重复，向他宣告：

一切探求的尝试皆是徒劳，只有层叠的黑暗，深不见底。

这就是你的全部把戏？三月几乎失控。他疯狂地撕着信封，确信自己已破解大团长的魔法，确信自己马上就能揭开骗子的底牌，取得完全的胜利。十封、二十封、三十封……他很快就不再去数。当撕碎的信封和火漆印的蜡块终于在桌上堆成一座高耸的小山，男孩才蓦然醒觉，发现自己手中的信封竟依然与过去一样，丝毫没有变薄、变小或变轻。谁都知道这违反常理，但它就在眼前发生了，犹如一个残忍的恶作剧，嘲笑着男孩的所有努力。三月停了下来，呆坐在桌前。虽然确信答案已经被他抓在手里，但他却开始怀疑，无论再撕开多少层，都永远无法抵达谜底。怒火消散，转而变成一股强烈的寒意，似乎他正对抗的并非某个死人的戏法，而是自己的命运。

我该怎么办？他问自己。

三月害怕，再这样下去，自己会疯掉。所幸的是，命运并没有留给他太多独处的时间。一阵喧闹突如其来，打断了他的思考，朋友们走进了房间。为首的是马靴，他告诉三月，今天是幕间休息的日子。“我们要到灯塔那边去，去见爸爸妈妈，你也一块来吧？”马靴说话时笑容满面，天真得让人生气，“对了，疤脸捎信说要给我们每人送一副新面具，回来时我们还可以顺道去一下他的工作室……”关于疤脸，这件事确实值得一提。不知从何时起，他就经常邀请孩子们到他的工作室去。他会为他们准备礼物和糖果，并用纸笔记录下他们成长中的面容，作为日后的参考。在替三月画像的时候，面具师总是会盯着男孩的眼睛看了又看，让三月感到很难为情。更奇怪的是，三月的画像总是没法完成，每一幅都有留白，而缺少的又总是男孩的眼睛。但无论如何，孩子们还是很乐意到疤脸那里去的。当马靴提议的时候，他显然不会想到，自己的话会对三月造成多大的刺激，他更不可能知道，自己正把三月推向大团长的剧本，还有早已注定的命运。

“我不去！”

还没等马靴说完，三月就发出一声怒吼。马靴怔了怔，像看疯子似的盯着三月，好一会儿才撂下一句反击的脏话，带着伙伴们走掉了。这也难怪，三月的反应不但吓到了众人，也吓到了他自己。可不是嘛，尽管刚才已一度得出结论，觉得去拜访一下灯塔或面具师都不是什么坏事，但现在，三月竟又反悔，拒绝了。他对这样的自己感到陌生，发现反抗似乎已经成了他的本能，而且正在违背甚至扭曲他的理性。不过，即使对马靴怀有几分愧疚，三月现在依然很满意自己的决定。是的，还是让大团长的剧本见鬼去吧。他不会去，而且一点也不后悔。

除了三月以外，那天被马靴他们抛下的还有另一个孩子，那就是小尾巴。她受排挤已不是什么新鲜事，就连她自己也接受了这个事实，认为一切都只能怪她自己。小尾巴是一个善良温柔的孩子，她最大的不幸，就是出生时真的长了一条小尾巴。那条尾巴不长，看上去有点像猪尾巴，又有点像老鼠尾巴，末端生着细小的绒毛，在受惊吓时还会一根根耸起。她为此感到自卑，平时都把尾巴藏在裙子里。不过，从她被送到悖逆之家的第二天，第一次在院子里集合，和其他人一起洗澡时起，她被排挤的命运就已注定。所以，当她见到三月那天也被留了下来，便抱着一种同病相怜的心情上前搭话，和他聊起来。直到那时，三月才发现，也许因为总是独自行动，小尾巴知道许多其他人都不知晓的事，比如园丁竟在储物室里偷养着一只受伤的小刺猬，比如后院的知更鸟最近迁走了，而原来的树洞里则住进了一只猫头鹰，比如修女在礼拜天睡觉时总会忘记锁门，比如面包师会把私房钱藏在三个不同的地点，比如院长先生的寝室仅会在礼拜一至礼拜六传出鼾声……而这其中最吸引三月的，还要数那个关于古宅与幽灵的故事。小尾巴声称，她曾在一座荒弃的大宅里探险，并在那里遇见了幽灵。正因为这样，三月后来才跟小尾巴两人跑到镇郊，闯进了观星者的宅邸。

那确实是一座很旧的房子，年久失修，庭院里蔓生野草，大门锈蚀，几乎没有一扇玻璃窗是完好的。两人在上楼时十分小心，不但要避开阶梯上的破洞，而且几乎每走一步都能听见木板在脚下发出悲鸣。他们先是去了小尾巴上次遇见幽灵的房间，随后又一路走到楼顶，但除了一些旧家具，几幅模样怪诞且明显深蓝色用得太多的肖像画，以及散落一地的瓷器碎片以外，并没找到什么值得一提的东西。三月有点失望，正准备离开，却突然发现，走廊尽头还有一扇门。那扇门并不起眼，虚掩着，门后似乎藏着什么亮晶晶的东西。三月拉着小尾巴的手，推开门，在门后的阁楼里见到了一片星空。

那片星空就悬在阁楼的第四面墙上，其实是一张星图。而阁楼的第四面墙在那一夜并不存在，三月根本就不知道它是如何固定的，更不能理解图上的星辰为何会发出微弱的光。阁楼中央还有一张巨大的圆桌，上面摆满了尺寸不一的奇怪道具，它们大多呈长筒形，斜立在金属支架上，一端指向墙外真正的星空，另一端镶嵌水晶，又或是被接驳上一条弯弯曲曲的玻璃管，通向星图，似乎隐约可以看见星光在管中流动。小尾巴看了看悬空的星图，又望了望墙外的星空，发出一声惊叹，她说自己就像在看一面镜子，但镜中的虚像似乎比镜外的实物还要清楚，也更让她感觉真实。三月走到桌前，随手拿起桌上的一块玻璃，把它放到眼前，只觉世界突然在眼前倒转，变成了从未见过的模样。他不由自主地眯起另一只眼，兴奋地窥探这个倒悬的世界。就在这时，镜片的反光中突然映出一个漆黑的身影。那家伙悄无声息，不知何时已来到三月背后。男孩被吓得几乎跌倒，以为遇到了小尾巴说的幽灵，而这个幽灵竟藏身在玻璃之中。但幽灵没有袭击男孩，反而赶上一步，扶住了他，直到这时，三月才从对方的手掌感到活人的体温。

“欢迎。”幽灵说话了，“很抱歉，又吓到了你。”

这就是三月与观星者第一次见面的情景。很快，小尾巴就与观星者相认，确信他正是自己上回撞见的幽灵。对这样的奇遇，三人都感到好笑，并且很快就成了朋友。但即便如此，三月在多年以后依然无法忘记自己第一眼见到的那个倒悬在玻璃中的虚幻身影。也许是由于镜片打磨得不够完美，也许是出于纯粹的幻觉，他感觉那人的相貌很畸形，也很模糊，而且还会随着他的每一次回忆变得更畸形，也更模糊，最后完全不再像一张人脸，反倒成了十足的幽灵。

那天两个孩子和观星者一起度过的时光，是美好的。如果说观星者早已将仰望星空视作自己的使命，那么小镇的长夜对他而言显然是天降福音。他陶醉在这异乎寻常的黑暗中，阴郁的性格也变得开朗起来。他给两位小客人讲星星的故事，教他们摆弄观星装置，告诉他们那些镜片、螺纹、刻度，还有金属支架上的符号和数字都具有什么意义。三月第一次知晓，这世上有一种名叫“望远镜”的神奇道具，它们能仅凭几块玻璃捕捉星光，将遥远的星星拉到眼前。他尤其喜欢那种由好几节圆筒组成的，能够任意伸缩的望远镜，观星者告诉他，自己的祖先在天上驾船远航时所用的正是这种长筒望远镜。三月高举长筒望远镜，游戏般探索窗外的星空，开始认识星座，区分恒星和行星，想象自己在星星间穿行的样子，耳畔一直回响着观星者的话语。从透镜到焦距，从折射到色散，从本轮到均轮，一连串新奇的词汇敲打着男孩的鼓膜，尽管他听不懂，却还是频频点头，似乎这些陌生的音节本身已足够悦耳，因此也足够让他表示赞同和敬意。当观星者把话题转到引力、谱线与红移时，三月一直摆弄望远镜的手忽然停在半空，僵住了。他在望远镜里发现了一片特别的天空。那是一片狭长的、完全黑暗的区域，仿佛夜空被巨力撕开之后留下的裂痕，没有一颗星星。

“那是怎么回事？”三月指着那片黑暗的区域，问，“为什么没有星星？”

“那里是有星星的。”观星者淡淡地说，“只不过被挡住了。”

“什么东西能挡住星星？”

“灯塔。”

“噢！”三月恍然大悟。他旋动望远镜的长筒，把那片黑暗又拉近了些，开始自下而上仔细观察。但除了一个高耸的、撕裂夜空的轮廓以外，男孩只见到一片漆黑，始终无法发现这座建筑物的任何一点细节。“这难道不奇怪吗？它虽被大家称作灯塔，却从不发光，而且我就没见过比它还黑的……”

三月话还没说完，就“哇”地惨叫了一声，像是遭遇了什么恐怖的事物。无论小尾巴还是观星者都还没来得及搞清楚状况，三人耳边就响起了另一个声音。那是一个所有人都无比熟悉的，来自剧场的声音。

“的确，正是在望远镜里，少年会与世上最恐怖的事物遭遇。但不是现在，也不是今天。而到了那个时候，他或许还会忍不住怀念起此刻见到的一切，这强烈的光芒，明亮、炽热，令人眩晕……”

现在，就像在回望一直盯视自己的男孩，一束来自灯塔的强光穿透夜幕，越过并不存在的第四面墙，笼罩着阁楼里的三人，将原本昏暗的一切都照得亮如白昼。与光芒一同到来的，还有一阵久违的轰隆声，沉重、刺耳，像金属与巨岩的碰撞摩擦，预示着悖逆之家的孩子又等来了久违的幕间休息，可以与他们的侏儒父母在灯塔下短暂团聚。

“光芒点燃了……”那是旁白，她就站在大宅外的荒地上，仰望着阁楼，身影隐藏在光芒与黑暗交界之处，娓娓道来，“这不是灯塔上投出的第一束光，也不是三月第一次走到舞台中央。少年上一次获此殊荣，是在他人决斗的战场。复活的光从墓穴归来，寄宿于高塔之巅。它只青睐最优秀的演员，只追求最精彩的戏剧。它既能救世，也会把人推落深渊，它揭示所有答案，更是最大的谜题。有人渴求它，却永远不会被照拂分毫；有人厌恶它，却永远无法摆脱它的束缚。但无论如何，请雀跃欢呼吧，为它的公正，为它的纯净，为它的残酷，为它的暴戾，因为它推崇舞台上的变幻不定，因为它厌倦无趣的演出，因为从它降临的那一刻起，长夜里的一切都改变了。”

旁白的到来也带来了大批观众，无数猫儿般明亮的眼睛全都从各处紧盯着阁楼，大宅内外响起一片掌声。光芒笼罩着三月，似乎还准备把这出闹剧进行下去，但就在这时，远方突然传来一阵哭嚎，惊动了整座小镇。那束光抛下三月，飞掠过夜空，转到另一处幕启的舞台去了。

铜腕醒过来了。他还不知道，自己已置身于舞台中央。当光芒穿透并不存在的墙壁，投入钟表店，他正在号啕大哭。铜腕跟前站着新造的铁皮人黑桃八，就像黑桃七曾经做过的那样，黑桃八也拉开自己腹部的暗匣，暗匣里同样保存着一份大团长留下的剧本，正等着铜腕去再一次发现。只不过，若根据日后发生的事来判断，即使是铜腕本人恐怕也不会知道，这份剧本与上一份剧本究竟是不是同一件东西。闻声赶来的众人恰好见到了光芒中的铜腕，他们对钟表匠的苏醒感到欣慰，见他在哭，便上前安慰，对他在决斗场上的不幸遭遇表示同情。但这丝毫不能安抚钟表匠，反而让他哭得更伤心了。他好像根本不知道什么决斗，也不知道自己的脑袋曾经受伤，对于众人的话，他完全无法理解。大家面面相觑，怀疑他被乌龟砸疯了。教宗上前探问钟表匠，既然不是因为那场决斗，那么他又为什么要哭。

“大团长死了！”铜腕大喊，悲恸欲绝。

“是的，他已经死了。”教宗回答，“唉，可惜啊，多么好的一个人！”

尽管哀悼早已结束，但被铜腕这么一提，人们的情绪也受到感染，不少人低下了头，开始抽噎和啜泣。所有人都缅怀和深爱着大团长，但这并没有完全消除大家的困惑。他们既哀伤，又惊讶，不明白钟表匠为何重提此事，而铜腕则惊讶于他们的惊讶，以更加困惑的模样回望众人。似乎在钟表匠的脑中，大团长之死仍在眼下，是镇上每一位居民最重大的事。

钟表匠又恢复到了过去的模样。不过，大家的困惑非但没有因此减轻，反倒不断加重了。铜腕不但重新抛弃了睡眠，还开始再次改装全镇的时钟，并矢口否认大家早已因这事被他折腾过一回。他又像过去那样拜访每一户人家，又像过去那样动手拆除表盘上的第一个数字，也就是那个标志黎明到来的钟点。需要说明的是，因为原本的第一个数字在上一回已被拆了，所以这次遭殃的其实是第二个钟点，只不过，疯掉的钟表匠恐怕永远也不会承认这一点了。事实上，人们很快就将会发现，铜腕想要拆掉的根本不是某个特定的数字，而是仍幸存在表盘上的第一个数字。于是，黎明到来的时刻又一次被顺延，虽然这对于长夜镇而言早已没有任何意义。在做完这件事之后，铜腕又将拆下的数字投进锻炉，用了与上一回同样的设计，耗费了与上一回同样长的时间，制作出了一个全新的铁皮人，并将其命名为黑桃九。之后，他又开始召集众人，想要重演大团长的葬礼。怀着对大团长的敬意，绝大部分人都对铜腕的提议表示支持，只有面具师断然拒绝，似乎对那场决斗仍心存芥蒂。不过这并不影响戏剧上演，因为演出需要的面具早已在上一次制作完成，而钟表匠也很快就在黑桃七腹部的暗匣里意外地发现了它。时间一天天过去，人们越来越频繁地发现，铜腕正在做的每一件事，自己都早已见过，铜腕说的每一句话，自己都早已听过，仿佛钟表匠在苏醒后的一举一动都早已成了某出宏大戏剧的一部分，是对过去最忠实的重演。

最后，当铜腕再次向疤脸提出决斗的请求，众人的疑惑和担忧也到达了顶峰。有人劝他别再决斗，试图提醒他上次决斗的惨况，但没有任何人能说得动他。铜腕依然像过去那样急切，也像过去那样满怀信心，仿佛上一次决斗根本就不曾发生，更从未进入他的记忆。但面具师没有忘记，他吸取了教训，改变了策略，做好了准备，要一雪前耻。

决斗当天，铜腕再次手握大剑，像过去那样来到广场。在广场上等他的已不再是异国的剑圣，疤脸戴上了另一副面具。很少有人注意过这副面具，因为它一直被保存在陈列架的顶层，与其他面具的语言都不通。这是一位手执巨锤的神祇，来自北方，身上流淌着巨人的血，执掌雷电与风暴。他十分古老，如今已没有多少信者，但与他相隔两层货架的海盗，虽然对谁都出言不逊，却又是他最虔诚的信徒……尽管大团长曾不止一次将这个形象搬上舞台，传说本身却早已无从查考，不过，这都不影响面具师在决斗场上的发挥。当他抡起巨大的铁锤，每一个旁观者都坚信自己目睹了跳动的电光，更坚信眼前的男人在这一刻真的拥有神力。这一次，再没有从天而降的乌龟来搅局，但铜腕还是很快就输掉了决斗，而且输得很彻底。他的大剑被一记重击打成了碎片，就连他引以为傲的金属义手也变了形，像是遭受了恐怖的雷击。战败的钟表匠一动不动，倒在地上——虽然倒下的原因与上一次不同，但单就倒下这一结果而言，却与上一次出奇的相似。不少人以为他又遇到了生命的危险，开始环顾四周，期待着能够再次见到巫婆出现。不过，巫婆那天没有现身，只有那只经常跟在她身后的大肥鹅，一反常态地飞掠过众人头顶，落在广场中央。那一刻，来自灯塔的光芒笼罩着大鹅，也照拂着铜腕，犹如一片狭窄的白昼，把一个倒地的人与一只家禽推到了舞台中心。

“嘎！傻瓜，难道你们还不明白？”大鹅伸长脖子，做了一个像是耸肩的动作，用一种不属于人类的轻蔑说出了人类的话语，“他被砸了头，脑子出了问题，嘎！嘎！用你们人类的说法，他得了顺行性遗忘症。”

广场上一下子安静下来，没有人回话，也许是出于对一只鹅的不屑，也许是出于惊讶和不解。但这诡异的尴尬场面仅持续了片刻，静默就被打破了。所有人都听到了一阵如雷的鼾声——就像上次那样，钟表匠又睡着了。

决斗结束了。但关于铜腕患上的顺行性遗忘症，大多数人还是到了后来才对它有了一点了解，而这都要归功于旁白。根据旁白的说法，有这种毛病的人每次从睡梦中醒来，都会彻底忘掉上一次醒来之后发生的一切。他已不可能再积累新的经验，也不可能再拥有新的记忆。他的意识将永远停留于过去，无论后来又经历了什么，又走出了多远，都只会一遍又一遍地返回到上一次入睡前的状态。而对于铜腕来说，那就是大团长死去的当天。

大团长之死就是铜腕记忆的终点，也将成为他无数段分裂的、互不相干的未来的起点。他将无数次回到那里，忘掉自己曾经历的一切，再无数次从那里出发，去经历他必将忘掉的一切……

铜腕后来的表现确实印证了这一点。所有人都将会看到，他一遍又一遍地挑战疤脸，输掉决斗，陷入沉睡，并在苏醒后再次悲恸欲绝，为大团长之死放声大哭。他将重新发现大团长留下的剧本，重新找回活下去的动力，重新改造小镇的钟表，让黎明的钟点不断往后顺延。他把被抹掉的数字投入锻炉，锻造出全新的铁皮人。这些铁皮人会趁他睡觉时把坏掉的义手修好，打点店铺，守护他，等他醒来。当他逐渐失去其他剧团成员的支持，铁皮人就成了最忠实的替演，它们不断增殖，协助他让大团长的葬礼一再上演，最后终于组成了一支规模庞大的军队。至于那个向三月许下的与青铜树叶有关的诺言，由于事发在大团长死前，铜腕一直记得清楚。但他永远不会履行承诺，也永远不会承认自己食言。因为青铜树叶总是在他决斗时开花，在他沉睡时凋谢，等到他终于醒来，它又已经变回一颗种子，开始了新的轮回，令铜腕永远无法抵达与男孩约定的时间点。后来，在成为真正的旁白之后，旁白又借用另一出戏剧的台词描述了铜腕所处的状态：

“还记得那位盗火的巨人和关于他的四则传说吗？‘按照第一则传说，他因为泄露了众神的秘密，被钉在山巅的一块岩石上，众神派鹰来啄食他的肝，而肝则永远会再长出来。按照第二则传说，他不堪鹰嘴又啄又撕的痛苦，把自身日益挤入岩石深处，终于同岩石合二为一了。按照第三则传说，几千年过去，他的叛逆行为被遗忘了，被众神和鹰遗忘了，也被他自己遗忘了。按照第四则传说，大家对这件毫无意义的事逐渐感到厌倦了。众神逐渐厌倦了，鹰逐渐厌倦了，伤口也厌倦地愈合了……’大部分人或许只能演绎第二、第三和第四则传说，无论是‘同岩石合二为一’，还是‘遗忘’‘厌倦’，事实上大同小异，展示的都是凡人无法逃脱的死亡，一种因经验与记忆不断积累而导致的灵魂的麻木。这种麻木杀死了众神，杀死了鹰，杀死了巨人，也终结了传说本身。但铜腕不一样，只有他能演绎最原初的第一则传说。唯独在这一则传说中，鹰永远会来啄食巨人的肝，肝永远会再长出来。于是，也唯独在这一则传说中，惩罚和痛苦都永远没有终点，也永远不会归于麻木，巨人的灵魂也恰好可以借此获得真正的永生。”

9　神是一盏聚光灯

自从钟表匠被乌龟砸了头，人们就越发频繁地目击到那束从天而降的光。然而，除了三月以外，没有多少人会相信，那束光其实并不属于天空，而是来自灯塔。在大多数人眼中，这光芒就像一位好奇的访客，总是游弋于长夜镇的街巷，有时还会透过并不存在的第四面墙，照进屋里，几乎从未远离人群。也许是在黑暗中待得太久了，对于光芒，人们大抵是欢迎的。有些人甚至会追逐它，只为能冲入光明之中，去短暂享受一下久违的太阳般的温暖。是的，体验过的人无不宣称，它是温暖的，有人甚至说它是炽热的，无论这些说法有无夸张成分，有一点却是大家公认的，那就是这束光不但远比镇上的任何一盏灯都要明亮，甚至令皇家巡游的金火盆都显得失色黯然。

对于这个突然出现的怪现象，人们议论纷纷，试图给出某种解释。有人说它是太阳陨落的碎片，有人认为它是云雾聚拢的月光，从遥远的火山喷发到更遥远的海市蜃楼，从亡者大显灵到集体暗示和催眠术，不一而足，后来甚至还扯到了早已失传的占星术，再配上不知从哪出三流戏剧里考证出的雨林土著传说，衍生出了一整套世界末日即将到来的惊人推理。当然，这些奇葩解释因为实在太过骇人听闻，甚至引人发笑，大都信者寥寥。毕竟，在黑暗中经历了那么多的祈祷、忏悔和奉献以后，人们都难免心怀期待，更愿意把这束光视作神赐予的救赎——这才是镇上最流行的观点。不难想象，它的提出者正是教宗。事实上，自从在决斗场上第一眼见到光芒，教宗就已产生了这样的想法。一种久违的狂喜包围着他，令他几乎哽咽落泪，就连脑壳上的大瘤子也被感动得微微颤抖。他立刻将眼前的一切视作神迹。

教宗是狂热的，也是真诚的。但若深究起来，或许就没几个人知道，他的狂热和真诚都并非天生，却全赖后天养成。尽管他如今已是这样一副肥胖秃顶的模样，但根据旁白后来的叙述，在成为教宗以前，他竟是一名佣兵。那时他尚年轻，脑壳上没有瘤子，脸颊上也没有疤痕。他加入了一支南方的佣兵大队，在那里干了好多年，大队后来覆灭，连名字也被世人忘却。到了现在，教宗对那段往事已绝口不提，仅在深夜的梦呓中透露过一丝线索。他常在被窝中忏悔，说他们杀过人，理由多种多样，有时是为一头牛，有时是为一双靴子，有时则只是因为一个眼神。他说他们的旗帜是深红色的，上面绣着一只翠鸟，一柄宝剑。正是跟随着这支佣兵大队，未来的教宗参加了不止一次战争，对手多半是异教徒，但也不尽然。教宗记不清了，毕竟，作为佣兵，那时的他根本不会费心去探听敌人的信仰。他有太多别的事情需要担心。坦白说，教宗并不善战，无论舞刀弄剑还是排兵布阵都不甚拿手，而他当初之所以能当上佣兵，也是全凭大队里两位表兄的推荐，为此他甚至还给大队长送了礼，礼物包括两条熏鱼和一瓶龙舌兰酒，据说总共花了他十六枚铜币。尽管如此，他却拥有一项无人能及的天赋——运气。等到当初推荐他的表兄一个战死，另一个返乡，成了只剩一条腿的残疾，就连佣兵队长也换了好几人的时候，他却一路幸存了下来，甚至还靠着过人的资历当上了一个小头目。

教宗最后的雇主是一位枢机主教，而他们参加的最后一场战争则是那场震惊世界的对异教徒的远征。远征规模空前宏大，也许实在是太宏大了，以至于连教宗的好运都没能改变战局。在那个无数人的信仰为之动摇的夜晚，穷凶极恶的异教徒反扑了过来。这些野蛮人手执黑曜石长矛，骑着斑马和牦牛，向枢机主教的营地发动了突袭。杀声四起，火光冲天，教宗在一片混乱中奋力御敌，直至撞见大队长在地上胡乱滚动的人头，才知道败局已定。就在那时，枢机主教找到了他，给他下了最后一道命令，要他为自己引开追兵。于是，教宗就扮成了雇主的模样，开始往夜色深处狂奔。

应当指出的是，枢机主教的装束十分华丽，只适合凯旋仪式，却颇不宜连夜逃亡。尽管教宗曾不止一次幻想自己穿上它的样子，但那就与幻想一顿丰盛的美餐或一群绝色美女一样，充其量只是行军途中排遣无聊的意淫而已。所以，他还真就从未设想过，自己有一天竟要以这副模样在乱军中逃亡。教宗跑着，猩红的长袍很快就被血点染成了紫黑色，有好几次，他都差点被碍事的下摆绊倒。他本以为自己会死，更三度被追兵包围，但每到这时，就总会有一头浑身着火的野兽闯进包围圈，发疯似的撞散敌人，替他开出一条血路。第一次是野猪，第二次是山羊，第三次是公牛，分别来自东方、南方和东南方。靠着这些来历不明的野兽，教宗奇迹般地甩掉了追兵，逃进一座小树林。如果说这一切已足够令人称奇，那么接下来发生的事则更是震撼了教宗的灵魂，也彻底改变了他生命的轨迹。

教宗在树林里见到一棵十分巨大的橡树。他当时已脚步踉跄，疲惫不堪，也没多想，就躲到了树洞里。那树洞也很奇怪，入口是一个近乎完美的正六边形，洞里住着一对明黄色的花栗鼠，它们没被教宗吓走，反而从树洞深处搬出储存的橡实，放到教宗手里，似乎它们早已在此等候多时。教宗瑟缩在阴影里，惊魂未定，听见喊杀声越来越响，嗅到远处飘来越发浓重的焦臭与血腥。他深感沮丧，估计自己活不到黎明。见惯了死亡的他并不真的惧怕死亡，却终究有些遗憾，他希望能在死前做点什么，好让自己不那么遗憾。后来，实在无事可做，他开始祈祷。他当时身着长袍，头戴礼冠，因为脑壳上还没长瘤子，礼冠可以戴得很端正。他口中念念有词，尽力模仿自己的雇主，从记忆中搜索出每一个细节，亦步亦趋。

他其实并不信神，更觉得自己十分可笑，但在那个世人信仰动摇的夜晚，他确实这么做了。那是他生平第一次穿上神职者的装束，也是他生平第一次祈祷。然后，他记得，自己听到了神的声音。神的声音是一束光，那束光来自他的头顶，来自树冠之上，云层之上，夜空之上，遥远得找不到源头。但它依然穿透万物，找到了他。光芒笼罩着教宗，把他的脑壳灼得生痛。与此同时，眼前的一切都变得明亮起来，心中的一切都变得豁然开朗，方才的恐惧和绝望都消失了，教宗感觉自己的灵魂正沐浴在从未体验过的温暖之中。瞬间，他已确信，自己不会在今夜死去，反倒会获得祝福与新生。

没有人知道神在那一夜对他说了什么，而他也从未向任何人透露细节。仅有一点无法否认，那就是他确实活了下来，毫发无伤，不但逃过了敌军的追杀，还在树洞里安安稳稳地睡了一觉。他醒来时，天已大亮，光芒也已消失。因为担心昨夜的奇遇只是一场梦，他伸手摸了摸自己的脑壳，立刻在那里感到了一阵可怕的灼热。那灼热是如此真实，就连手里的橡实也被烤熟了，啪的一声裂开，冒出一股苦涩的香气。这就是神存在的证据，他一边嚼着橡实，一边如此告诉自己。一个曾经的佣兵就这样皈依，成了一位最虔诚的信者。等到他终于钻出那个正六边形的树洞，才发现小树林早已被大火烧毁，四处都是树木焦黑的残骸，唯有自己藏身的大橡树依然葱郁。

若将这一切都归功于神迹，那么神对信者的庇佑显然还远不止于此。未来的教宗对命运已不再有半点迷茫，他没脱下枢机主教的装束，就开始徒步穿过战场与荒野。他总会在口渴时遇到小溪，也总会在饥饿时遇到果树，一路上没遭遇任何危险，就像一位传道的先知那样，回到了故乡。他接管了雇主的教区，取代了战场上下落不明的枢机主教，成为真正的枢机主教。其间没有任何人对他的身份提出质疑，似乎所有人都深信，这就是他的使命所在，一切理应如此，也必须如此，因为神早已在剧本上做好了安排。后来，就在脑壳刚开始微微隆起，大瘤子已呼之欲出的时候，他终于赢得众人一致推举，成为教宗。

当上教宗以后，他还得到过好几次神启，遇到过好几次从天而降的光芒。有一次是在宗教辩论会上，当时的话题是炼狱的结构和赎罪的方法。教宗刚站起身准备发言，光芒就突然穿过大教堂的岩石穹顶，透过风琴的铜管和圣徒的金像，直射在他的头顶。他立刻明白了神的旨意，慷慨陈词，彻底废止了赎罪券的销售。另一次是在跨海旅行途中，船队遇到了暴风雨，几乎倾覆。教宗在雷鸣中走上甲板，光芒就毫无预兆地穿过乌云和雨幕，直射在他的头顶上。他立刻明白了神的旨意，下令把船上的朗姆酒全部倒入海中，天空随即放晴，巨浪也立刻归于平静。因为这束光，教宗停止了对异教徒的远征，也同样因为这束光，人们开始种植玉米和辣椒，甚至把一直被当作毒物的番茄搬上了餐桌。每一次，教宗都会激动万分地仰望光芒，要求众人与自己一道向神祈祷，赞美这神迹。但他很快就发现，无论自己怎样坚称这束光确实存在，甚至用手明明白白地指出了它的位置，他身边却始终没有第二个人能够看到它。人们总是一边附和教宗的话语，做出一副拜服之势，目光却在虚空中不住游移。这些可怜的人就像瞎子，对眼前的神迹视而不见，却更愿意将教宗所说的光芒理解成一个抽象的比喻，又或是某种激励人心的演讲修辞。不过，尽管这些人的表现让教宗失望，但公允地说，他们绝不驽钝，他们的确看到了异象，只不过这异象并不是一束光，而是一颗不断膨胀的瘤子。或许，正是因为教宗脑壳上那颗发红的、不住冒汗的瘤子，心中疑惑的众人才会相信，他们的教宗确实沐浴在某种强烈的，自己无法看见的光芒之中。当然，没有一个人敢把内心的想法告诉教宗，而教宗对此也一无所知。他被光芒遮蔽了双眼，只为旁人无法体验到这份幸福而深感遗憾。也正是因为这份遗憾，他越发坚信，自己是神选之人。“也许，时机还没到。但是，总有一天，他们也会看到的。”为了让所有人都看到这束光，他告诫自己，要有耐心，要等待时机成熟，要做好万全的准备，恭迎神的回归……

由此也就不难推断，教宗后来的一切狂热举动都是早已注定的事情。

当那束神圣的光芒第一次在长夜镇出现，教宗就站在铜腕和疤脸的决斗场上，他相信自己目睹了神的回归，相信长久的忏悔和祷告终于有了回报，甚至又在脑壳上感觉到一阵久违的灼痛，令他激动莫名。他知道，神的声音从未离他远去，更像自己初次祈祷时那样，再一次穿透黑暗，直射进他的灵魂。但这一次，情况与以往大不相同，因为能见到光芒的人已不仅限于教宗自己，却是在场的每一个人。面对如此神迹，教宗一度陷入狂喜，长久的孤独和等待顷刻变作汹涌的感恩之情，几乎将他完全淹没。“这是一个启示。”他对自己宣布，“神将容赦！时机已经成熟！”

教宗无数次向天祈祷，赞美神明，亲吻光芒照拂的土地。神奇的是，这份虔诚似乎真的打动了神明，那耀眼的光芒没再游移，而是停驻于教宗头顶，仿佛某种回应，将他跪伏的身姿长久地定格于舞台中央。他的大瘤子变得更肥硕了，表面渗出了更大的汗珠，反照出比过去更明亮的红光，也令他看上去更像一位头顶光环的圣者。众人把这一切看在眼里，大部分人将其视作完全的事实，少数人则把它当作精彩的表演。但无论如何，他们都不会忘记，自己也在黑暗中祷告过，在绝望中忏悔过，更曾经登上祭坛，在那里焚香，向神献上粮食、美酒和羔羊。而今，他们相信，自己的努力终于得到了回报。一时间，信仰如野火，在黑夜中蔓延开来。后来，当教宗再次号召大家向神献礼，几乎所有人都来了。他们在教堂外的广场上召开祈福大会，规模比以往任何一次都要大，甚至不亚于大团长最后的葬礼。教宗与信众分享自己往日的奇遇，宣讲神的意旨，呼唤神圣的光芒，他的话很快就在虔信者的眼中燃起了向往和希望，那炽热的目光仿如走失的太阳。当孩子们组成的唱诗班清唱起真诚的赞美诗，那神圣的光芒便再次从天而降，笼罩着教宗，仿佛在向众人宣告，这个男子正是神选定的人。面对不容置疑的神迹，哪怕是最冷漠的旁观者也很难不为之动容。对救世主的渴望让大家拥向教宗，仰视着他，爆发出比戏剧谢幕时更热烈的掌声与欢呼。

在长夜镇生活了这么久，教宗从未像现在这样受人崇敬。他的话语成了神的话语，他的召唤一呼百应。那个时候，几乎所有人都坚信，神已经宽恕了他们，太阳马上就要重新升起。而他们需要做的，就是紧紧跟从。就连教宗本人也对此深信不疑。他没有告诉任何人，他曾在梦中目睹一幅美好的愿景。他相信那光芒会在众人的祈祷声中扩张开来，由一束变成十束、百束、千束，平等地降临于每一位信者头顶。他将让信仰不断传播，而这万千光芒也将生长成炽热的密林，到了最后，它们会将长夜驱离，连成一片白昼。

不过，尽管大家在那以后都虔诚地聚集到教宗周围，使劲祈祷，使劲忏悔，使劲唱圣歌，光芒却没有扩张，太阳也没有归来。长夜依旧，似乎没什么变化，或者说，即使真的发生了某种变化，其程度也没有人们期待的那样明显。于是，在最初的狂喜之后，教宗陷入了迷茫，他颇不情愿地发现，神的意旨似乎并不像自己想象的那样浅显。为了实现梦中的愿景，他必须采取更多行动……

这个时候，如果三月能鼓起勇气，向大家讲述一下自己在望远镜里看到的一切，事情或许就不必发展成后来的样子。但男孩始终保持着沉默，这不仅因为他天生羞怯，更因为连他自己也抱有怀疑，不确定那天亲眼所见是否完全可信。事实上，他仅在望远镜里见过一次从灯塔上射出的光，自那以后，他又多次拜访观星者的阁楼，但无论再怎么仔细观察，三月都没能找回曾经的光源。记忆中那个发光的位置一直保持着黑暗，而更糟糕的是，他还目睹过光芒从更高更远的，灯塔附近的云层中射出。这一切似乎都与他最初所见相矛盾，令他更难以相信自己。尽管如此，三月仍将这件事告诉了观星者，想要征求他的意见。

观星者对男孩的发现很感兴趣。为了验证三月的话，他甚至为自己最长的长筒望远镜又添加了一节全新的镜筒。那节镜筒比以往的任何一节都要粗大，镶嵌的镜片也更厚、更精细。为了制作它，观星者花了好几天时间。当他把那节精心制作的镜筒接驳到旧望远镜的末端，再把新的望远镜拉到最长，这台本就怪诞的光学仪器变得更加怪诞，那模样就像一条僵直笔挺的大蛇，简直到了滑稽可笑的地步。不过，怪诞归怪诞，新望远镜的性能却没让人失望。经过一番精密校准，图像变得更清晰了，远处的灯塔原本只是夜空中一块漆黑的剪影，现在却呈现出了更多细部的结构，甚至还能隐约看到某些砖石的缝隙和纹理。对此，观星者很满意。他再次把望远镜对准了三月记忆中有光芒射出的地方，反复观察，但除了几双躲在黑暗深处的观剧者的眼睛以外，并没有发现任何值得一提的东西。这样的观测结果终于打消了三月说话的意愿，使他缄口不言，而男孩和小镇的命运也因此被彻底改变。

当然，能改变小镇命运的角色绝不仅限于三月，而且他们当中不少人还拥有比三月敏锐得多的嗅觉，巫婆就是其中之一。虽然没人清楚她住在哪里，但懂行的人都知道该去哪里找她，她在商店街旁侧的某条暗巷里开了家小店。坊间虽将其称作小店，但那事实上就只是一顶极其简陋的临时搭建的帐篷。她仅在礼拜五和礼拜天营业，经营范围包括占卜、解梦、通灵术和贩卖护身符，有时也替人看病，而顾客们来求医的往往都是些疑难杂症，又或是常识根本无法解决的问题。尽管曾向她求助的人不在少数，却从未有人见她走进任何一条暗巷，更未有人见过她支帐篷，她和她的帐篷总是凭空出现，随后又忽然消失，去向不明。近几年来，巫婆一直维持着这种低调又略显神秘的生活，跟镇上的其他人都相安无事。在教宗开始跪拜光芒，脑壳上的瘤子也变得越发肿胀的日子里，巫婆变得更加低调了。她前所未有地缩短了开店时间，人们不得不等到礼拜天的后半夜，才有可能凭运气在暗巷里找到她的帐篷。不但如此，她也不再替人治病。要知道，那时巫婆才刚在决斗场上现身，从坠落的乌龟手上救了钟表匠的命。神圣的光芒笼罩着她，将她的一举一动都映照得十分清楚。事情传开后，那段时间来向巫婆求医的人就特别多，原本冷清的小巷一下子变得如市集般嘈杂。但无论是不幸患上脚气病的探险家，还是不小心染上梅毒的流浪歌手，又或是饱受痛风折磨的宝石商人，现在都统统被她拒之门外。意外得来的名声似乎给她造成了巨大的困扰，令她不得不尽快将其抛弃，而在那个时候，还没有任何人能够猜到，巫婆究竟在躲避着什么东西。

但是，正如戏剧里那些早已被预知，却无论如何也不可避免的厄运一样，巫婆的演出也没能超越早已写好的剧本。在某个礼拜一的黎明到来之前，她终究还是破了戒，让长久以来的努力功亏一篑。找到她的是孤儿院的修女，修女怀里抱着一个女孩，正是小尾巴。据说，那可怜的孩子想要爬到树上去偷摘橄榄，却因失足摔到了井里，当时已是皮肤惨白，嘴唇紫青，呼吸停止，浑身上下只剩发梢的水珠仍有一点动静。但巫婆还是救活了她。没有人知道她用了什么巫术，只知道她向修女收取了一滴眼泪作为代价。不幸的是，这件事后来竟成了巫婆触犯禁忌的罪证。坦白说，她原本是不必这么做的，没有人会因此责怪她，况且她那天已结束营业，而她的帐篷之所以会被修女找到，也只是因为铜腕恰好在前一天又拆掉了钟面上的一个数字，导致黎明的钟点被再次向后顺延。

事情就这样发生了。巫婆又一次被推到舞台中央，成了众人视线的焦点。那个时候，教宗已经起床，正领着一群最虔诚的信者在做晨祷。不难想象，在光芒第一次降临长夜镇之后，他就变得十分亢奋，睡得也越来越少。所以，在小尾巴得救的消息传开以前，教宗就已目睹光芒离开头顶，朝着商店街的方向投落下去。教宗颇有些落寞地站在黑暗中，感到既惊讶，又好奇。毫无疑问，在那一刻，神的注意力确实被某些比晨祷更重要的事情吸引了过去。尽管这偏离了教宗最初的愿景，他仍将其视作一条重要的线索，期待着能够借此领悟神意。于是，在听说了巫婆救活小女孩的离奇故事之后，他立刻相信，自己发现了全新的取悦神的方法。后来，又在冥思苦想中等候了整整一周，教宗才终于找到巫婆的帐篷。那是他第一次走进商店街的暗巷，也是他第一次向别人透露梦中的愿景。他大谈那平等地降临于每个人头顶的光芒，对那片由光芒连成的白昼满怀憧憬。尽管教宗并没有要求巫婆为他解梦，但巫婆还是告诉他说，梦里众人头顶的光芒不应被解读为阳光，而是火焰的暗喻。

“火焰？什么火焰？”

“灾难的火焰。”

“哈？这怎么可能。”教宗微笑起来，自信地摇了摇头，“你不必考验我。请相信，我也像你一样，能够听到神的声音。”

“我不认识你的神，也早已听不到神的声音。”巫婆抬眼，目光在教宗头顶的大瘤子上短暂停留，忽然叹了口气，

“如今，我耳边只剩恶魔的低语。”

“可我相信，你就是神选定的圣女。”教宗毫不气馁，更凑近一步，两眼放光，瘤子在礼冠下兴奋地淌着汗水，“你上次拯救了铜腕，这次又拯救了那个坠井的女孩，这一切都是神借你之手展现的奇迹。”

必须承认，教宗有自己的逻辑，而且相当清晰。他从未忘记，早在光芒第一次降临长夜镇时，巫婆就已经与自己一道沐浴在光芒之中，并在那场不幸的决斗中扮演了拯救者的角色，而她后来更是夺走了晨祷的光芒，赢得了神的青睐。所以，在他前来拜访巫婆的这个夜晚，教宗是真心希望对方能够加入他们，成为圣女，并领导大家完成这场唤回太阳的伟大仪式。但无论教宗说了多少好话，巫婆都不同意。教宗没达到目的，却也没就此放弃。接下来的好几个礼拜，他一到时间就登门拜访，每次都是第一个走进帐篷，最后一个离开，但巫婆始终没有同意。有一次，巫婆在回绝教宗时说，她是无法成为圣女的，因为圣女唯一的下场就是变成女巫，但女巫却不可能反过来变回圣女。另一次，她推脱说自己早已过了那个阶段，即使愿意，也再找不回演绎这个角色所必需的天真和稚拙。到了最后，巫婆已不再掩饰自己的厌倦，甚至唐突地打断教宗，兀自开启了另一个话题。她指着教宗头顶那颗越发胀大的瘤子，提议要为教宗进行治疗。她声称那颗瘤子十分危险，是一种疾病，如果任其发展，最后会压迫大脑，损伤足以致命。这样的举动终于激怒了教宗，令他大吼起来。

“你胡说！”他紧张地用手护住瘤子，像是在极力保护自己最宝贵的东西，“这可是神赐予我的圣痕！”

公允地说，尽管在任何一部圣典中都不存在救世主的脑袋曾因受伤而肿胀的记载，但如果仅凭这一点就完全否定教宗的观点，认为瘤子与圣痕毫无关系，又实在显得有些不近人情。毕竟，它出现的时机太特殊了，恰是在教宗听到神的声音之后，而它生长的位置又刚好是在脑壳上，那个神之光初次照耀的地方。即便是再理智的人，也很难把这一连串事实视作单纯的巧合，更何况这颗瘤子从未给教宗造成任何肉体上的痛苦，尽管会不断冒汗，却也会助他冥想与祈祷，甚至还会不时散发出一阵温暖的酥麻，透过头皮渗入全身，令他沉浸在一种天堂般的欣悦之中。若这都不算是圣痕，就实在很难想象它还能是什么别的东西。也正因为如此，教宗生气了。他觉得自己受了羞辱，也第一次心生怀疑，不确定邀请巫婆是否真的是一个明智的决定。那一次，直到黎明时分，教宗才极不情愿地走出帐篷，离开了商店街。他仰头望着漆黑的天空，感到失落和挫败，不单单因为他终究没能赢得圣女的支持，更因为他发现，光芒竟没有追随他移动，反而长久地停驻于原地，笼罩着巫婆那顶行将消失的帐篷……

被光芒撇开的教宗心里五味杂陈，他一度以为，神已经选择了他，要让他充当自己在地上的代理人。而现在，为什么转而注目巫婆，一个不懂神，不信神，对救世和牺牲也没有半点兴趣的疯婆子。如果巫婆不是圣女，那么光芒为什么会落在她的身上？他必须找到一个新的理由，来解释这一连串神迹。他走在路上，不断思索，不断自问，直到头顶又传来一阵温暖的酥麻，令他陷入顿悟的狂喜。这一次，他相信，自己真的完全理解了神的意旨。

于是，在那个礼拜一，所有人都发现，教宗头顶的瘤子变得更大了。

10　触碰天空

纵使周围的气氛已明显改变，三月也没有加入那支日渐壮大的，唱着圣歌追逐光芒的队伍。他当然记得自己在望远镜里看到的一切，不过这还不是最主要的原因。事实上，早在遇到观星者以前，三月就已经对这束来历不明的光充满了畏惧和怀疑，认定它会给自己带来不幸。正是在光芒第一次出现的那天，他闯了大祸，遇到了一只倒霉的乌龟。后来，那束光甚至一下子掠过众人头顶，停在他身上，就像是要向大家指证他的罪行。三月不喜欢这束光，尽管它明亮温暖，但也勾起了他最糟糕的记忆。他想起了死去的大团长，尤其是大团长那只大得异常的左眼。那只眼珠子很可怕，三月觉得它像一座活火山，内里栖息着滚沸的熔岩。每次它一睁开，就会成为黑暗中唯一的光源，它一朝三月望去，男孩就会成为众人视线的焦点。大团长死后，三月以为自己永远摆脱了这种不自在的感觉，却没料到这束光又让他想起了一切。他忍不住躲避这束光，感觉就像在躲避大团长的幽灵。他也躲避众人的祈祷和歌唱，他本就是一个不合群的人。

除了三月以外，镇上至少还有一个人没受教宗影响，那就是钟表匠。这不怪他，他脑子出了问题，无论目睹了多少神迹，只要一觉醒来，就都会忘得一干二净。无论教宗如何向他布道，都无法阻止他再次回到从前，而每到那时，他总会呆望着那群追寻光芒的人，冷峻的脸上浮现疑惑，随后开始兀自为大团长的死放声大哭。随着时间推移，铜腕也成了一个不合群的人。他生活在错误的时间，对小镇当下的事罕有察觉。他仍遵照那份陈旧的剧本，孤独却忠实地演绎着自己的角色。但即使如此，他的《庭园》也从未停止过扩张，更多的青铜墓地被建造了起来，更多的陶瓷小人儿被安置其中，在那里没完没了地举行葬礼。到处弥漫着规律的嘀嘀嗒嗒的声音，而这一切都令三月更长久地在橱窗前驻足，仿佛要借此找到一条全新的出逃路径。

最近，在抹掉了小镇的又一个钟点以后，铜腕再次召集众人，试图让《你的葬礼》重新上演。只不过这一次，纵观整个剧团，再也找不到谁会响应他的号召。如果说大家曾把重演大团长的葬礼视作一场拯救小镇的仪式，那么时至今日，除了铜腕自己以外，几乎所有人都知道，这仪式已反复失败多次，更何况他们现在又找到了别的方法，去寄托自己无处安置的希望和虔诚。于是，在那次剧团会议上，铜腕成了孤家寡人。他愤怒得跳脚，对众人的冷漠感到震惊，甚至挥拳打碎了好几面镜子。他没有放下自己的固执。就像过去已上演多次，将来还要上演无数次的那样，他开始独自准备这场宏大的演出。这对他来说当然很困难，却并非完全不可能。大团长的面具和寿衣都是现成的，而演出者则可以全由他麾下的铁皮人担任。黑桃七的兄弟从未停止增殖，现在已繁衍到了红桃九，数量足够出演葬礼的全部重要角色。

戏剧定在一个礼拜四的黄昏时分上演。尽管铜腕事先已通知全镇，更命令铁皮人把海报贴满了大街小巷，但到了当天，非但没人来帮忙，就连捧场的观众都寥寥无几。这也难怪，礼拜四恰好是祭坛开放，大家向光芒祈祷和献祭的重要日子。虽然如此重要的日子在同一个礼拜还有六天，但在那个时候，几乎所有人都深信，如果一个礼拜仅用六天追寻光芒，就实在显得太不虔诚了，即使教宗不责备他们，他们自己也会很过意不去。然而，正是在这样冷清的一天，作为一个同样不合群的人，三月却一反常态来到了演出现场。

三月绝非心血来潮，也不是出于对铜腕的善意，他有很明确的目的，而这都要从大团长留给他的剧本说起。有很长一段时间，三月都没再关心那封信，他相信自己已经赢得了胜利，摆脱了大团长的控制。要知道，就在与观星者相识的那天，他终究没有与马靴一道去拜访面具师，甚至见都没见过疤脸。这意味着现实总算偏离了剧本。男孩内心雀跃，表面却保持沉默，这倒不是他有多矜持，而是实在不知该如何把这份喜悦与旁人分享。

他再次撕开信封纯属偶然。那是一个乌鸦和狗都在狂叫的早晨，大肥鹅唱着哀伤的歌，一瘸一拐地走过大街。三月被吵醒了，睁眼恰见萤火虫在玻璃瓶里撞着瓶壁。寝室里只有他一人，伙伴们都到广场上看行刑去了，也不知今天又有谁要死，火光已在窗外那片狭小的天空燃起。男孩感到害怕，他意识到，即使在这座被称为悖逆之家的孤儿院里，自己也是一个异类。这种不安很快转化成了一股强烈的冲动，击中了他。他想到了大团长留下的信。他知道信里写着他的未来，也知道那不再是不可改变的宿命。他抵挡不住诱惑，再一次撕开了信。不出所料，信封里依然是另一个信封，但背面不再是那段被重复了无数次的文字。这一回，大团长透露了一个信息，让三月更加确信，自己已经赢得了这场较量：

> 漆黑的幕布分割世界，鲜有人能分辨，哪一侧是幕后，哪一侧是台前。不经意间，三月走到舞台边缘，旁观生命在戏剧里逝去。若想要摆脱现时的处境，只需向前跨出一步，但那一步究竟是离场，还是登台？

“是的，我当然要摆脱现时的处境，我当然会选择离场！”三月一拍桌子，站了起来。他感觉心脏如热浪里的蚱蜢一般乱蹦着，血液在太阳穴里鼓动。自从出逃失败以后，三月就开始绘制小镇周边的地图。不停变幻的街道和房屋让他的努力全都白费了，却从未打消他想要离开的念头。时至今日，三月像被囚禁在玻璃瓶里的甲虫一般，不知疲倦地寻找着这座巨大剧场的出口。而这一次，他知道，机会来了。若要抵达舞台边缘，就要旁观戏剧，一场关于生命逝去的戏剧——三月记下了这句话。由此，也就不难理解，他后来为何会去给铜腕捧场，强忍着厌恶，去观看一场虽无新意，却是以葬礼为主题的戏剧，而与此同时，又随身携带了一个小包袱，内里装着面包、衣服、一把伞、一袋萤火虫，以及他能找到的所有财物……

那是大团长的第四次葬礼，戏剧上演的地方恰好位于小镇边缘。铜腕几乎完美再现了过去的情景。大团长那天的寿衣是历次葬礼上最耀眼的一套，交替闪烁着金银两色的光辉。三月不知它用了何种面料，但他敢肯定那上面绝不可能镶有黄金或白银，更不用说其他更暗哑的金属。它非常轻，似乎比空气还稀薄，长袖离地，飘入半空，就像两团逃逸升腾的焰火。它让三月产生了一种错觉，认为死者距离自己极度遥远，这种遥远不仅是空间上的，更是一种精神上的、情感上的遥远，就像在仰望万里之外的星辰。蜘蛛将这件艺术品命名为《天神的肝脏》，但就与以往一样，这不仅无助于好事者对它的解读和诠释，反而使他们的结论变得更加虚妄离奇。

没有人在那场葬礼上献花。送葬的队伍抬着大团长的棺材，走进一座高出地面的建筑。建筑十分古旧，没有房顶，仅在外围建有一圈环形石墙，围拢起一个露天平台。内部几乎没有任何陈设，看不到墓碑、纳骨坛、墓穴，也看不到棺材，只有一地白骨。没人知道这些骨骸有多少来自真人，又有多少仅仅是舞台道具。如果请来一位懂行的人，兴许还会发现其中一部分属于别的动物，诸如水豚、野牛或鲸鱼。它们零乱地散落着，也许生前属于不同时代，现在却彼此交错，早已分不清哪条肋骨应连着哪块脊椎，而哪块下颌又应属于哪颗头颅，或者说，即使真的能够分清，也再不会有人在乎。越往里走，骸骨就越密集，送葬者必须时刻留意脚下，踢开一些挡道的骨头，才不会被硌到。平台中央有一块巨大的岩石，陷在地里，上面满布火焰烧灼的痕迹，还钉着粗大的锁链和镣铐。就与小镇的其他墓地一样，这里也常被用作戏剧的舞台，比如大团长改编的《洞穴寓言》正是在此地首演。而在另一场演出中，那位从天神处盗取火焰的巨人也是被缚在这块山岩上，承受着永无止境的折磨。按照剧本，一只鹰会每日飞到这里，啄食巨人的肝，而肝则总会重新长出来。不过，在这舞台上，鹰被换成了秃鹰，而数量也从一只变成了许多。事实上，也许是知道这里经常能找到吃食，总有不少秃鹰在附近徘徊，只要抬眼环视岩墙，就准能发现它们的巢。三月甚至坚信，那其中必定住着一只最惹人讨厌的家伙，曾在某个特别糟糕的时刻逮住过一只乌龟，令它和自己都成了某件不幸意外的罪魁祸首。

送葬者将假死的大团长放在巨岩上，就像在墓地中央点起了一团火。或许，正是因为眼前的景象，再联想到此地曾经上演过巨人盗火的戏码，人们后来才一度怀有希望，想要借重演葬礼找回失踪的太阳。不过，时过境迁，这场吸引了无数目光的戏剧如今已无人问津，相比起过去，唯独秃鹰的数量有增无减。它们曾在晚霞中兴奋飞舞，现在却栖身于长夜，静静地守在岩墙上，兴趣寥寥地俯视着这群没有血肉的铁皮人，眼中闪烁着饥饿的绿光。那一回，死神已不再是蛇，却化身为一只巨大的秃鹰，从天而降。没有人能猜到，这件舞台道具是如何制作的。它的翅膀宽广如乌云，羽毛稠密如骤雨，像是要浇熄墓园中央的火焰一般，从口中发出海潮似的声音：

“噢，我的朋友，你究竟准备在何时死去？”

“谢谢你，用一个如此奢侈的问题替我寻回了自信。”现在，当身披寿衣的铁皮人在巨岩上念出昔日的台词，观众才终于意识到，这个问题为何被称作奢侈，“这无异于在向世界宣布，我此刻仍然活着。”

“的确，从肉体到灵魂，从医者到神学家，死亡被赋予了无数形态。这常常令你们犹疑自问，自己是不是已经死了。拥有信仰的人相信肉体的消灭和灵魂的永存，他们不惧怕我，认为死不是终点。但以我之见，灵魂先于肉体死亡的例子反倒更多。”

“没错，我便是其中之一！”身着寿衣的铁皮人忽然抢白，用一双空洞的眼睛望着同样由铁皮人扮演的送葬人群，“我就与他们一样，早已死去。讽刺的是，正是这些死者，比任何人都更热爱生活。他们告诫我，切莫谈论你，连想都别想。他们说，要投入到生活当中。他们试图用他们的寓言开导我，问我说，怎样才能让一滴水永不干涸……”

“哦？”死神盘旋，在火焰上空编织出幽暗的漩涡，“他们可有告诉你答案？”

“把水滴投入到大海中去！”

“哈哈哈哈！”

“我懂你的震惊，因为我自己也从未听过如此惊悚的答案。我本以为没有任何人能做到这一点，可是……”大团长突然在巨岩上直起身子，像是要挑战死神似的，两袖如火焰般直冲天际，“他们竟告诉我，这就是答案。是的，战胜你最简单的办法，就是停止对你的思考。不去看，不去听，我们甚至为此建立起一套行为的准则和话语的禁忌，十分默契地不去触及任何与死有关的话题。只要我们聚在一起，只要我们像鸵鸟一样把头深埋到生活的喧嚣中，只要我们关心粮食和蔬菜，享受美酒和歌谣，用每日的忙碌填满自己的生命，我们就会忘记死亡，让你看上去无限遥远，与我们无缘。”

“没错，可怕的是，你们真的做到了，而且比我想象的还要成功。你们不知死亡为何物，似乎从未意识到自己会死，却只是循着祖先的脚印，像蚂蚁或蜜蜂一般经营自己的生活、学习、争斗、进食、排泄、传承、繁衍，扮演好自己的每一个角色，好似你们的灵魂并非依附于个体，却根植于某个被称作‘生活’的巨大虫巢。到了最后，当我来施行收割，我总是发现，你们真的完全融入到了虫巢之中，仿佛一滴水融入了大海。”

“这种与蝼蚁无异的生活并不是我想要的生活。”

“但这才是最自然的生活。朋友，放下你的傲慢，看一看这个世界吧。除了人类，还有哪种生物会为我的到来感到困扰？你可曾在鸟儿的轻唱中听到对死的哀叹？又何曾在盛夏的蝉鸣中听到对死的担忧？蚂蚁和蜜蜂会辛勤工作到生命的最后一刻，即便是被圈养的牛羊，也从不去想象必然降临的屠刀。我是不可战胜的，但对我的恐惧却可以被克服。若谁能征服这恐惧，他便会深信自身的不朽，若谁从来没有这恐惧，他便实际上达到了永生。”

“但你依然存在！”巨岩上的死者死盯住头顶的漩涡，拒绝移开视线，“这只是一种愚者的自我欺瞒。”

“不要把他人的勇气当作驽钝，也不要把自己的怯懦当作聪颖。我见过很多你所说的‘愚者’，他们都比你过得好，因为他们真的相信自己是大海中的一滴水，也真的认定自己永不干涸。”

“永不干涸？”大团长摇摇头，“一滴水，在投入大海的瞬间，就已不复存在。他们对抗死亡的方法，在我看来就是一条直抵死亡的大路，而他们对永生的描述，则恰可让我借用来重新定义死亡。如果我真的珍视一滴水，就绝不会把它投入大海，如果我真的珍视生命，就绝不会任它浸淫到虫巢般的生活之中。的确，我对死亡充满了恐惧，但这恐惧的源头，是因为我意识到了自己的存在，意识到了自己相对于这个世界的独立与唯一，并希望这个独立且唯一的自己能够一直存在下去。反观他们，为了消灭对死亡的恐惧，为了依附于某种强大的永恒，竟愿意先行摧毁自己的独立与唯一。他们有时宣称自己是某个伟大族群的一分子，有时又说自己是某段光辉历史的一部分，这都不过是要把自身与世界的边界搅浑，让生与死变得毫无区别。他们惯常以第三人称谈论死亡，仿佛自己只是个局外人，哪怕死者就是自己，他们的想象也仅停留于葬礼的盛况，却从不触及泥土深处的寂静和棺材里的漆黑。他们以为这样就能摆脱死亡的摆布，而我则认为这无异于主动拥抱死亡，消灭了自己。我与他们不一样，我天生就无法忘记死亡，无法心无旁骛地投入到生活中。我必须清楚地看到自己，并一直看着自己。”

“噢，难道不思考死亡，你就无法确认自己仍活着？难道不看到阴影，你就不敢确信自己正身处光明？你这个可悲的聪明人啊！别人都在逃，逃向世俗，逃向各种各样根本无关紧要的事务，不惜把自己弄得筋疲力竭，只为避开这个令人绝望的问题。只有你站在原地，既不逃，也不躲，甚至回过头来，直视我虚无的深渊。但你也一定知道的吧，在逃亡时回头的家伙都没有好下场，他们要么堕入冥国，要么化成盐柱……你的好奇只会毁了自己。”

“我明白你的意思，但他们的逃亡又能改变什么？死亡没有因此消失，你还在这里。一切都将被你吞噬，化作虚无。”

“是的，我终将把你们的生命化作虚无，但我并不介意你们把生活变成一场对抗虚无、逃避虚无的戏剧。在我看来，世界只是一个巨大的舞台，而每一个人，无论男女老幼，都不过是台上的演员而已。你可知道怎样的演员才是最优秀的？是像你这种演技精湛，却总想在开演之前就把剧本读到最后一幕的聪明人吗？显然不是。最优秀的演员是那种身在舞台中央，却全然不知自己正在表演的家伙。他们入戏最深，不但完全不认为自己是演员，更完全不相信自己的故事竟会在某一天结束。他从未想过要走下舞台，他真正成为他所扮演的角色。这些人可以穷尽毕生时光，忠实地演绎一个角色，却又对这个角色背后的终极真实一无所知。”

“正因为这样，我才会如此羡慕他们！”大团长发出一声悲叹，抬眼往高处望去。在他和死神之间，还盘旋着无数秃鹰。它们似乎嗅到了死者身上散发的气味，纷纷嘶叫着朝巨岩扑落下来，将这场怪异的天葬推向高潮。

“他们确实值得羡慕。”看见眼前的光景，死神在高空中宣示自己的胜利，“正如所有戏剧终会落幕，所有生命都难免一死。你终究不是你扮演的角色，而是死者，是发臭的尸体，是蛆虫的食粮，是坟中的枯骨，是飘散的灰烬——你终究毫无意义。这就是终极的真实。祝贺你，在我拜访你之前，你就已经找到了我。你发现了真理。但那又怎样？你无法改变结局。在真实的绝望与虚假的希望之间，究竟哪一个更有魅力？看啊，一个人如果事先知晓了我的存在，那么到了生命的舞台上，他就只能是一个笨拙的演员，因为他总会在演出时不断提醒自己，这场虚构的戏剧终将落幕，而他也终究要回到我的怀抱—— 一个更大的真实之中。一旦萌生了这种想法，你便再难以全心投入自己的角色，你便不愿配合他人的演出，你显得格格不入，你成了一只总想从蚁穴出逃的蚂蚁，一只癫狂的，跳着奇怪舞蹈的蜜蜂。你的存在让人尴尬，也令他人尽力演绎的一切都显得可笑，不再真实。你糟蹋了这出戏剧，令它原本的宏大和严肃都变得漏洞百出。”

“更可怕的是，当我意识到这一点，我已经回不去了。”

“没错，你回不去了，多可悲啊！正如那个到过洞穴之外的囚徒，不愿再满足于观看石壁上的剪影，自那时起，你们这些自诩聪明的家伙就总是忍不住把目光从生活的舞台上抽离，成为自己的旁观者。是的，你指责他们在舞台上旁观死亡，而你自己却主动走到台下，旁观生命……”现在，死神一拍羽翼，即便大团长已被替换成了铁皮人，众秃鹰也像过去那样开始了袭击。在这一片混乱之中，死神忽然俯冲而下，啄向了铁皮人的左眼，一口叼起内里的金属眼球，飞向高空，“往上，往上，再往上！远离，远离，再远离！你比任何人都擅长远眺，也比任何人都喜欢俯瞰舞台，尤其是舞台上的自己。你无法阻止自己升腾，你的双脚够不到地。你望着那个留在大地上的本该由你扮演的角色，望着他渺小脆弱却尚有生命的身躯，被一种莫大的虚无击中。那虚无洞穿你的灵魂。你死了，死于对自己的俯瞰，死于目光的抽离。事实上，自从你第一次触碰到终极的真实，自从你第一次意识到死亡无可回避，我就已经降临。”

“归根结底，人只有两种命运——要么迷失于自己的角色，死于窒息，要么从自己的角色抽离，坠入虚无。”铁皮人的眼珠忽然闪烁起来，像一盏不祥的灯，照亮了每一位送葬者的脸，“唯一的差别只是，前者有可能成为后者，而后者却再也回不到从前。他们仍有选择，而我却只剩下注定的命运……噢，他们甚至无法理解，我到底有多羡慕他们。”

“他们当然无法理解。”似乎连死神也感到疲劳了，发出的话语已不再是人声，“这不仅是因为他们没有你的智慧，更因为你的智慧是一场瘟疫，会把你的演出变成一场摧毁所有演出的演出。若谁理解了你，他也就立刻不再值得你去羡慕，转而成了你的同路人。”

在那一幕的最后，墓地中央的巨岩上，铁皮人顶着大团长的面孔，一边被秃鹰肢解，一边复诵着大团长的台词。三月不关心。不仅因为他不理解，更因为这些台词他早已听过不止一次。男孩来参加这场天葬的目的只有一个，就是找到大剧场的出口，从小镇逃离。所以，他几乎从未留意墓地中央，对满地的骨骸也缺乏兴趣，反而不断在四周走动，观察这座建筑的墙壁。他东敲敲，西碰碰，总往阴暗的地方走，伸手去推每一块形状奇怪的石头，又把指头探进每一条可疑的砖缝，嘴里还念叨着各式各样类似于芝麻开门的咒语。他没找到隐藏的门或密道，却有好几次被吓得不轻，在某个偏僻角落遭遇了观众的目光。那些眼睛真是无处不在，有的甚至被镶进了墙缝，嵌入了岩石之中。它们全都在窥视着小镇，窥视着三月，冷冷地，带着观剧者的好整以暇。

三月在这墓地里转了整整三圈，都没能走到信中提及的“舞台边缘”。他是最后一个离开的人，走得比送葬的铁皮人还晚。那一夜，黑暗似乎拥有重量，压在他身上，他感到寒冷、疲劳，又孤单。他呆呆地紧握着出逃的包袱，听见秃鹰在头顶发出嘲笑般的怪叫，终于意识到，自己又被骗了。三月对大团长的憎恶又增加了几分。可是，如果他能预见接下来将要发生的事，他就会知道，大团长没撒谎，只不过，这非但不会改变他对大团长的观感，反而会让三月更加确定，自己现在的这点憎恶还远远不够。

那件事任谁听了都会觉得离奇，然而，也不能说它在发生前就完全没有一点先兆。比如观星者就曾说过些同样离奇的话，但由于他也曾宣称自己来自星辰，令大家都认定这个角色有点疯癫，所以，这一次，他的话自然也没能引起多少人注意。根据旁人的指证，那是一个礼拜二，又或是礼拜三，灰烬漫天飞舞，观星者十分罕有地走出古宅，第一次向大家发表了他的异端邪说。这些人不知道的是，他那时才刚完成对长筒望远镜的改装，为它添上了一节全新的镜筒，他本想用它找到高塔上的光源，却没成功，后来才将其指向别处，重新观察起星空。正是从那时起，他第一次觉察了星空的异样，这种异样并不是某颗星星的明暗变化，也不是某个地方突然出现了扫帚星，更不是行星的逆行又或是反季节的流星雨，而是某种规模更大，也更难以解释的现象。根据自己的观测，观星者开始修改祖先留下的星图，但他很快发现，与其这么做，还不如重新绘制一幅。

星辰的位置改变了。所有的星座都在变形。按照观星者的说法，北天的普罗米修斯已经挣脱了不可能挣脱的锁链，南天的美杜莎则正经历头颅和身躯的迅速分离，天顶的达摩克利斯之剑在加速下坠，那喀索斯的脸变了形，失去了原本的俊美，即将因悲伤在镜湖中溺毙，而阿拉克涅的蛛网更是一下子铺展开来，遍布了整条银河……他的描述十分详细，而且还拥有两份星图，可供前后对比。尽管除了他以外，镇上从未有人听说过这些星座，更不清楚它们的划分方法，但大家还是听得直发愣，差一点就要信以为真了。总之，观星者宣称，众人头顶的星空虽与过去十分相似，却又全然不同，除了几处显而易见的变化以外，在肉眼观察不到的细部更是存在着数不清的差别。这些差别纷繁错乱，彼此矛盾，无法用任何一种占星术或天文计算进行合理解释。由此，观星者得出一个极为大胆的结论，认为过去的星空早已不复存在，而现在这片星空，连同其中的每一颗星星，都是全新的。

“它被偷偷替换掉了！”

直至那时，一度半信半疑的人们才大笑起来。很显然，即使亲历过太阳失踪，这帮人也绝不会相信，有谁能趁自己稍不留神就替换掉头顶的星空。也有少数思维缜密的人并未急着否定观星者的说法，他们怀疑星空或许真的在变，但即便如此，这一切也理应归功于神，很可能还是个好迹象，意味着太阳将会很快回归。而对于其余的大部分人来说，观星者的说法不仅荒谬，还十分危险，以至于到了后来，在某一场狂欢似的猎巫大会上，他们全都会争着站出来成为证人，揭发观星者的罪行，说他确曾发表异端邪说，并妄图以此亵渎神明。观星者应该庆幸，他并未完全公布自己在望远镜里见到的一切。比如有一次，他就曾在那片吞噬了一位贵族和九十九个家奴的树林上空观察到一丛来历不明的巨大树冠，目击到它散发出怪异的金属光泽，而另一次，他在灯塔周围的云中见到了自上而下飘降的银白色烟雾。此外，他还曾在星空深处目击过一个巨大的阴影，那阴影躲在星光背面，拥有一个肥大的腹部和若干细瘦修长的足……如果他把这些异象都和盘托出，天知道他还会被安上什么可怕的罪名。

相信观星者的只有三月和小尾巴，他们也参与了一部分观测，但后来都感到后悔了。小尾巴会后悔跟观星者扯上关系。事实上，若她能早一点预见自己的命运，她想必从一开始就不会靠近那座闹鬼的古宅。至于三月，他也感到后悔，不过，他后悔的是当初竟没能把夜空再看清楚些，也没能更仔细地想一想，他们在望远镜中所见的一切。他相信，正是因为自己没有这么做，那件怪事最后才会以悲剧收场。

事情发生在一幢大宅的屋顶。那是一个十分平常的午后，就在前一天，面具师和钟表匠才结束了另一场决斗。那一回，疤脸戴了一副大家从未见过的面具，那是一个相貌吓人的老妪，一头死灰色的头发，一张死灰色的脸，仅有一颗牙、一只眼，却单凭一个瞪视，就令铜腕的义手碎裂开来，变成一块块剥落的锈。三月对那场决斗印象深刻，以至于偷懒时都还在想着那张脸。男孩当时浑身是灰，躺在屋顶，仰望天空，脚边横着一把破扫帚，远处是被他弃之不顾的烟囱。在与他仅有一街之隔的地方，有另一座宅子，尽管只有三面墙，屋顶却仍有一个烟囱。三月听到一阵窒闷的窸窣声从那里传出，他微微一笑，伸了个懒腰，知道那是他的朋友蝙蝠，正在烟囱里努力工作。三月并不是一个缺乏责任感的人，但他对自己眼下的行为也早已不感到愧疚。事实上，在第一次偷懒怠工时，三月对雇主还真的怀有一丝歉意，因为他这么做的主要目的是为了表达对孤儿院的不满，而雇主在这件事上就显得有点无辜。但是，后来不知从哪里冒出一大群观众，对他报以前所未有的喝彩和掌声，比他努力工作时还要热烈，其中甚至包括他的雇主。三月感到愤怒，痛恨别人把他如此严肃的抗议当作表演，但这也没用，他的大吼大叫不但没能唤起任何人的敌意，反而引来更多欢呼，似乎所有人都把他的愤怒理解成了演出的一环，并对他精湛的演技赞不绝口。这样的事屡次发生，终于令他意识到，人们对他的期望并不是去清扫烟囱，而是去扮演一个清扫烟囱的孩子，他们真正需要的是一场演出，而不是一个干净的烟囱。三月有三月的角色，蝙蝠也有蝙蝠的角色，他们一个偷懒，一个工作，无论是否自愿，他们都不得不在舞台上全力演出。这种认知一旦建立起来，之后发生的一切就都显得真假难辨了，比如蝙蝠的抱怨，比如雇主的责罚，它们都发生在观众的注视之下，也就令三月越发搞不清有哪些应归于演技，又有哪些是出自真心。

"哼，也许他们根本就没有真心。"

三月仰躺着，对这个问题并未多想，内心只有一阵厌恶。屋顶的风很大，在耳边呼呼作响，其中夹杂着烧灼的焦臭，男孩知道它并非来自烟囱。自那时开始，事情就变得奇怪起来。三月听到一阵呼啸从天上传来，哗啦，呼啦，有点像扬起的旗帜，也有点像鼓胀的船帆，却响得多。三月猜或许是谁在放风筝，但若果真如此，他不敢想象那风筝得有多么庞大。更怪的是，他仰头找了许久，也没发现任何类似的东西。天上连一片云也没有，再往上就只剩遥不可及的星辰。但那声音确实存在，不但没有随时间减弱或远离，反而变得越来越强，也越来越近。三月感觉莫名不安，他站起身，伸出手，像是要驱散这来历不明的声音，朝头顶的黑暗胡乱拨拉挥舞。就在那时，他突然浑身一颤，停了下来，手就那样定定地悬在半空，五指微微收拢，保持着一个十分奇怪的姿势……后来，三月在那天的日记里写下了一句话：

我想，我触碰到了天空。

这就是男孩对事实的陈述，其中不带半点诗意的修辞。也许，在当时，他还不敢完全肯定，但他确实触碰到了天空，并且用手抓住了它。他不知道天空在别处是什么样子，但在长夜镇，天空就是一片广大无边的黑暗，这黑暗摸上去十分柔软，甚至还带点温热和潮湿，让人想到裁缝店里的天鹅绒。正是它在风中不住飘摆，才发出了那阵哗啦呼啦的声音。三月既惊讶，又恐惧，内心深处更燃起一股兴奋的好奇。他牢牢地抓住了这片黑暗，就像抓住了谜底，生怕它会从自己手中挣脱。眼前的黑暗因这一抓而绷紧，不再随风而动，发出的声响也立即小了许多。男孩一只手抓着黑暗不放，另一只手开始摸索，他发现这天幕向各处均匀延伸，他每触碰一处，那里就起了少许褶皱，连带那片夜空中的星辰也错了位，就像在原本平静的水面上激起一阵涟漪。三月想要确认这天幕是不是无限广大，他开始缓慢行走，轻抚这片黑暗，一直走到屋顶边缘。在那里，他探出身子，无意间发现，天空中竟有一条缝。严格说来，那不能算是一条缝，而是两重黑暗在此交叠，却没有严丝合缝地融合到一起。于是，在那黑暗与黑暗的缝隙里，男孩看到了更深的黑暗，他猜那黑暗很可能不再是柔软的天鹅绒，而是真正的虚空。他伸出手，情不自禁，指尖因紧张与亢奋而微微颤抖，几乎马上就要探进那真正的黑暗里了。但是，就在那时，他忽然听到，有人说：

“不能再往前了。前方的舞台还没布置好呢。”

声音来自天空的背面，很近，像隔着一层幕布。三月愣住了。他并不是第一次站在这个地方。他很清楚，这座大宅已靠近小镇边缘，再往外只有旷野。在太阳失踪以前，他总爱在这眺望远方的地平线。但是，若据此推断，现在正与他对话的人就只能藏身在屋顶外的虚空之中。要是换作旁人，他或许会以为自己产生了幻觉，又或是遇到了幽灵，但三月一点也没有这样的想法。他此时不但没有害怕惊慌，反而生出厌恶和烦躁，因为，他听过这句话，也认得这个声音。那是旁白。三月并不知道旁白用了什么样的戏法，但往日的经历已让他毫不怀疑，这女人完全有能力出现在剧场的任何一个角落。三月相信，如果自己此时用力揭开天幕，他多半会立刻见到那个熟悉的纯白身影，旁白会以某种他根本无法想象的方式出现在眼前，让他意识到自己又被耍了，又被卷进了某出诡谲的戏剧……

后来，直到这件事过去了很长一段时间，三月才突然醒悟，确信自己当时确实已经走到了整个舞台的边缘。前方的舞台还没布置好——这岂不意味着，他离逃脱只有一步之遥？没错，他只需鼓起勇气，往前迈出一步，便能把这虚假的世界抛在身后，穿过幕布，走下舞台。但是，三月终究没有这么做，命运的剧本并未给他预留任何思考和选择的时间。他甚至没来得及向旁白发问，就听到身后传来了别的声音。

那是蝙蝠。他已结束工作，钻出了烟囱。三月不知自己此时的姿势在蝙蝠眼里有多么怪异，更不敢奢望对方由此就能猜到，自己正紧抓着天空。从蝙蝠的反应来看，他很可能以为三月遇到了危险，马上就要从屋顶上摔下去了。他哇地发出一声惊呼，倒退两步，就朝这边猛冲过来。蝙蝠继承了杂技演员的血脉，可以毫不费力地在屋顶间跳跃，更何况他与三月只有一街之隔，这样的距离根本难不倒他。以往每次看蝙蝠跳跃，三月都胆战心惊，却也不得不承认，那确实是件十分精彩的事情。蝙蝠全身沾满了灰，隐没于漆黑的夜色，真就像一只黑色的蝙蝠，只剩下一双明亮的眼睛，那双眼睛浮在空中，轻轻跃起，轻轻落下，在众人的头顶划出一道优美的弧线，总能引燃无数掌声和欢呼。然而，蹊跷的是，这一次，竟没有一个人为蝙蝠喝彩。那些从不缺席的观众在今天全都噤了声，躲入了黑暗之中，似乎要以此来使这出本就拙劣的戏剧显得更加真实。蝙蝠跑到三月身边，想把三月拉回来，但就在那时，他似乎也意识到了一点怪异。他盯着三月那只高悬的，探入半空的，五指紧紧收拢的手，露出一脸难以置信的神情。三月很着急，完全不知该如何解释自己此刻的处境，忙乱之中，他说了一句话，正是这句话，后来令他后悔不已：

“这里有东西！”

蝙蝠很聪明，他早已隐约猜到，对方正紧抓着什么东西，听三月这么一说，他确信了自己的猜测。接下来发生的事，三月从未告诉过任何人。他见蝙蝠学着自己，也探出身子，伸手去触摸天空，以一种杂技演员特有的自信，试图抓住那块黑暗的幕布。蝙蝠的手比三月长，也更灵活，做这事理应轻而易举，然而，他却始终抓不住任何东西。三月明明看见他已碰到了天空，甚至一半手臂都穿过了天幕，但那块黑色的幕布却始终悬在原处，一动不动，就好似一个没有实体的虚像，与蝙蝠处在两个互不干涉的时空——对三月而言最不可辩驳的事实，到了蝙蝠那里就成了最荒唐的谎言。这样的事在过去也不是没发生过，三月仍清楚记得，自己在《国王的新衣》中的糟糕经历，只不过，这一次的情况比那时还要糟糕许多。蝙蝠一个劲儿地往外探出身子，却摸不到幕布，这自然也就意味着，他无法像三月那样稳住身体……

屋顶的风原本就很大，在那一刻猛地变得更大了。

当蝙蝠的身体突然失去平衡，一切已无法挽回。眼前忽地闪过一抹银光，只见蝙蝠离了屋顶，跌进了幕布的缝隙。三月大惊，呆呆地站在原处，望着眼前的黑暗，找不到朋友的踪影。他朝天空和地面发出呼喊，无人回应。旁白没有现身，而蝙蝠更像是被夜幕吞噬了似的，彻底消失在了天空的另一侧。后来，不知过了多久，三月才鼓起勇气，猛地用力揭开幕布。他听到一声裂帛，紧接着是一阵窒闷的，重物坠地的碎裂声。现在，循着声音，三月终于找到了蝙蝠。他就在楼下，倒在舞台之外，那片广大的，“还没布置好”的地方。蝙蝠身体的形状怪异，一种浓稠的液体正从他身下溢出，活像祭坛上被屠宰的牲畜。

三月吓得瘫倒在屋顶。天幕挣脱了他的掌握，又开始缓缓地合拢起来。在蝙蝠重新被黑暗覆盖之前，三月见到了好几个人，他们闻声赶来，聚集在蝙蝠周围，低头望着漫流的红，或低声叹息，或放声哭泣。直到那时，悲伤才终于袭来，将三月彻底裹挟。他本以为自己也会大哭一场，最后却一滴泪也没有流。因为在那些哀悼的人周围，更广阔的黑暗中，三月还看到了更多观剧者的眼睛。他们观赏叹息和哭泣，同时也紧盯着屋顶的三月，似乎正期待着男孩的反应。三月痛恨那些观剧者，痛恨他们无处不在的眼睛。他死死咬住嘴唇，忍住，不哭出一声。这是他所能想到的最好的反抗。但他似乎还没意识到，自己是否落泪其实并不重要，因为无论动情与否，在观剧者眼中，他都是在表演。

就像是要为这件怪事添上一个休止符似的，旁白的声音再一次自虚空中响起：

“不经意间，三月走到舞台边缘，旁观生命在戏剧里逝去。若想要摆脱现时的处境，只需向前跨出一步，但那一步究竟是离场，还是登台？”

三月望着咫尺之外的虚空，没有哭，却也始终没有迈出一步。天幕合拢。从那以后，他就再没见过蝙蝠。

11 但太阳依然没有升起

按照其他剧团成员的说法，蝙蝠已永远离开了舞台。不过，有很长一段时间，三月都不愿相信，蝙蝠已经死了。毕竟，他已看过太多以假乱真的戏剧，而前不久发生在巫婆身上的事更是让他产生了一种错觉，认为长夜镇的每一个演员都能起死回生。

这件事可以追溯到某个礼拜天的深夜，而在此之前，教宗才刚打消了让巫婆成为圣女的念头。就在观众都以为商店街的暗巷会重回平静的时候，教宗又来了。这一回，他不再是独自一人，而是领着数十名随从。他们大都穿着神职人员的法衣，高举火把，带着武器、锁链、经书，还有驱魔用的圣水，听到教宗一声令下，就立即扑上前去，包围了巫婆的帐篷。这帮人后来被称作异端审判官，那一夜他们首次登场，自那以后，一场规模空前的猎巫行动就在长夜镇的舞台上隆重开演。

巫婆是第一个被捕的人。理由十分充分：既然她坚决否认自己所行的是神迹，那么她的力量就只可能来自魔鬼。事情的发展正如巫婆自己早已预言的那样，无论是否愿意成为圣女，她唯一的下场都是变成女巫。异端审判官冲进帐篷，逮住了她，把这个与神为敌的老妇拖进囚车。逮捕过程出奇顺利，并没有遭遇任何反抗，但如果有谁有幸目睹了那一幕，他或许永远不会忘记小巷里的狼藉。七彩的贝壳散落一地，乌鸦的羽毛纷乱飞舞，无数玻璃瓶被打翻，储藏的泪水与来历不明的血液相互浸染，四处漫流，其上还蹦跶着蜥蜴的尾巴。蝴蝶的翅膀和甲虫的鞘翅碎成粉末，扬在半空，在囚车驶过之处留下一道闪烁的烟尘，伴随这一切的还有巫婆沙哑的怪笑，惊醒了每个仍在熟睡的人，却又令他们全都坚信自己仍在做着一个长久的噩梦。

第二天，巫婆就在广场上接受了审判。没有辩护人，被告席由一个巨大的柴堆和一根高耸的火刑柱组成，她被绑在那里，静听自己犯下的一连串罪行。教宗向众人宣布，这漫漫长夜正是神降下的报应，而神的愤怒之所以迟迟无法平息，则是因为大家长久以来的纵容，因为有渎神者藏匿在民众中间，不断施行邪术。从今日起，所有人都要行动起来，除掉神眼中视为恶的事物。至于教宗本人，则更是要以此为契机，带领大家，为即将获得新生的太阳献上温暖的柴薪。在宣判时，教宗头顶的大瘤子鼓胀得像个即将破裂的气球，随着他越发激昂的声音不断抖动。“火刑！火刑！”围观的众人高声附和，就连上了年纪的老翁和寡妇都发出了愤怒的呐喊。自从跟随教宗追寻光芒，他们就脱胎换骨，成了新造的人，现在更是一个比一个激动，似乎终于看破了邪术的毒害，也不再记得自己亦曾做过巫婆的顾客，向她求医问卜。至于巫婆本人，反倒是最冷静的。尽管动弹不得，她仍微微抬眼，以一种观剧者特有的目光望着倾情表演的教宗，流露出失望，似乎眼前的情节在她太过漫长的生涯中已反复上演，如今只让她感到无聊。但不可否认的是，教宗的表演的确极为精彩，他虔诚圣徒的形象不仅征服了众人，也赢得了神的垂注，证据就是那束从天而降的光，它终于回归，再一次笼罩教宗的头顶，把他和他的瘤子都定格在舞台中央，令他激动得几乎昏厥。当群众的情绪越发高昂，当教宗的言语越发激烈，光芒也随着这氛围变得越来越明亮，越来越刺眼，它炙烤着那颗瘤子，令其汗如泉涌。罕有人料到的是，在不久之后，人们甚至会满怀敬意地把这汗水称作神的泪珠。

事情已无法挽回。在真正的圣徒面前，争辩毫无意义，若这圣徒身后还跟着一群信仰的追随者，他们将轻易淹没任何一种不同的声音。当教宗亲自擎着火把，走向柴堆，人们都踮起脚，紧盯火焰，舔着嘴唇，难掩兴奋，仿佛在等待着一场盛大庆典。不过，接下来一连发生了好几件怪事，差点就毁了这场万众期待的火刑。尽管人们后来都对此绝口不提，但教宗确实有好几次尝试点火都失败了。第一次，只听一阵刺耳的尖啸，柴堆中飞出了无数蝙蝠。它们很大，大到连道具组的人都搞不明白它们为何能躲在那里。这些黑夜的生灵如潮水般扑向教宗，有的甚至直接撞到他的鼻子和肚皮上，迫使他连连退后。异端审判官们赶紧上前帮忙，朝空中挥舞火把，为教宗开出一条路。然而，教宗还没来得及重新摆出一副庄严的神态，便又听到另一阵壮阔的呱呱声。广场上突然出现了成千上万的青蛙和癞蛤蟆，它们来历不明，颜色各异，有的明显有毒，有的还长着不止一对眼睛，就像是从地缝里钻出来的一样，全都朝着同一个方向蹦跶，扑向教宗。于是，又经过一阵手忙脚乱的驱赶，教宗才来到火刑柱前。他那时已狼狈不堪，祭仪的礼袍上沾满了癞蛤蟆的口水和蝙蝠的粪便。尽管如此，他依旧保持着镇静。但是，他刚一举起火把，广场的上空就又出现了新的入侵者，那是大群的蛾子、瓢虫和蜻蜓。它们如暴雨般落下，竟全都疯了似的扑向教宗手中的火把。最先触碰火焰的飞虫当然被烧死了，但它们越聚越多，翅膀彼此层叠，终于抱成黑压压的一团，熄灭了火焰。

一时间，广场上的众人陷入惊疑，不确定这是来自神的启示，还是巫婆用邪术进行的垂死挣扎。毕竟，不得不承认，若抛开自己的主观情绪，就根本没人能够完全说清，这两者有何差别。更无人知道，在面对这些蝙蝠、青蛙和蜻蜓时，教宗是否会回想起那个信仰动摇的夜晚，联想到自己三次突出重围，还有神派来拯救他的三头浑身着火的野兽。也许，在某个极为短暂的一瞬，教宗心中确实产生过一丝犹疑，担心自己是不是搞错了。但是，任凭观众怎样猜测，都无法改变这出戏剧的结局。相对于那晦暗不明的犹疑，教宗磐石般的意志却是有目共睹的。他的决心来源于一个耀眼的事物。是的，正是那束光芒，最后决定了巫婆的命运。当它在一片混乱中离开教宗，转而投射到了巫婆身上，几乎所有人都目击了教宗脸上的狂怒，还有他瘤子上暴凸的青筋。

教宗点燃了柴堆。人们发出欢呼。纵观全场，仅剩旁白仍保持着她一贯的超然，以流水般的话语继续着叙述。按照她的说法，那火焰除了代表神圣的净化以外，还混杂了一种名为嫉妒的色彩。很显然，无论那是不是剧本上的台词，都是一派胡言，对一位圣徒实在有失尊重。不仅是旁白本人，还有镇上的每一位居民都将很快意识到这一点，以至于到了后来，还敢对神如此不敬的家伙就只剩下禽兽—— 一阵鹅叫自高处传来："嘎嘎！真该让那盗火的巨人看一看，他所爱的人类正如何运用自己的赠礼。"

在这场宏大的演出中，只有当事人巫婆始终沉默。她死了，但人们并不确定，她是不是被烧死的。火焰从下往上吞噬她的身躯，而她却自上而下地化成飞灰，消散在浓烟与风中，没留下焦黑的尸体或任何骸骨。没有惨叫，没有哭喊，没有认罪和忏悔，这都与众人的预想不符。她死得让人扫兴。她擅自撇下观众，退了场，让所有人都呆立在那一片由蝙蝠、青蛙和昆虫尸体组成的狼藉里，怅然若失。也许，正是因为这一次火刑未能令人尽兴，大家才对后来接踵而至的火刑更加期待。不过，至少有一个人对此是满足的，那就是教宗。当巫婆化作飞灰，他也总算见到光芒离开了火刑柱，就像一位经历了短暂走神的观众，又重新把注意力集中到戏剧的主角身上一样，笼罩着教宗。他的神回来了。神的关注和宠爱也回来了。教宗沐浴在光芒之中，笑了，像个天真无邪的孩子。他终于确信，自己完全理解了神的意旨，同时找到了一个完美的方法，能够取悦神明。不过，若按照旁白的说法，自那时开始，教宗就中了火焰的毒，对追逐光芒上了瘾，这毒瘾会迫使他不断索求，不断献祭，不断向他头顶的神明奉上名为罪人的柴薪……

总之，巫婆退出了长夜镇的舞台，自那以后就再没出现在光芒之下。但关于她的坊间传言却并未就此消失，反倒变得越来越多，也越来越离奇。先是有人传说，自己又在某条小巷里见到了巫婆的帐篷，那帐篷里黑洞洞的，没有灯火，外围却有烧灼过的焦黑。随后，又有好几个行夜路的人也遇到了那顶帐篷，他们都宣称里面有动静，有人听到了水声，有人听到了蝉鸣，有人听到了铁器淬火的声响，还有人听到了小孩的呜咽和年轻女子的咳嗽。后来，终于有人鼓起勇气走了进去，却只在帐篷中央见到一个鸟窝，发现那只跛脚的大肥鹅正伏在窝里，孵着一颗硕大的鹅蛋。没人能说得清那颗鹅蛋究竟来自哪里，因为整座小镇就只有这一只鹅，而且它还是公的。但见过那颗鹅蛋的人不止一个，而且他们的证词基本一致。唯独在一个问题上，他们存在分歧，那就是鹅蛋的尺寸。也许是为了哗众取宠，后来者总是一口咬定，自己见到的蛋比先前每一个人所见的都要大，以至于到了最后一位目击者口中，那颗蛋已然变得比人还要高，几乎撑破了帐篷。就像是嫌这些流言还不够惊人似的，终于有人大胆宣布，自己又见到了巫婆。那正是在蝙蝠坠亡前不久，异端审判官们最为忙碌的时期，一位好事之徒向教宗举报了巫婆复活的事，说是自己亲眼所见，但当他领着教宗和异端审判官们赶到现场，却没有发现巫婆，也没有找到她的帐篷。唯一可疑的是，除了污水和垃圾以外，暗巷里还散落着许多来历不明的蛋壳。因为无法容忍这种欺骗，尤其无法容忍有人再次提起巫婆，教宗把举报者送上了火刑柱，令其化作神的柴薪。

一时间，人们全都噤了声，但即使如此，目击巫婆的传闻仍在暗地里不胫而走。没过多久，就连三月也亲眼见到了她。那时，男孩正在进行当天最后的清扫工作，他沿着狭窄的烟囱一直往上爬，在黑暗中闻到一股异香，最后抵达的不是房顶，而是一顶陌生的帐篷。巫婆坐在帐篷中央，她熬着一锅紫红色的浓汤，各种形状奇怪的叶片和蘑菇浮泛其上。她像是没注意到男孩脸上的惊讶，兀自盛了一碗汤，递到三月手中。三月本想拒绝，却无法抗拒那香味。巫婆的汤极其鲜美，里面还有一种三月从未尝过的、口感奇妙的肉，令他毕生难忘。男孩觉得一碗不够，又添了一碗。趁着盛汤的间隙，巫婆主动提出，可以为男孩占卜未来。三月很谨慎，他想知道这是不是剧本上早已安排好的桥段，在得到了否定的回答之后，他才向巫婆询问起最关心的问题，自己的父亲。

“你会与父亲重逢。”

“是吗？”见巫婆如此肯定，三月有点意外，便追问，“在什么时候？在哪里？”

“当黄昏树林开始移动，你会与父亲重逢，在你自己的躯体里。”

三月怔了怔，还想再问，但一阵强风突然袭来，卷走了帐篷。随后，他发现自己又回到了房顶。一切都不像是真的，唯独那阵美妙的肉香在三月的嘴里残留了许久。或许正是因为有了这样的经历，三月后来才总是怀抱希望，天真地认为，不仅是蝙蝠，就连父亲也会在某一天回归。

但三月的希望并未唤回父亲或蝙蝠，而蝙蝠的死也没能引起多少关注。在那段日子里，几乎所有人都把目光聚焦于光芒中央，致使教宗成了舞台上毫无争议的主角。处死巫婆后，教宗夺回了光芒，但长夜依旧，太阳仍未升起。教宗错了吗？没有人这么认为。对于真正虔诚的人来说，怀疑本身就是一种可耻的思维方式。他们总会先选择相信，而后再说服自己。既然他们坚信自己做了正确的事，那么太阳还未升起就只有一个原因——正确的事做得还不够。教宗是这样认为的，他的追随者们也是如此。

于是，巫婆的火刑才刚结束，异端审判官们就又投入工作，到各处明察暗访，搜捕起隐藏在民众中的敌人。教宗更是频频颁布神谕，制定出更加严格的戒律与祭仪规范，以此来指导大家更好地侍奉神明。也许是受了早前的遭遇影响，他首先宣布，蝙蝠、青蛙和蜻蜓等等都是神眼中看为恶的生物，应当从世上根除。于是，一场抓蝙蝠灭青蛙的宗教活动就在大众间轰轰烈烈地展开了。许多人抛下手头的工作，冲到酒窖或钟楼里去捉蝙蝠，而另一些人则奔向田间，去猎杀蟾蜍和青蛙，就连未成年的孩子也拿起了自制的捕虫网，追着蜻蜓，一边挥舞还一边背诵着破除邪恶的经文。与此同时，也许是受了更早的遭遇影响，教宗又宣布，野猪、山羊和公牛都是神圣的生物，绝不可杀来食用，只能用作燔祭献给神明。对此，没有任何人提出异议。大家很快就用香柏木建造了一座堪称华丽的畜栏，里面的陈设都模仿圣书中乐园的模样，又把自家养的牛羊统统献出，聚集到一处。自那时起，人们的餐桌上就再没出现过猪肉、羊肉或牛肉，而向神献祭的祭坛上则每日烟气腾腾，肉香四溢。

后来，教宗和他的追随者们又揪出了好几个神的敌人，除了那个宣称巫婆复活的骗子以外，还包括一名在地窖里私藏牛肉的屠夫、一名用陷阱盗猎野猪的猎人，以及三个私自举行聚会并偷烤羊肉的荤食爱好者。他们没处理好吃剩的骨头，留下了罪证。这些人都被抓到广场上受审，随后又被绑在火刑柱上，献给了神。那一场大戏演得很成功。教宗亲自点火，没再遇到恼人的蝙蝠或蟾蜍，而受刑者们也终于尽了自己的责任，从忏悔到求饶，从哭喊到惨叫，从最初在火苗中的挣扎到最后留下的焦黑尸首，总之，观众喜闻乐见的一切他们都做足了，弥补了人们在上一回留下的遗憾。

那天，天空特别黑，如一口倒悬的井，深不见底，光芒却尤为猛烈，一刻也没离开教宗头顶，就好像神也来了兴致，正以他特有的慈爱目不转睛地盯着这位卖力演出的仆人。教宗终于能够一改过去的狼狈，享受这光芒带来的荣耀。在罪人疯狂惨叫的时候，他甚至还满足地闭上双眼，仰起脸与头顶的神交流。现在，他更加确信，自己理解了神，也知晓了神的喜好。也正是在那一天，人们发现教宗头顶的瘤子不但又肿胀了几分，表面更浮现出了过去没有的褶皱与凹陷，原本光滑的肉团现在就像一坨陶泥，正被某种不可见的力量挤压着，开始塑造出自身的形体。

没过多久，除灭害虫的行动也大获成功。长夜镇的郊外再听不到一声蛙鸣，蝙蝠更是完全绝迹。神无疑是高兴的，在表彰众人功勋的集会上，光芒就像一个兴奋的孩子，随着教宗的步履跳动。但那以后它又恢复了常态，而太阳还是没有升起。不得不承认，如果神真的在关注这场人间的戏剧，他想必是一位要求严苛又极易感到无聊的观众，总会鞭策人们，去上演更精彩的戏码。教宗意识到了这一点，便赶在光芒变弱，甚至离开自己之前，又颁布了新的戒命。这一次，为了纪念神派来拯救他的那一对花栗鼠，他把明黄色规定为神圣的颜色，同时又把正六边形规定为神圣的形状，以此来纪念自己与神相遇的那个树洞。

新的宗教活动就此展开。异端审判官拜访每一户人家，勒令所有人把神龛、圣像，还有门楣上的经文盒都染成明黄色，那气势让人不禁想起定期来访的钟表匠，差别仅在于钟表匠只是脑袋被砸得坏掉了，而这些人则侍奉着神。染料店的老板大赚了一笔，以为自己的生意从此高枕无忧，还没高兴几天，大家就一致同意，鉴于明黄色实在太过神圣，私自生产无异于渎神。明黄色染料的生产权立马被收回，转到了真正符合资格的神职者手中。当异端审判官在教堂里开起染坊，教宗的追随者们也没闲着，开始着手改造自己的房子，把原本的大门拆掉，换上全新的正六边形门框。不但如此，商店街的主要路段更是被彻底封闭，因为有人突然发现，那条路上的地砖竟全是正六边形的。“这一定是太阳无法升起的原因！”人们十分小心地把这些地砖逐块撬起，再用马车运往献燔祭的祭坛，它们在那里获得了应有的礼遇。祭坛因此又升高了，而商店街的道路则变成了一片坑坑洼洼的泥泞。后来，人们又烧制了全新的正五边形地砖和正七边形地砖，却无论怎么铺设都不如原来那样美观齐整。尽管如此，大家对此次行动仍感满意，更不会有谁傻到去抱怨现在的路不如过去好走，因为这不言自明，恰恰印证了正六边形比别的形状都要完美和神圣。

更多的罪人被揪了出来，包括一名染料店店员、一个好色的色盲、两个粗心的养蜂人、一名疏于关注时事的木匠。木匠的罪名是亵渎神圣，因为他最近不知中了什么邪，竟突发奇想地制作了一个六边形的马桶。不过，他们之中最引人注目的还是旁白。坦白说，许多人到最后也没搞懂她究竟违反了哪条戒律，但对于她被抓倒没几个人感到惊奇，更不会有谁替她辩护。要知道，无论是过去还是现在，旁白都从未参加过教堂的礼拜，也没向神明献过任何祭礼。即使所有人都已俯伏在地，膜拜神明，她却仍站在人群之外，像一个独立于世界的旁观者，甚至都不懂得保持沉默，仍然用她流水般的声音不停讲述，扰乱了唱诗班对太阳的赞美。自从大团长死后，就再没人知道她说的话是来自剧本还是内心，但有一点毫无疑问，那就是她早已不受欢迎。当时，长夜镇正处在唤回太阳的关键时期，所有人都小心翼翼，生怕激起神的怒气，就连起居饮食甚至如厕放屁都带着禁欲和自律的庄严，仿佛生活本身就是一场宗教仪式。但旁白的存在破坏了众人辛苦营造的氛围，她总是用陈述事实的方式诋毁神圣，用低贱的乐器演奏近乎戏谑的乐曲，在理应严肃的场合引燃一片低俗的笑声。她把大家的虔诚称作狂热，又把人们的努力称作愚行。她甚至拒绝把光芒视作神迹，却为其生造了一个怪诞的，与信仰毫不相干的词，将其称作“聚光灯”。她并不否认教宗是真正的圣徒，又宣称他已在聚光灯中盲目，化成了魔鬼。至于那些追随教宗的人，旁白把他们叫作感染者，认为他们都被传染上了某种危险的疾病。在这场追求神圣的运动中，旁观本身就已是一种罪，而旁白不但旁观，不合作，更用言语攻击神和神的仆人，让每一个向往光芒的人都觉得自己没有受到应有的尊重。旁白的命运可想而知。据说，就连她自己最后也意识到了这一点，当教宗带着异端审判官去逮捕她的时候，她只是轻拨了一下手中的鲁特琴，低声陈述道：

“教宗走上前，瘤子相比起昨天又大了些许，他看着眼前那个纯白的女子，相信自己又找到了，下一捧献给神明的柴薪……”

旁白被烧死了。出乎所有人意料的是，神的光芒在那一刻忽然离开了教宗，投落到这个罪人头顶。吞噬她的火焰竟一时改变了颜色，呈现出一种病态的苍白。这诡异的景象持续了好一阵，令围观的众人议论纷纷，也让教宗颇为尴尬。不过，更糟糕的事情还在后头。就在火焰终于恢复正常，光芒也重新回到教宗头顶，大家都以为自己已彻底摆脱了这个女人的时候，在场的所有人都忽然听到一个熟悉的，如流水般悦耳的声音。如果说旁白就是那唯一一个在剧中隐身的人物，那么她最恰当的形象就不是一位白衣女子，而理应是一个没有形体的幽灵。现在，教宗终于用他的神和火焰替旁白完成了蜕变。旁白死了，但她没有离开，她将一直存在，在长夜镇的每一个角落徘徊，正如她此时对所有人所宣告的那样：

“于是，火焰熄灭。旁白成了真正的旁白。”

那是她最后一次提到自己，而后，她就化成了一个声音。正是在那一天，蝙蝠坠亡，三月抬手触碰天空。男孩在黑暗中听到旁白的警告，还以为她就藏身在天幕的另一侧，却并不知道对方已死，对自己说话的竟是幽灵。

教宗处死了旁白，但这与其说是他的胜利，倒不如说是他的挫折。因为旁白依然不肯闭嘴，而教宗虽很擅长让活人噤声，却并不知道该如何对付一个幽灵。至于光芒在刑场上的短暂背弃，则更是给他造成了巨大的刺激。尽管他原本就不算平易近人，皈依多年仍保留着佣兵时代的暴躁脾气，但他身边的人还是发现，自从烧死巫婆，夺回了光芒以后，教宗就变得越来越易怒，越来越多疑。他常常一连好几个小时站在教堂的露台上，独自仰望天空，与光芒交谈，絮絮叨叨的，时而悲伤欲绝，时而面露狂喜，仿佛深陷于一场地位悬殊且注定无果的恋爱。每当光芒变弱，或是稍微从头顶偏离，教宗就将其理解为神的失望或无聊，便立即行动，抓捕更多渎神者，颁布更多戒命，百般努力地为神表演自己的拿手好戏。

但是，太阳依然没有升起。

后来，不仅仅是教宗，就连追随他的异端审判官们也开始宣称，自己听到了神的声音。对此，没有任何人持有一点怀疑，因为大家都目睹了他们脑袋上的变化，见到了显眼的隆起。那全是新发的瘤子，在某一天齐刷刷地出现，长在同一个位置，尽管尺寸远不及教宗，却同样因高热而显现出了怪异的光晕。按照教宗的说法，这是幸事，因为这些最虔诚的追随者们也终于得到了自己的圣痕，赢得了神的恩典。民众兴奋不已，每次集会，都会以一种崇敬的目光仰望着这帮人的头顶，内心充满羡慕之情。不少人极力自荐，想要加入异端审判官的队伍，而更多人则是直接找到疤脸，请求他为自己制作面具，要求容貌与自己完全一致，却唯独要在脑门上添加一颗巨大的瘤子。这股新兴的潮流让面具师的生意一下子火爆了起来，为了处理堆积如山的订单，他不得不加班工作，即使在与钟表匠决斗的那天也不例外。在那段神奇的日子里，对瘤子的追求成了长夜镇的主题，甚至除了人类以外，还有别的生物也沉湎其中。也许是因为青蛙、蝙蝠和蜻蜓都已被消灭殆尽，蚊虫很快就泛滥成灾。它们被体温吸引，在人们头顶聚集，交织成一团团吸血的云雾。人走到哪里，这云雾就飘到哪里。而它们最喜爱的，就是散发高热的瘤子。于是，正如所有宗教画作所描绘的那样，在那些最虔诚的神职者头顶，终于出现了圣徒的光环，只不过，画家笔下的光环在现实中并非扁平的一片，而是立体的一团，更会发出恼人的嗡嗡声。

教宗始终是最引人注目的人物。他头顶上聚集了至少半个小镇的蚊虫。这些蚊虫吸饱了血，都不敢飞入光芒之中，却只是绕着光芒不断盘旋。它们的形态已不再像云雾，而是彼此紧挨着，密集得几乎凝结成一块，以至于三月后来一回忆起教宗和他的瘤子，就总会想起自己在望远镜中见到的一颗行星，想起它上面的大红斑和周围的壮丽光环。

那个时候，大部分人都坚信，他们正投身于正义与邪恶的较量，而这很可能也是最后一场较量，决定了他们是否还能见到太阳。每个人心中似乎都有一份清单，分列出善与恶，敌与友。而每当教宗颁布新的戒命，这份清单就会立即加长。神眼中看为恶的事物不断增多，且越来越琐碎，越来越繁杂，需要大家一再奋起与之斗争，将其消灭。而在清单的另一头，神圣不容亵渎的事物亦不甘示弱，也以同样的速度增多。它们升上神坛，要求所有人俯身敬拜。每到这个时候，大家就总会发现，身边突然冒出了好些与神为敌的家伙。这些潜伏在群众中的坏蛋往往昨天还与众人一道在广场上观看火刑，向神献上最忠诚的礼赞，但到了今天就一下子原形毕露，被揭发出他们沉湎邪恶，亵渎神圣，犯下了滔天罪行。所有人都感到震惊，他们一边感叹魔鬼的阴险和狡猾，一边把罪人送上火刑柱，全然没有注意到罪人的脸上除了恐惧和绝望以外，也现出了同样的震惊。

“神的火焰需要柴薪，所以，他要不断为自己制造敌人。”

旁白的话传到众人耳边，但早已无人相信这个幽灵的胡言乱语。大伙都感到气愤，认为这种说法不值一驳。神怎会给自己制造敌人呢？敌人就是敌人，他们必定从降生之日起就心怀恶意。大家全身心地投入到这场正邪之战中。小尾巴就是在那时丧了命。异端审判官冲进孤儿院，逮捕了这个邪恶的女孩，直到那时人们才发出惊叹，不知她为何一直没引起大家的注意，竟逃过了那么多次火刑。小尾巴的罪状确凿无疑，她长了一条尾巴，这显然是因为她生来就是魔鬼，而她在坠井之后又被巫婆唤醒，则更是魔鬼间相互勾结的证据。此外，小尾巴还有一条罪状，她与异端分子观星者过从甚密。观星者当然也是罪人。他总是离群索居，甚少参加礼拜或仪式，没人知道他在捣鼓什么名堂。而他每次现身，就总会带来一两个异端邪说，前不久他甚至一口咬定，说众人头顶的天空全是假的。所幸的是，如此猖狂的诳语只获得了小尾巴的支持，而其他人则对它嗤之以鼻。不过，观星者相当狡猾，并没有被捉住。当异端审判官带着铁链冲进他蛰居的大宅，那里早已人去楼空，只剩下几张破碎的，被涂改过多次的星图，还有上百册由异教徒撰写的书籍。人们只得把他的星图和书都烧了泄愤。猎巫行动并未就此停止，搜捕仍在继续。每天都有新的罪人被推到火刑柱上，在众人的唾骂声中结束了自己罪恶的一生。

此外，还有更多的人虽未定罪，却被打上了罪人的嫌疑。比如铜腕，他也曾被巫婆救过一命，而且从那以后脑袋就出了问题。有好几位异端审判官都不信任他，怀疑他在装疯，密切监视着他的一举一动，却一直没找到罪证。疤脸的日子也不好过，异端审判官并不赞赏他在面具上添加瘤子的做法，认为那种伪造的圣痕有亵渎神圣的嫌疑。为此，不止一名异端审判官曾对他进行训诫，直到疤脸许下承诺，保证他制作的全部瘤子都绝不会超过训诫者自己的尺寸之后，他们才颇不情愿地离开，容许他继续经营。蜘蛛曾因一件衣服的纹样差点儿触犯了禁忌，可可则因身上散发的气味差点成了异端，就连尊贵的国王也因裸奔而被数度指责为对神无礼……在那段日子里，所有人都活得很累。三月也不例外。他很害怕，就连每一次呼吸都小心翼翼。坦白说，三月并不认为观星者是坏蛋，更不相信小尾巴与魔鬼有任何瓜葛。他想要替朋友辩护，又深知这么做反而会使自己陷入危险。他求助般地拆开了大团长的信，却在新的剧本中读到了自己未来的懦弱和退缩。这件事激怒了他。“不，我不相信！这有什么好怕的呢？”三月对自己说，“这归根到底只是一场戏剧。”可不是嘛，巫婆被烧死，却又活了过来，旁白被烧死，却仍在叙述。三月有理由相信，即使自己哪天也被绑到火刑柱上烧成了灰，也不会真的死去，反而会像过去已无数次发生的那样，突然见到某块藏在暗处的幕布升起，听见观剧者的鼓掌和欢呼，发现自己又回到了原地。被这种怪异的信念驱策着，三月差点儿就鼓起勇气，去挑战教宗和他头顶的神明，但就在他挤过人群，来到教宗跟前，马上就要开口的时候，他忽然听到了旁白的声音。

“他是知道的。自己也会像所有人那样，被处死。但其他人都只是在舞台上扮演着某个角色，他们会在戏剧落幕之后又活过来。唯独他不会。因为他拒绝，因为他不是戏剧里的角色，他没在扮演自己。他就是他。而他的死亡也就成了真实。”

旁白说得没错。除却巫婆或旁白这样的特例，还有更多角色被火刑杀死，随后就像蝙蝠那样，退出了长夜镇的舞台。三月不知他们是不是真的死了，又或是已经换了一个角色重新登场，但三月很清楚——自己没有别的角色。这样的恐惧终于让三月停了下来，眼睁睁地看着火焰吞噬自己的朋友，却由始至终都保持着可耻的沉默。于是，在小尾巴死去的那天，大团长又一次取得了胜利，三月屈从于他的剧本，成了他笔下的角色，忠实地演出了早已被预言的懦弱与退缩。唯一值得庆幸的是，根本就没有人注意到三月内心的挣扎。大家的目光都聚焦于一处，那是光芒中的教宗。

那时的教宗已极不正常，若按照旁白的说法，他已病入膏肓。头顶的瘤子膨胀到了极致，尺寸几乎超过了他的脑袋。它比过去更像一团陶泥，不可见的巨力挤压着它，使表面的褶皱和凹凸都显露出了形态，逐渐从模糊变得清晰。很快，就再没有人会否认，他们见到了那个神圣而又骇人的形象。它拥有眼窝，长出了耳朵，获得了鼻孔，张开了嘴，那是一张陌生的面孔，它就像是要挣脱血肉的桎梏一般，正从那团混沌的皮囊深处浮现出来。教宗的汗水成了它的泪水，教宗的礼冠如今戴到了它的头上，它比任何一尊圣像都要生动，也比任何一位圣徒都要庄严。某一天，祈祷仪式刚进行到一半，教宗突然闭了嘴，短暂的沉寂之后，传来一个陌生的声音。人们纷纷抬头寻找声源，而后发现，正在开口说话的竟是那颗瘤子。自那以后，教宗的脸就退缩到了瘤子投下的阴影之中。他变得沉默寡言，而瘤子上张开的孔洞则取代了他的嘴巴，开始发声，向人类颁布戒命，降下惩罚。

如果说教宗曾在光芒中与神相遇，那么这颗巨大的瘤子也许正是神最原本的样子。它在脑壳里扎根，散播幸福欣快的种子。它茁壮成长，最后降下名为癫狂的恩典。事后回想起来，几乎所有亲历者都一致认定，那是一幕极端可怕的情景，但他们大都不愿承认，在当时，自己最强烈的感觉并非恐惧或厌恶，而是一阵真诚的狂喜。是的，异端审判官头顶的小瘤子们似乎也听到了呼唤，开始迅速肿胀，神的恩泽在人群间扩散传播，很快就沾染了广大平民，让他们的脑壳也微微隆起。人们高兴得又唱又跳，相信神终于降临人间，相信自己终于获得了救赎。对于那颗在光芒中发号施令的瘤子，他们只有无限的崇敬和爱戴。

但是，太阳依然没有升起。

若任由这信仰的瘟疫继续蔓延，长夜镇的命运恐怕会变得难以想象。值得庆幸的是，那颗瘤子的统治并没有持续太久，而且结束得十分突然，就像一场刚到达高潮就匆匆落幕的戏剧。直到整件事尘埃落定，人们才一下子惊醒，开始意识到，大团长或许早已在他留下的剧本中对一切做好了安排。至于那位后来被奉为英雄的小人物，最初其实并没有一点叛逆的想法，他就与大多数人一样，胆小、懒惰，爱做白日梦，又办事拖延，对教宗和他头顶的神都只想着该如何巴结。这个人在剧团里扮演过很多不起眼的配角，还是道具组的一员。当他听说教宗要为神组建一支近卫队，而且正在筹划一场空前宏大的册封仪式时，他觉得自己出头的机会来了。他立即请求加入，还主动提出，要帮忙布置仪式的会场，为教宗准备最华丽的宝座。事情进行得很顺利，他赢得了教宗的欢心，在那条长长的等待册封的队列中位列第十三名，比染料店老板的二儿子和酒坊主的外甥都要靠前。对于他这样的小人物来说，这已是颇值得夸耀的成功，若没有后来发生的意外，单凭这一件事，恐怕也足以让他吹嘘半辈子，无憾终老了。

轮到他的时候，这位未来的英雄单膝跪地，探出脖子，凑到教宗膝前。教宗俯视着眼前的小人物，因为瘤子过大导致的行动不便，在仪式过程中他几乎没有起身，只是端坐在宝座上，闭着嘴，任由神在头顶发声，为受封者祝福。意外就在那时发生。小人物仰望上方，视线越过宝座的扶手和靠背，越过华盖，越过层叠的黄玉、琥珀、玛瑙和绿松石，一直往上。也许他是想要在近处一睹神的尊荣，又或是单纯地想欣赏一下那束神圣的光，但无论如何，他这一眼还看到了另一件意料之外的事物。那件事物是他亲手制作的，现在已不合时宜，早该被撤下收起，却因为他的疏忽，被一直留在了原处。小人物内心一紧，一下子没沉住气，发出一声惊呼。这一声后来被理解成英雄奋起的号角，但小人物自己却清楚地知道，那只是一声害怕的惊呼。

那是一柄长剑，绑在一条细丝上，悬垂于宝座顶端。这件道具的出处可以追溯到上一出有宝座出场的戏剧，剧本尽人皆知，讲述了一位爱慕虚荣，幻想要成为统治者的朝臣，以及他在短暂登上宝座之后所获得的看似无比光鲜，实则极度恐怖的体验。按照剧本，悬挂这柄长剑的细丝本应是一条马鬃，但负责制作道具的小人物一时没找到马鬃，便从蜘蛛的裁缝店里讨来一根银色的丝线替代。小人物从来就没搞懂那根丝线究竟是什么材料，要知道，它实在太细了。但这已不是他现在最关心的问题。那一刻，神的光芒斜穿过并不存在的第四面墙，照进大殿，笼罩着瘤子和教宗。剑高悬在阴影里，姑且只有小人物能够看到。他怕别人发现这柄剑，更怕自己因此受罚。不幸的是，随着他的一声惊呼，一直紧绷的银丝像是觉察到了他的恐惧，突然如琴弦般一颤，紧接着嘣的一声，断了。悬垂的长剑开始下落。这原本也不是什么大问题，根本不会造成实质的危险，因为那长剑只是舞台道具，小人物在制作它时只用了一块硬纸皮。所以，它速度不快，几乎可以说是飘落下来的。但是，等到它离开阴影，进入光芒，它便骤然加速，剑身更是反射出一抹凛冽的寒光，仿佛一下子开了锋，获得了金属的重量，甚至开始旋转，劈向那颗神圣的瘤子。紧接着，在场的所有人都惊叫起来。他们目击长剑削过教宗头顶，见到瘤子喷溅出彩色的脓血，狂啸着飞入半空，犹如一只失控的，被刺破的气球。一个尖细的，濒死的，不属于人类的声音响彻大殿。那是神的悲鸣。很显然，它已不可能再颁布新的戒命。

没有人知道教宗的瘤子最后落到了哪里。现场陷入混乱，剧烈的痛楚击中了每一个曾经拥有信仰的人，他们发现自己脑壳上的小瘤子也开始滚沸、蒸发，正追随着他们陨落的神明，一同死去。至于那柄纸皮长剑，在完成了弑神的伟业之后，已深深插入地面，上半截仍未停止震颤，发出金属特有的嗡嗡声——它变成了一柄真正的宝剑，周身由精钢锻造，剑刃锋利无比。

神的统治结束了。

大家都像是从噩梦中惊醒一般，突然意识到自己长久以来的疯狂。就连教宗也不例外，他捂着仍在流血的伤口，神情却显得十分轻松。这个谢顶的中年男人昨天还要求每一位追随者都必须能用脑壳烤熟橡实，认为不这样就无法证明他们对神的忠诚，现在却像是卸下了灵魂的重负，即使见到光芒离开自己，转到了小人物的身上，也没再燃起一丝嫉妒的怒火。

所有人都把小人物称作英雄，却没有人想要惩罚教宗，这恐怕是因为往事实在不堪回首，而大家也都不大愿意承认，自己竟崇拜过一颗瘤子。况且，根据后来的种种迹象判断，教宗自己很可能也是个受害者。人们发现他的脑壳早已凹陷，因瘤子长久的压迫而变了形，内里的脑子肯定也无法幸免，而在这种状态下，无论产生多么扭曲疯狂的想法都不足为奇。唯一值得庆幸的是，教宗的神志现已恢复，他像是忘记了头顶的神，忘记了自己的信仰，忘记了成为教宗以后发生的一切，也对光芒彻底失去了兴趣，再没听到过神的声音。没过多久，他就干脆脱下礼袍，抛弃了圣典，开始四处打听起那支早已溃灭的佣兵大队，一心想要重操旧业。至此，这场由教宗主演的戏剧终于在长夜镇完美落幕，每一位观剧者都起立，献上了长久的鼓掌和欢呼。

小镇的生活似乎又恢复到了过去的模样。不过，被烧死的人却没有活过来，也没能换一个角色重新登台。光芒有了新的名字，大家开始依循旁白的叙述，将其称作聚光灯。至于太阳，则依然没有升起。

12 小人物的狂欢与天才之死

瘤子的暴政结束了。小人物成了英雄。

人们拥抱他，亲吻他，把这个在过去毫不起眼的家伙迎到宝座上，甚至希望他能够接替教宗，成为领袖，建立起神明退场后的新秩序。但这美好的愿望第二天就落了空。大家发现，他们再也找不回昨天拯救世界的小人物。直到那时众人方才惊觉，自己从未记住过英雄的长相，就连他的名字都尚未知晓。

这也难怪，因为小人物本来就没有名字，相貌也十分模糊。若借用旁白的说法，他在任何一出戏剧里都是不起眼的角色，却又永远存在，永远不会缺席。而相比起舞台上任何一位叱咤风云的主角，小人物的经历不但一点也不逊色，很可能还远胜过他们。没有人知道小人物是什么时候加入剧团的，也没有人确定他究竟出演了多少戏剧，就连他的出身、年龄，甚至性别都晦暗不明。不过，这倒不是因为他有意隐瞒，只是因为无人在意。也正因为如此，他几乎可以胜任任何一个无关紧要的角色，无论高矮胖瘦，还是老幼男女。在裁缝迎来蜕变的

《蜘蛛》中，他饰演了那群精灵和仙女，围观少女织锦，围观人与神的竞赛，负责窃窃私语，负责加油助威，也负责赞叹与拜服。在《国王的新衣》中，他饰演了观礼的人，先是在游行开始时对统治者发出动听的赞美，随后又跟随孩子一道嘲笑那个被骗裸奔的男人。他曾在葬礼上抬棺，也曾在守灵夜默默祈祷。太阳陨落那天，是他在黑暗中堆垒起宏伟的哭声，也是他高喊着要献出自身。但小人物很可能并没有死，又或是在死后理所当然地活了过来。铜腕和面具师决斗的时候，他是在赌局上押注的旁观者；观星者宣布异端邪说的时候，他就站在人群之中，边听边咂嘴，发出斥责之声。等到教宗头顶的病灶终于发作，他便满心欢喜地加入到追寻光芒的信者当中。他很乐意向神献祭，也很乐意向教宗告解自己的罪行，过后却总因献得太多而有点后悔，又或是因不够小心谨慎而再次犯错。他爱看火刑，每次行刑都必定到场，却总是挤不到最前列，只能伸长脖子踮着脚尖与众人一道欢呼。但他自己也不止一次死于火刑，因为他就曾扮演那私藏牛肉的屠夫，也曾扮演那盗猎野猪的猎人，异端审判官总能造出各种稀奇古怪的罪名，冲到他家里把他逮住。这听上去很不合理，要知道，哪怕一个角色再神通广大，也总不可能旁观自己的死，更不可能对自己逐渐烧焦的尸体拍手称快。但这些条条框框对小人物根本没用，因为观众根本不关心他的生死，也不在乎他的行事逻辑，他可以既是一个人，又同时是很多个人。

所以，用“他”来称呼小人物原本就是个错误，更准确的称呼应是“他们”。

若有哪位观众真的愿意把目光从舞台中央的大人物身上挪开，去稍微关注一下幕布边缘的小人物，他恐怕就会惊讶地发现，小人物那怪异的存在实在让人难以理解。他们总是以人群的形式出现，代表着不可动摇的传统、习俗、伦理，以及一切借由经验而非理性建立的常识。他们为舞台提供笑声、哭声、惊叹，以及所有如海潮涨落或风过密林般的背景音。在故事开始时，嘲笑英雄，往英雄身上吐唾沫的是他们；等到戏剧结束，为英雄献花，喝彩和落泪的也是他们。他们旁观一切，围观一切，却永远不会走到舞台中央成为英雄。因为一旦如此，“他们”就变成了“他”，他就不再是小人物。而相比起成为英雄，他们更善于崇拜英雄。事实上，他们崇拜一切看似宏伟的事业，无论那是通往天堂的高塔还是直抵地狱的阶梯，抑或仅仅是一座宫殿、一堵墙、一副绞刑架或一个断头台，只要看上去足够大、足够坚固、足够威严，他们就很乐意向其俯伏，为其倾注情感，并向往着能够加入其中，成为一分子，同时为此感到自豪。是的，他们很善于感到自豪，这是他们的强项。哪怕事情本身跟他们并无关系，也无法阻止他们奔涌而出的自豪之情。而他们既然善于自豪，自然也就善于愤怒，善于仇恨。

而相比起自豪、愤怒或仇恨，小人物还有一项更加擅长的绝活，那就是遗忘。他们永远乐观，永远宽容，永远坚忍不拔，也永远既往不咎。过去经历的一切就像淌过鹅背的水珠，无法在他们的记忆中留下真正的伤痕或痛楚。也正因为如此，每当有新的英雄登场，小人物总能轻而易举地适应变化，转向，改写自己既有的原则和理想，加入新的伟业之中。这件事他们做得太过熟练，以至于他们自己往往都对此毫无自觉。他们不会承认自己的善变，而这也丝毫不会损害他们的真诚和淳朴，毕竟，他们不善于撒谎，只善于遗忘，自己曾相信什么，又曾为何而战，他们真的统统都不记得了。于是，他们便总能乐此不疲地追随着各式各样的英雄，并成就他。在那壮阔的舞台上，他们像虫子一般死去，过后又如野草般重生，从出场到退场都毫无痕迹，甚至没有一句属于自己的台词。但他们永远都在，永远不会走下舞台，英雄一个个退场，剧目换了又换，却只有他们能战胜时间，也只有他们能嘲笑死亡。

毫无疑问，只要小人物还是小人物，只要“他”还是“他们”，他就真的永远不会消失。也许，这也恰是人们不愿太过关注小人物的原因——任何一位观众似乎都能在小人物身上发现自己的影子，仿佛自己在不知不觉间就离开了座席，登上了舞台，加入到了演出之中。而到了那个时候，用“他们”来称呼小人物就显得不再合适，因为最准确的说法又变了，成了“我们”。

既然小人物永远只存在于群体之中，那么找不到“他”也是理所当然。人们想不起英雄的名字和长相，仅清楚记得，在斩除瘤子的那一刻，聚光灯确实照在了英雄身上。但它很快就随着戏剧的落幕一道消失，并未一直跟随英雄。因为不愿放弃这唯一的线索，人们焦急地盼着聚光灯再次亮起，想要在光芒中找回他们的英雄。然而，等到它终于回归，却已不再像过去那样，会长久地聚焦在某一个人身上，反而开始在人群中频繁跳跃。从面包师到药店的帮工，从悖逆之家的修女到书店的职员，甚至是可可和马靴这样的小孩子，又或是某个在街头闲逛的流浪汉，这些在往日从未能走到聚光灯下的小人物，如今都拥有了仅属于自己的荣光时刻。聚光灯悬停在他们头顶，虽然时间不长，却已足够引起众人关注。但每到这时，光芒就会迅速离开，牵引着所有人的目光，跳转到另一个人身上，又让他们在新的舞台上发现了全新的英雄。

那么，究竟谁才是真正的英雄？这个问题在长夜镇或许永远都不会有定论了，因为聚光灯很快就照遍了此地的每一个人。不过，幸运的是，也不再有谁会去追问了。这件事任谁初看都会感到离奇，但转念一想又会觉得十分合理。事实上，几乎每一个体验过聚光灯的人都认定，自己正是那个失踪了的小人物。他们如梦初醒，纷纷从记忆深处挖掘出那天在舞台上发生的一切，经过一番仔细检视，最后惊讶地发现，原来自己就站在光芒中央，原来自己才是那个被埋没的英雄。这就是他们各自给出的答案，论据充足，千真万确。至此，本属于个人的功绩终于成了众人的功绩，小小的长夜镇突然住满了英雄。不过，尽管大家都自称英雄，英雄和英雄之间却甚少为此爆发冲突，毕竟他们原本就是小人物，小人物以群体方式存在，这一点即使成了英雄也很难改变。他们相处得很好，甚至比过去还要融洽，又开始以“我们”彼此相称，并由此生出惺惺相惜的自豪之情。

在那段日子里，整座小镇都充斥着愉快的气氛。而把这愉快气氛推向高潮的，则是大家关于聚光灯的新发现。虽说是新发现，但那件事在小人物斩除瘤子的时候就已初露端倪。对于自己制作的纸皮剑为何能杀死神明，没有哪个小人物能说得清楚，但所有人都确实看见了，它后来刺入地面，变成了一柄真正的宝剑。人们本想把它保存起来，为那次事件留下一件纪念品，若他们真的这么做了，它或许也能为寻找英雄留下点线索。然而，尽管当时有不少人曾尝试把剑从地缝里拔出，其中还不乏镇上有名的大力士，却并没有一个人成功。这立刻让人联想到剧团的名剧《石中剑》，众人为此兴奋不已，无不坚信，只有宝剑真正的主人才能将其拔出，而那人毫无疑问就是大家一直在寻找的英雄。不过，才刚到第二天，剑就被拔了出来。拔剑的人是可可。她没获得众人的承认，这倒不是因为可可地位卑微，又或是大家都爱欺负小女孩，而是因为所有人都期待的最经典的拔剑情节并未上演。事实上，可可不但拔出了宝剑，还把它弄断了。等到众人聚拢上去一看究竟，才发现昨天那柄精钢宝剑竟不知何时又失去了剑锋，变回了一柄纸皮剑。现在，这块硬纸皮的前半段还陷在地缝里，后半段则被小女孩握在手中，它被扯断了……以此为起点，更多的怪事接踵而至。

首当其冲的就是商店街的药店。悖逆之家的院长是它的老顾客了，每到湿季就会到店里买药，好治疗他不断复发的皮癣，今年也不例外。不过，店里新来的帮工犯了错，没把真正的药膏卖给他，反倒从摆放舞台道具的货架上取了一瓶泡着烂树根的稀黄泥，让他带回家去了。等到店主发现这事，已是三天以后，院长把帮工臭骂了一顿，急忙带上真药赶到孤儿院，却发现院长先生早已把那瓶稀泥涂了一身，不但如此，他身上的皮癣竟还奇迹般地痊愈了。没过多久，一位在书店工作的职员也宣称自己遇到了怪事。他当时正在检查一批刚从舞台上撤下的书，想确认里面有没有长蛀虫，却突然发现原本全是白纸的书页上浮现出了文字。他本以为这只是某个小孩的恶作剧，但从墨迹判断，这些文字又颇为陈旧，而且它们极为工整，密密麻麻地布满了好几册书，全是异国的字母，尽管无人能懂，却又显然同属于某种设计精巧的语言。书店职员很好奇，既想要知道这些文字为何会出现，又想要知道它们到底在说什么。他给几位经常来访的学者写信，向他们求助。不过，等到学者们兴冲冲地赶来，翻开书，那些异国文字却又全都神秘消失了，再也找不到踪影。如果说这件事姑且能解释成书店职员的个人臆想，那么后来发生在悖逆之家众人身上的事就恐怕只能是群体中邪了。那是一个礼拜一，好心的面包师总会在这天把上周没卖掉的面包送给孤儿院。那是孩子们伙食最好的一天，大家都吃得很香，过后却发现，他们在大便时拉出的竟不是屎，而是碎纸和木屑。为了这事，修女找到面包师，还没来得及跟他理论，却发现对方也正在疑惑烦恼。面包师当然也是剧团道具组的一员，而他现在发现，自己竟不知何时弄丢了一批道具面包，那是他新近制作的一批，所用的材料正是油彩纸和香柏木。“我想我猜到它们的去处了……”修女把她的推测告诉面包师，却被自己的话吓住了。至于面包师，则更是难以置信地张大了嘴，说：“真的？好吧，也许我确实搞错了。但你平时都给他们吃的啥啊？那帮可怜的小鬼，这是得有多饿啊！”诸如此类的怪事还有很多，但在很长一段时间里，众人都没能把它们联系起来。后来，还是凭着旁白的提示，大家才发现，原来它们都有一个共同的起因。

没错，答案就是光芒，就是那盏在众人头顶不住跳跃的聚光灯。在接待院长时，药店的帮工恰好头顶着聚光灯；在整理书籍时，书店的职员恰好头顶着聚光灯；等到孩子们大嚼面包的那个礼拜一，刚制作完舞台道具的面包师也恰好头顶着聚光灯……现在，人们又回想起自己斩杀神明的那一幕，终于意识到，那柄纸皮剑之所以会变成真剑，当然也是因为聚光灯。是的，这才是聚光灯最大的奥秘，它能把假剑变成真剑，把假药变成真药，把假面包变成真面包，即使是仅有白纸的假书，它也能令其现出无数真实的文字。事实上，在聚光灯所到之处，舞台上的一切无论多么虚假，都会立即变为不容置疑的真实。可惜的是，这种真实也是脆弱的，无法长久，一旦灯光离开，一旦演员走下舞台，一切就又会失色，回到从前。尽管如此，这个发现还是让小镇的居民兴奋不已，他们全都跃跃欲试。

请不起大夫的穷人会转而向剧团的道具组求助，从他们那里借来各式各样仅在舞台上有效的灵丹妙药，就着聚光灯喝下，以此来治疗疾病，尽管过后往往会拉几次肚子，甚至呕出些奇怪的东西，不少人还是因此重获了健康。色衰的妇人会化上浓妆，借着聚光灯暂时恢复往日的青春。失意的商人会拿上一袋袋愚人金铸造的钱币，借着聚光灯短暂体验一夜暴富的幸福。而更多的小人物则是开始自制他们妄想中的美好事物，从先知的权杖到元帅的勋章，从诗人的桂冠到运动健将的奖牌，他们把自己一辈子都不可能赢得的东西带在身边，等待着聚光灯在某一天突然降临，想要借此过一把瘾，一尝成为大人物的乐趣。那是一段充满希望的日子，每一个人都在尽力表演，渴望着被选中，走到舞台中央。不过，也不是所有人都能够如愿以偿，不得不承认，有些人天生就比别人来得笨拙，即使有成功的捷径，他们也运用不好。

国王就是一个例子。以他在舞台上的滑稽表现，没有人认为他真的能够当好一个国王。但事实上，在最后登上王位，出演《国王的新衣》之前，国王就已经有过十八次扮演王子的经历。这十八位王子都是如今这位国王的兄长，个个都比他优秀，他们之中哪怕有一位仍然健在，现在这个可笑的裸男都绝不可能当上国王。可惜的是，这十八位王子都不怎么讨大团长喜欢。大团长为他们写了十八场戏剧，他们在剧中确实光彩夺目，叱咤风云，但等到人们最后回首，就会发现，这样的安排仅仅是为了引出最后这个最不称职的小王子。

国王曾扮演自己的大哥。他孔武有力，拥有与长子相称的强健身躯，总是流连于王城的竞技场。他不满足于豢养几个角斗士，又或是仅仅在看台上呐喊助威，而总是跃跃欲试，想要亲自上场。有很长一段时间，他既是王储，又是民众心中的英雄。他在场上未逢败绩，眼中只有对血的渴求，每一次都穿着金灿灿的盔甲，接受金灿灿的欢呼。就在所有人都以为他会一直赢下去的时候，大团长却让他在一场马车竞技中被一柄长矛意外地刺穿了右眼，不出三天便一命呜呼。

国王曾扮演自己的二哥。他足智多谋，还没成年就加入了那场讨伐异教徒的伟大远征。他用火船烧毁敌军的补给，又在大平原上用骑兵战胜了敌人的战象。传说他的长枪浸过救世主的血，能带来确定无疑的胜利。他的敌人还没等他逼近，就纷纷弃城而逃。他每一次都会策马追击，直到有一天，他的战马在小溪边马失前蹄，滑了一跤，把他溺毙在溪水里。

国王也曾扮演三哥。他气质不凡，对角斗和战争都缺乏兴趣，却对艺术情有独钟。他豢养了一群诗人、歌手、画家和雕塑家，还出资兴建了王国最大的歌剧院和艺术馆。他出现在无数画作上，占据了艺术馆的每一面墙壁，又化身成无数雕像，填满了歌剧院的每一个包厢。他请来十二位当世最优秀的歌手，在环形舞台上为他歌唱，那美妙的咏叹调一度响彻天际，最后却震碎了他的脑壳。

国王的四哥精通博物，喜欢收集奇珍异兽。王宫的后花园一度被他改建成了动物园。他在那里放养羚羊、犀牛、鳄鱼、鸸鹋、长颈鹿。他的宠物是一条变色龙，除了他以外，再没人能找到它。他会驯鹰，也会耍弄眼镜蛇，就连狮子在他面前也会变成温驯的大猫。但他最后还是死于自己的兴趣——他是窒息死的，而凶手则是一只吃坏了肚子的臭鼬。

五哥相貌英俊，善于掌握人心，与他有染的女子成百上千。他不知从哪儿染上了梅毒，却还没来得及被它杀死就在一场伤寒中丢掉了性命。

六哥仁慈宽厚，比五哥还要英俊，对爱情更是忠贞不渝。不幸的是，他搞错了对象，爱上了一个男人。他与一位小自己十岁的水手私奔，谁知小船一出港就遇到了风暴……

是的，这一连串大戏都曾被大团长搬上舞台，却甚少有观众能坚持看到最后。大家都期待着能见证一位君王的成长，那理应是一场惊心动魄的权斗剧，又或是一场兄弟相残的伦理剧。然而，大团长却让所有人的愿望都落了空，反倒上演了十八场荒唐的意外，结束于十八次稀里糊涂又毫无意义的死亡。如今想来，也许大团长自那时起就已经对死亡产生了某种不正常的迷恋，致使后来创作的每一部戏剧都与死亡有关。

最后在大团长的剧本里幸存下来的，就是这样一位糟糕的、只爱新衣的国王。他的才能和魅力早已被之前的十八位兄长耗尽，甚至都提不起大团长的兴趣，去为他准备一个戏剧性的死法。一旦知道了这些往事，国王的笨拙也就不难理解，就连他后来屡屡受骗的经历都显得合乎逻辑。毫无疑问，尽管已拥有了自己的仪仗队和大火盆，国王依然渴求着聚光灯的魔法。为了迎接光芒来访，他自信已做了万全的准备，甚至事前就向全镇宣布，自己将一雪前耻，要让所有人都见识一下真正的、世上最美的衣裳。但是，等到聚光灯真的落到国王头上，等到他在裁缝的协助下换上各式各样据称绝美的服装，他却没能获得哪怕一句赞美，因为大家看到的始终是一个在光芒中袒露胸毛的裸男。每到这时，即使早已没有纯洁的孩子出来大喊，大家也还是会忍不住爆发哄笑，朝着国王高呼：

“陛下！您可真的没穿衣服哪！”

“别再上当受骗了！”

“哎哟，真是浪费了这大好的灯光！”

这丢人的一幕一而再，再而三地上演，每一次国王的表现都毫无长进。他的笨拙和滑稽让所有人坚信，无论是他还是蜘蛛都尚未摆脱剧中的角色。很明显，国王犯了一个致命的错误。他似乎忘记了，那件自己一直在追求的新衣非但不存在于现实之中，即便是在戏剧里，作为一件舞台道具，它也并不存在。聚光灯或许能把剧中的一切变为真实，却没法呈现在剧中原本就是谎言的事物。相反地，它只会把剧中的谎言变成真正的谎言，把剧中的骗子变成真正的骗子，这就注定了它不会让骗子口中的衣服显现——这是旁白对事件的解释。

在那段愉快的日子里，几乎所有享受过聚光灯的小人物都爱聚到一处，嘲笑国王，既嘲笑舞台上的国王，也嘲笑舞台下的国王。虽然台上台下早就变得难以分辨，但笑声却贯穿始终，成了小人物的力量，足以让他们重建起了一度受挫的自豪。而在这份自豪产生的醉意中，几乎是下意识地，他们又开始物色下一个不愿与他们一同发笑的人。

小人物发现了蜘蛛。她那些天在台上的表现实在令人失望，甚至引发了前所未有的嘘声。她饰演骗子，却根本不像骗子。骗子理应狡诈、奸谗，精通诡辩，会用甜言蜜语迷惑她的受害者，即便这一切在剧中都不重要，最起码也要在得手之后摆出一副扬扬自得的模样，逃之夭夭。但蜘蛛没有这么做，她一直陪在国王身边，即使谎言败露也不逃走，反而向受害者鞠躬、道谢。那一幕所有人都看得很清楚，却没有人明白她为何要演出那样的神情。那是失落，是悲伤，真切得近乎绝望，就好像她根本没搞懂自己的身份，竟比任何人都更愿意相信自己编造的谎言，相信国王身上真的穿了什么东西。她这糟糕的演技让一切都乱了套，就连国王都感到无所适从，甚至反过去轻拍她的肩膀，安慰起这个让自己裸奔的骗子：

“对不起，唯独这事，我爱莫能助……”

当然，如果事情到此为止，蜘蛛充其量就只是个不招人喜欢的演员，尽管蹩脚，却人畜无害。然而，随后又发生了一件怪事，终于让她得罪了所有人。三月作为旁观者，目击了事情的经过。那是一个礼拜五，空气清新，井边的橄榄树刚长出新的花苞，三月被派到蜘蛛的裁缝店去清扫烟囱。在路过广场的时候，三月还恰巧见到了面具师与钟表匠的决斗。那一回，疤脸戴了一张饰有琴鸟羽毛和野猪獠牙的异族人面具，仅用一把木制的回旋镖就战胜了不知第几次前来挑战的铜腕。围观决斗的人不多，三月不知人都到哪儿去了，直至转进商店街，才赫然见到裁缝店门口的人潮。

他们无一例外是来投诉的。这些人面带怒容，认定自己也像国王一样，受了骗。他们都曾光顾蜘蛛的裁缝店，花了大价钱买衣服，那些衣服最初的确很时髦很漂亮，穿着也很舒服，前不久却突然变了质，变得惨不忍睹。他们吵吵嚷嚷，把蜘蛛围在中央，要求她道歉赔偿，不少人手里还捧着一大堆沾满灰尘的蛛网，宣称那就是蜘蛛卖给他们的衣服。恰在这时，就像是嫌现场还不够混乱似的，聚光灯忽然穿透黑夜，照进了店里。不过，这束化伪为真的光芒非但没能把人们手中的残骸变回衣服，反倒让店内陈列的商品全变了模样。无论是笔挺的礼服、华美的洋装，还是飘逸的长裙，甚至是墙上的挂毯，都转眼便失去了曾经的光彩，真的成了一大堆缠结的蛛网，上面还爬满了大小各异五彩斑斓的蜘蛛。人们发出厌恶与恐惧的尖叫，终于意识到自己走进了一个可怕的蜘蛛洞窟。眼前的一切更加证实了他们的指控，从那一刻开始，蜘蛛已无可挽回地成了这座小镇的敌人。

“现在，少年站在命运的橱窗外，望着内里的一切……”那是旁白，自从在烈火中失去了躯体，这个声音反倒更加无孔不入，能够与聚光灯一道闯进任何地方，“光芒倾泻而下，涤净虚假，呈现真实。但究竟什么是真实？答案从来因人而异。如果世上住满了瞎子，黑暗就是唯一的真实，视觉成了危险的疾病，尚未失明的人一旦开口，谈论光，就注定会被当作疯子。所以，少年究竟看到了什么，除了他自己以外，永远不会有人确知，正如他也无法猜到，这一切在别人眼中会是怎样一幅图景。知觉是孤独的。由它构筑的生命也一样。但命运不会给人留下叹息的空隙，它总在追撵，逼迫着每一个角色做出抉择。”

就这样，三月突然被推上了舞台。他不确定旁人是不是也听到了旁白的声音，但蜘蛛却一下子拨开人群，极富戏剧性地从店里冲了出来。她身体前倾，探出两手，抓住男孩的肩。直到那时，三月才如惊醒一般，不得不把目光从橱窗中抽离。他惊魂未定，打了个哆嗦，只觉肩头一阵冰冷，双腿更是被对方的长裙紧贴着，碰到了内里那一条条瘦骨嶙峋的裙撑。蜘蛛眼中闪耀着灼人的光芒。

“你看见了？”蜘蛛指着橱窗，急切地晃了晃三月的肩膀，反复问，“你真的看见了？”

“哼，可不是嘛，我们都看见了。”没等三月开口，周围的众人就先开了腔，“你的障眼法不管用了。噢，真可怕，瞧瞧这密密麻麻的蛛网。但只要是谎言，就总有被戳穿的一天……”

“闭嘴！”蜘蛛忽然爆发，朝人群大吼，“你们屁都不懂！”

必须承认，无论是当年的孪生子演员，还是后来的裁缝，无论在舞台上，还是在舞台下，都从未有人见过她现在这个样子。前来声讨的人群竟被吓住了，一下子噤了声，只把寂静留给这出戏剧的主角。

“你看见了吗？”再一次，蜘蛛转向三月，一字一顿地问。

“我……”三月不知所措，他望着蜘蛛，却感觉视野有些模糊。他不知自己眼中为何有泪水，若这是一场演出，他愿意相信这一幕拥有某种非凡的意义。但是，他最后还是摇了摇头，避开蜘蛛的目光，嗫嚅着说：“我什么也没看见。”

“哈，你以为他会说什么？”现在，众人终于从最初的震惊中回过神来，发出报复般的哄笑，“你能欺骗国王，却永远无法欺骗一个孩子！”

戏剧至此落幕。在此起彼伏的喧闹声中，蜘蛛松开了手，转身离开三月，没再说一句话，就连眼中的火焰也熄灭了。而三月则像是个做错了事的孩子，很快就像野兽逃命一样钻进了烟囱。

那一天，三月在裁缝店的屋顶躺了很久很久，他一动不动，呆望着充满敌意的夜空。蜘蛛和顾客们的冲突仍在楼下继续，三月能听到些响动，却不清楚他们最后都是怎样解决的。他感到后悔，甚至认为蜘蛛那时正向自己求救，而他却因懦弱没能伸出援手。三月知道，自己撒了谎。他不该那么做的，因为他并不是真的“什么也没看见”，他应该告诉蜘蛛：

“我看见了另一个你。她就在这里，活在你最超凡的作品当中。”

是的，三月见到了另一个蜘蛛。他已忘记那里过去都摆放着什么了，但当聚光灯照进橱窗，他却赫然见到了自己曾在空王座上目击的每一套衣服。无论是紫色的天鹅绒，还是酒红的绸缎，又或是那晶莹的蛇蜕和艳丽的鸟羽，曾在记忆里反复出现的一切，此刻都被陈列在橱窗里，真实得令人害怕，闪烁着让人窒息的光彩。而在这些作品中央，悬挂着一件三月从未见过的，犹如海市蜃楼一般的织锦，织锦里有一个人，容貌与蜘蛛一模一样。她是活的。她正在动作，正在言说。三月望着织锦里的蜘蛛，织锦里的蜘蛛回望着他，橱窗阻隔了声音，只剩下眼神的交流。很难想象，三月当时有多么震惊。他的震惊超过了每一位前来投诉的顾客。也许，正因为这样，三月才一下子陷入混乱，久久无法回答蜘蛛的追问。不过，即使如此，他相信自己还是有机会说出实话的，哪怕是冒着再被所有人嘲笑的风险，也不必做出这件日后让自己懊悔不已的事情。但是，他终究没有说。他欺骗了蜘蛛，也欺骗了在场的每一个人，因为自己的倔强，因为在那天以前，他又拆开了大团长的信，而在新的剧本里，他读到的是：

> 三月遇到了蜘蛛，他说："我看见了另一个你。她就在这里，活在你最超凡的作品当中。"凭这一句话，三月改变了蜘蛛的命运。

就与过去一样，三月完全无法想象自己为何会说出这样的台词，更不认为自己有能力左右任何人的命运。他的想法从未改变，直到他站在橱窗前，直到他遇到蜘蛛，直到他被不断追问，直到这台词真的凭本能冲到嘴边。那一刻，除了震惊以外，三月的内心更充斥着愤怒，那是任何一个叛逆的少年所理应拥有的愤怒。如果诚实意味着屈从，他就要用谎言去反抗——这就是他当时的选择。三月内心究竟经历了怎样的挣扎，这压根儿就不会有人去关心。在观众眼中，这个男孩只不过是又一次偏离了剧本，进行了一场拙劣的即兴表演而已。

这场即兴表演到底有没有改变蜘蛛的命运，无人能够确定。大多数人只知道裁缝店当天就已关门歇业，至于后来又发生了什么，则鲜有人知。事实上，等到蜘蛛锁好店门，撤去橱窗里那些让她身败名裂的展品，或许连她自己也认定，她终于退入了一个完全私密的空间。她想必早已身心俱疲，甚至忘了房顶上还有一个孩子，正躲在烟囱的另一头。她开始在房间里来回踱步，模样沮丧又焦躁。她不仅在地面上走，有时也会走到墙上，甚至是直接走到天花板上，在那里倒悬着行走，巨大的长裙发出细碎且冰冷的沙沙声。

“我失败了。”忽然，蜘蛛停了下来，抬头望着房间中央的织锦，就像在看一面镜子，“你是不是早就预料到了这一切？”

“你知道，我早已不复存在，更不可能预料任何事情。”从那丝线编织成的幻影里，另一个蜘蛛发出回音，“从很久以前开始，我就成了你的作品。”

“你知道嘛，最近，我变得越来越容易怀念过去了。有时我会想，往日的生活是多么美好啊，你我不分彼此，都是那么平庸。就跟他们一样，我们都是小人物，幼稚、愚昧、浅薄，却过得十分幸福，而且能够相互理解。”

“你后悔了吗？”织锦中的幻影流露出一丝轻蔑，“在我面前，在付出了那么多的牺牲以后？”

“我不确定，这一切是否值得。我甚至开始怀疑，我是否真的超越了过去的自己。如果我真的获得了自己一直渴望的才能，为什么无法从任何人那里赢得肯定？为什么他们都对我的作品视而不见，甚至冷嘲热讽？难道真就像那迂腐的剧本中所写的那样，这世上只住着一群无可救药的笨蛋，他们无法看见天才制作的衣服？”

“你是一个天才，却没有与天才相称的自信。”

“我究竟是不是天才，我已不太确定。但我肯定不是一个天生的天才。在成为天才以前，我就与你一样，只是一个演员，而我最成功的作品则只存在于舞台上，尽是些虚假的东西。但借着你的帮助，我后来得到了天启。我真的认为，自己已经窥见了，那个仅属于天才的领域，触碰到了以往从未企及的灵感，激情与创造力。不但如此，我还能够驾驭它们，为理念赋予形态，将其变成作品……当然，我为此兴奋和狂喜，不过，你也应该能够想象，我同时也感到了强烈的不安和恐惧。我需要证明，证明我是一个真正的天才，而不是一个仅凭臆想去扮演天才的演员，这个拙劣的演员非但没能骗过观众，反而在某种类似疯子的自我陶醉或自我暗示中骗过了自己。而这证明无法由我独立完成，只能来自于他人的肯定。噢，这是多么叫人懊恼的事情啊，但除此以外还有什么别的方法？我是多么想冲出去，把遇到的每一个人都抓到这里，让他们开一开眼界，看一看我这些堪称伟大的作品！难道它们不值得称赞吗？

难道它们不值得被记叙和传颂吗？看啊，天才就站在你们面前，她的要求不高，比你们理应给予的都要简单，她只想要一句肯定！只要得到一句肯定，我就能向自己证明，我是一个真正的天才，而不是一个自比天才的小丑。只要得到一句肯定，我就能驱逐内心的不安，继续以一个天才的身份，孤独地生存下去。然而，遗憾的是，我从来就没有获得过这么一句肯定……”

“我认为你已经获得了肯定。你开了一家裁缝店，整个小镇的人都来买你的衣服。”

“但他们始终看不见我最杰出的作品！他们始终看不见你！”蜘蛛伸出手，像是要触碰镜中的自己一般，以绝望的凄哀轻抚着那幻影般的织锦，“他们每天从橱窗前走过，却从未有一个人抬起头来，看一看真正天才的作品。”

“你至少应感谢国王。尽管他也什么都看不见，甚至不确定你是否真的给他穿了衣服，却还是愿意充当众人的笑柄，陪着你一次又一次地尝试，去重演《国王的新衣》。”

“不可否认，国王给了我很多帮助，我很感激。但他终究与那些庸常之辈一样，无法理解我的价值，他对我个人的友善和他对我才能的目盲形成了令人痛心的对照，更加重了我对自己的怀疑，让我终日活在不安之中。每当《国王的新衣》上演，我都像是一个等待判决的囚徒，充满了期待与恐惧。我躲在人群中，踮起脚，不断寻找着那个能够看见杰作的人。但他们却用他们最擅长的哄笑一次又一次地向我证明，国王确实什么也没穿，而所有的天才在他们眼中都与骗子无异！有时，我以为自己已经找到了那个人，我几乎马上就要冲上去抓住他的手，与他相认，拥抱，向他倾诉自己的孤独。但那终究只是些让人尴尬的误会。事实是，他们真的什么也看不见。古老的童话从未改变，这世上根本就没有人能够看见我。更讽刺的是，在对杰作不闻不问的同时，他们就像是要故意激怒我似的，竟全都痴迷于我最失败的作品。诚如你所说，他们确实光顾了我的裁缝店，而且花了大价钱，但买走的却永远是那些才思枯竭，墨守成规，让我无地自容的作品。我为他们准备了真正的艺术，而他们却要当着我的面选择次品。他们的追求与我的追求背道而驰，他们赞美我的失败，吹捧我的平庸，为我的每一次发挥失准而欢呼，却漠视我的成功，拒绝我的才华，只愿接受一个堕落到与他们同等水平的我。”

“然后，聚光灯揭示了残酷的事实，向他们展示了这些他们一直以为的杰作在你眼中的样子—— 一堆混乱的、沾满尘埃的、让人厌恶的蛛网。这终于吓到了他们，也令他们与你彻底决裂。”

“但聚光灯并没有让他们看见你！”蜘蛛很愤怒，“我无法容忍他们对你的诋毁。你难道不是真实的吗？如果聚光灯真的拥有他们所说的魔力……”

“真实原本就因人而异。天才有天才的真实，庸众有庸众的真实。聚光灯或许能揭露你对他们的看法，却无法让他们看到你所珍爱的事物。因为尘埃和蛛网原本就存在于他们的世界，而你所追求的艺术则从来就超出他们的理解。哪怕拥有化伪为真的魔力，也终究无法呈现并不存在的东西。所以，用他们的话说，你确实是一个疯子。”

“那么，他们就是我的敌人。”

“庸众永远是天才的敌人。他们不容许任何人脱离群体，对于异类，他们只会倾注愤怒和仇恨，这就注定了他们会用尽一切手段，去摧毁一个天才。或许是麻木，或许是嘲笑，或许是将其视作某种精神疾病并加以排斥驱逐，却唯独不包括嫉妒，是的，即便他们真的嫉妒天才，也绝非嫉妒他的才华，因为嫉妒也是一种肯定，而庸众的智力却不足以让他们对天才生出分毫肯定。”

“可我真的是一个天才吗？”忽然，蜘蛛变得十分急切，“你这是在承认我？”

“你很清楚，我无法承认你，因为我早已变成了你的一部分。”织锦中的蜘蛛向后退了半步，仿佛要躲开另一个自己，“就像你所说的那样，我们曾经幸福，曾经相互理解，因为我们那时就像他们一样，只是一群目盲的小人物。但是，现在，‘我们’已不再是‘我们’，却转而成了‘你’，而你一旦从人群中独立出来，一切就彻底改变了。为了那本不属于你的才华，我献出了自己。当然，我爱你，也甘愿被你吞噬，但这场献祭所要求的祭品却绝不仅仅是我的生命。你失去了另一个自己，你失去了唯一一个能在未来理解你的人，你用这一切换来了才华，充实了自己的灵魂，明亮了自己的眼睛，却也必将承受它所带来的诅咒，那就是永恒的孤独。现在，你问我能否承认你，我不能回答，我的沉默是代价，是誓言，是你必须承担的重负，因为，任何一种超凡的才华，都注定没有观众。”

“那一天，你曾问我，是否知道天才意味着什么。当时，我以为自己知道……”

“现在，你真的知道了。”织锦中的蜘蛛轻轻一叹，“但你已无法反悔，你走了出来，也就再也回不去了。”

“是的，我回不去了。我失去了你，他们当中已不再有我的位置。我不清楚自己是否成功地扮演了一个天才，却很清楚自己根本没有与天才相称的胸襟。我的仇恨熊熊燃烧。它会逼迫着我去寻找全新的舞台，在那里，我将复仇，以一种天才的方式……”

蜘蛛在内室的独白到此为止。

至于三月有没有听见，又或是听见了多少，都不得而知。唯一可以确定的是，三天以后，当蜘蛛失踪的消息从商店街传到孤儿院时，三月哭了。他像是受了很大的打击。

无人知道蜘蛛的去向，她既未留下口信，也未带走任何东西。她就像她的孪生姐妹那样，突然消失了。人们很快就拿起扫帚，开始清理蜘蛛的店铺，直到那时，他们才第一次打开裁缝店的内室，随即发出惊呼："我的老天，这里可真脏啊！"到处是缠结的蛛网，到处是铺满的尘埃，除此以外空无一物。清扫工作进行了一整天，悖逆之家的孩子们也参与其中。大家都干得很卖力，唯独三月像是没睡醒似的，总是盯着那些蛛网出神，模样颇有些忧伤和恍惚。后来，当马靴挥舞扫帚，追打着一只从蛛网上掉落的小蜘蛛，却一下子撞到了三月身上时，他相信，自己似乎听到了，三月正在低头呢喃：

"我看见了另一个你。她就在这里，活在你最超凡的作品当中。"

三月这句话没有改变任何人的命运。只有那只小蜘蛛因此逃过一劫，很快就钻进某个狭小阴暗的墙缝，消失无踪。

13 占星术只通往过去

蜘蛛失踪以后，铜腕又成了小镇上最不受欢迎的家伙。这个脑子有病的钟表匠仍在反复上演着既定的剧本，不断改造镇上的时钟，给所有人添麻烦。钟面上的数字已所剩无几，而新造的铁皮人则逐渐组成了一支庞大的军队。《庭园》终于扩张到了小镇之外，当青铜花田里冒出了永不凋谢的向日葵，《庭园》中央的陶瓷教宗已开始同时出现在好几个不同的地方，长街上甚至能看见两支相向而行巡游的队伍，簇拥着两位神态各异的国王……这当然要归咎于钟点的不断减少，令许多本可区分的时间彼此重叠。《庭园》成了一个越发喧闹的舞台，甚至彻底改写了时间的概念。不过，在一个只有漫漫长夜的世界里，已没有多少人会真的在意时间，不少人甚至忘了计时器最初的模样和功能，因此，这自然也不是他们讨厌铜腕的缘由。铜腕之所以招人讨厌，是因为他每一次醒来，都总要放声大哭；是因为他总是心怀希望，想要让大团长复活；是因为他总是擅自回到过去，被困于过去，无法像其他人那样放眼未来。

不可否认，对于铜腕的遭遇和感受，人们最初还是颇能产生些同情和共鸣的。他们绝非无情，要知道，在太阳陨落的那天，这些人还曾为大团长彻夜守灵，还曾嘶喊着要做殉葬者，许愿与大团长一同死去。他们不止一次安慰钟表匠，与他一同落泪，也不止一次向他提供协助，去重演大团长的葬礼。但随着时间的推移，愿意这么做的人终究还是越来越少了。对于大团长的死，人们不愿再提起。钟表匠的号哭让他们感到尴尬，人们径直走开，毫不掩饰内心的厌倦。显然，钟表匠既不记得自己已重演过多少次葬礼，也不知道他已经历过多少次失败，更不会相信别人告诉他的真相。大团长的死对他来说，永远都是昨天才发生的事。正是他这种近乎愚蠢的真挚，伤害了所有人的感情。

大家很生气。铜腕的存在就像一面镜子，让他们看到了自己过去的样子，比照出他们今日的绝望和冷酷，更让人生气的是，他们无法否认这面镜子的真实性。但这不是他们的错，他们早已悲伤过了，真的不愿再旧事重提。更何况最近他们还发现了聚光灯的魔力，有了崭新的希望和追求，也就更不可能有闲暇去应付一件陈年往事了。是的，无论如何，戏剧都不能暂停，生活也必须继续，人们不得不应对接踵而至的新状况，继续各自的表演，不可能永远沉溺于不断远去的记忆。

唯有铜腕，依然无比固执地停留在过去。

后来，还是借着为观星者调试望远镜的机会，三月才偶然发现，钟表匠仍在独自为大团长举行着葬礼。那是一个神奇的望远镜，有好几个不同的镜筒，七拐八弯的，不但能够看到远处的影像，还能嗅到远处的气味，听到远处的声音。而作为望远镜的制作者，就连观星者本人也承认，自己尚未搞懂其中的原理。他只是把自己找到的旧零件重新组装了起来。这些旧零件一直封存在大宅的地窖深处，一个半埋入墙壁的火山岩容器里。观星者对它们一无所知，直到他遇见巫婆，与她聊起自己在星海上旅行的祖先，才借助巫婆的占星术得知，祖先为他留下了这么一批遗产。如今想来，那可真是一次奇遇。观星者那时还不知道巫婆已被烧死过一回，他记得巫婆使用了一个黄铜星盘、一滴蝾螈眼泪、几片黑猫趾甲，还有一块陨铁。若他真没记错，那么相比起那个被献祭给神明的举报者，说不定他才是第一个见证了巫婆复活的人。总之，尽管还有很多解释不清的疑问，这个新组装的望远镜还是让观星者兴奋不已。他很快就发现，这个装置虽然能看也能听，但声音却总比图像滞后些许，气味则更是姗姗来迟，他将这归因于速度的差异，推断光线跑得比声音快，而声音又跑得比气味快。事实上，观星者甚至认为自己可以由此计算出它们速度的差值，再借此去判断天空中每一颗星辰的远近。三月前去阁楼帮忙，恰巧撞见了正在远处上演的《你的葬礼》。

那是大团长的第五次葬礼，在一条河上举行。那是一条奇怪的河，位于小镇郊外。河水一年四季都很清澈，从不结冰。

河里没有水草，没有鱼，也不存在任何活的东西。曾有人去那里打水来喝，却发现根本不能解渴，即使拿去洗衣，也无法洗掉任何污渍。总而言之，这是一条完全无用的河，虽离小镇不远，平时却无人问津。唯独在演出时，它会被用作舞台，充当通往阴间的冥河，也兼用作小镇的另一处墓地。那一次，大团长的棺材就是一艘小船，它很轻盈，吃水很浅，与无数鲜花一道顺流而下。寿衣倒映于河水，静静的，呈现出一种稀薄的、不断褪去的色彩，就像海上易碎的泡沫。

如今，蜘蛛已经失踪，但她这件天才的作品仍残存在铁皮人身上，更一下子跨越了时间和空间，闯入三月的视野。望远镜在三月手中颤抖了一下。男孩记得很清楚，蜘蛛当时把这件寿衣称作《爱神的咽喉》，这命名也像先前的每一次葬礼那样，在观众间引起了热烈的讨论。蜘蛛当时尚未失宠，那些评论家们也不吝啬赞美之词，个个说得眉飞色舞，热情洋溢，从创世神被阉割后落入海中的阳具，一直扯到点燃十年战火的金苹果，无不引经据典，雄辩滔滔，针锋相对，每一句都让三月惊觉自己的鄙陋。但到了现在，男孩已清楚知道，这帮人不过是在一遍又一遍地重演《国王的新衣》，全都在极力掩饰着自己什么也没看见的事实。三月与他们不一样，三月能看见。当然，或许能看见的不止他一人，或许他们看见的寿衣也彼此相异，可惜他们都被那帮戏子吓住了，终究什么也没能说出口……现在，只剩三月一人，握着望远镜，在遥远的阁楼上与蜘蛛的杰作重逢。至于那些曾经雄辩的评论家，则早已身在别处，忙着出演别的戏剧。

“我能感觉到你，老朋友。”那一天，大团长睁眼的瞬间，漂浮的灵柩成了河面上唯一的光源，“你就像梦境，正把我拖入永恒的睡眠。”

“你还不愿随我走吗？”一个幽暗的身影出现在船头，他半立于水中，像是早已等候多时，犹如一团永不散去的气泡和薄雾。他是死神，他属于彼岸，过去如此，现在如此，将来依然如此，“这世上还有什么值得你留恋？”

“看啊，还有那么多人。他们聚集在这里，纪念我，为我悲泣。”

当时，对于这样的回答，死神似乎感到了好奇。他微微转脸，循着大团长的示意，望向河岸。那里焚香萦绕，鲜花如潮，挤满了前来送葬的浩大人群。死神一言不发，只露出一抹轻蔑。三月记得，自己当时就站在人群之中。周围到处是奔涌的情感和灵魂的呐喊，如此强烈，如此崇高，如此撼动人心，甚至令死神都显得势单力孤，也令他的轻蔑着实令人费解。然而，到了现在，当死神再次以相同的方式转脸望向河岸，再次流露出与过去一模一样的轻蔑，三月却发现，他开始理解了。一切都变了。三月离了河岸，躲到了望远镜的另一端，而原本聚集的人群则早已不见踪影，被一队头戴面具的铁皮人取代，它们与人类极度相似，但哀悼和哭泣都是冷的，无不凸显着机械特有的生硬和残忍……

“现在呢？他们在哪里？”死神的台词从未改变，差别仅在于是否有人听见，又是否有人理解：“那些尊敬你，崇拜你，追随你，爱你的人，他们都到哪里去了？”

“我们就在这里！”根据剧本，岸上的送葬者们此时应齐声反驳，朝死神发出高呼。不过，如今只有铁皮人仍在忠实执行着复诵台词的任务，“无论我们所爱的人身在何处，他都将永远活在我们心中。我们会在墓碑上刻下他的名字。我们会书写历史，为他留下传记。我们会把他的一生编撰成史诗和歌谣，在大地上传播，让吟游诗人尽情吟诵……”

“是的，是的，他们当然会这么做。不可否认，这都很精彩。”说话间，死神已没再理会岸上的众人，又转过头，直直地逼视着眼前的死者，“但问题是，然后呢？”

“然后……”大团长沉吟着，声音似乎有些颤抖。

“然后，他们会忘掉你。”死神一挥手，分开河面，河水如帘幕般升起，隔开了生与死，阻断了此岸的喧嚣，“你曾说自己的临终遗言是一场表演，你曾相信自己的死亡能够吸引观众，你享受身处舞台中央的感觉。但你也理应知道，那些前来观赏你表演，为你哭号送葬的人，也全都是演员。你也许能借着我的眷顾脱颖而出，走到舞台中央，但你永远无法独占整个舞台。是的，即便在你弥留之际，旁人也从未中断过他们自己的表演。你用死亡把心仪的台词装点成光彩夺目的临终遗言，目的是为了赢得关注和倾听，你想要以记忆的形式长久地留存于更多人心中，借此达成自己的不朽。那么他们呢？他们为什么要来参加这场名为葬礼的演出，为什么要为你献花、立碑、著书、哭泣，甘愿充当你的配角？他们当然也有自己的目的，那就是履行一份责任，了却一段情感，就是告别，就是宣布一切结束，就是彻底且一劳永逸地——摆脱你。”

“你是神，你不理解人类的情感。我们的葬礼是为了记忆，而不是遗忘。我们的哀悼是为了延续，而非终结。”

“我承认，他们的演技十分高超，你的演技更是无人能及。所以，在骗过观众之前，你们都用最完美的谎言骗过了自己。但是，在内心深处，你知道，他们也知道，无论传记还是墓碑，史诗还是歌谣……所有的记叙都无法逃脱最后的腐朽，所有的纪念都是为了最后的忘却。若不承认朽坏的必然，人类又为何会生出追求不朽的热情？若不是理解了遗忘的不可避免，你们又为何要急匆匆地施行纪念？你们一定也觉察到了吧，自己的记忆和情感都是有鲜度的，一旦过了期限，它们就会干枯、变质、风化，消失无踪，它们无法战胜时间，更不可能与我抗衡。只要知晓了这一切，你们在葬礼上淌落的泪水，就不再仅仅是为了祭奠死者，更是在祭奠自己脑海中必然消逝的记忆。你们是在哀悼自己的未来，你们深知自己将变得冷酷、麻木，无动于衷，但你们无力改变，便只好在今日放声痛哭，趁着这记忆和情感都还新鲜。死者是无法不朽的。看一看这条河吧，为什么你们会把它用作坟墓？因为它的流水就像时光，总能承载着死者，缓慢却不可挽回地淡出生者的视野。你死了，却期待自己能在他人的记忆里永生？不可否认，在他们彻底把你遗忘之前，你的名字和事迹或许会被反复提及，在各种各样的社交场合里成为高贵的谈资，就像一道情感的菜肴，搭配着名为泪水和叹息的佐料。但随着时光流逝，他们提及你的频率必然越来越少，语气也越来越缺乏庄重，泪水和叹息都将褪去。当他们终于抚平了你的死亡给他们带去的伤痛，你事实上也就迎来了第二次死亡，被他们从记忆中彻底抹除。”

“你以为你赢了？不，我还有别的途径。”大团长嘴唇扭曲，微微一笑，瞥了一眼铜腕所在的方向，“我将留下剧本，我要塑造一个永生的形象，让他不断回归过去，并永存于他的记忆。感谢我吧，我的老朋友，多亏了我的安排，你我今日才能在此以这种方式重新相遇。”

“噢，为了与我对抗，你们人类真是无所不用其极。你企图创造的永生形象又何止一个？你精心设计了一场决斗，竟让决斗的双方都化作与我博弈的棋子，他们沿着截然相反的方向逃离我，但我不会去追，因为守候在终点的正是我截然相反的另一个面相。现在，就先看一看那个你所寄生的角色吧，为了记住你，他的形象被你改写得何其可悲。你将他曾经的忠诚变成了永恒的忠诚，你将他曾经的泪水变成了永恒的泪水，他的伤痛无法愈合，他的悲哀永远得不到抚慰。此岸的人厌恶他，排斥他，因为他拒绝遗忘。他就像一具行尸，没有未来，只活在过去。他被你留在人间，却是你唯一的殉葬者，早已随你一同死去。”

“死去？”大团长摇摇头，“这是强词夺理。先前你我还同意将其视作永生，现在你又要改口，将其归入死亡？”

“永生？一切永远的东西都与死亡无异。我掌管死亡，也掌管生命，因为生命原本就与死亡密不可分。任何生命的存续，都总以散播无数死亡为前提。若要维持生命之火的燃烧，就要不断为它添加名为死亡的燃料。想一想你们的餐盘，里面的食物有哪一样不是动物或植物的尸骸？想一想你们身上的衣装，哪一件不含有树木的纤维、野兽的毛皮，又或是更渺小的虫豸吐出的丝线？你们呼吸，饮水，享受阳光……就像任何别的生命一样，为了存活，你必须获得这些东西，而这当然也就意味着，你由始至终都在剥夺着其他生命的可能。世界有限，生命却追求同化与繁衍，这样的冲突注定了所有生命的本质——你们都与瘟疫无异。”

“是的，生命的存续或许充斥着杀戮和血腥。但也正因为如此，幸存下来的个体才更应得到尊重，彼此珍惜。”大团长反驳，“人不是瘟疫。人的高贵之处，就在于即使两脚深陷血污，亦从未放弃抬头远眺。在兽性之上，我们还追求着更加纯洁美好的东西。也正是因为有了这种追求，扎根于杀戮和血腥的生命才终于开始拥有了些许意义。”

“所以，你不愿面对生命最原本的兽性，不愿谈论你们如何喂饱自己的血肉和脏器，却要开始向我展示人的心灵？”船头的死神又逼近了一步，像是要看穿大团长的眼睛，“那就让我们看一看你所说的纯洁美好，看一看你无比珍视的，想要借以达到不朽的东西吧。你以为在这个领域，你就能战胜我？你以为死亡是一个仅限于肉躯的概念，却无涉于心灵？当然，我们早已交锋过多次，你很聪明，知道我就藏身在麻木里，而知觉和情感的麻木最终会把人变成‘死物’。你知道麻木来源于经验，若要抵抗麻木，就必须清除经验，消灭记忆。于是，遗忘就成了维持心灵活力的唯一途径。看一看那些曾经为你哭号送葬的人吧，他们如今为何离你而去？难道是因为他们从一开始就不爱你吗？显然不是。他们不再哭泣，仅仅是因为他们还活着，因为他们的心灵仍未随你一同死去。活人必须继续前行，他们要不断为心灵腾出知觉的空间，去迎接未来的生，无论是否自愿，无论早晚，他们终究要忘掉你。正如生命需要无数死亡助其燃烧，遗忘是心灵的新陈代谢。至于你，自然就成了被抛弃的代谢物。你死了。先是从世上消灭，而后又从所有人的记忆中消失。为了维持自己，人类不停地用遗忘杀戮记忆，将死者推向另一种形式的、更加彻底的死亡。而相比起现实世界的杀戮，遗忘总是显得平静、温和。它不会留下血迹，不会留下尸首，不会留下任何一点搏斗或挣扎的痕迹，更不可能留下任何证人。无数的行凶者往往没有动机，没有自主选择，他们对自己所做的一切毫无觉察，也不知道自己造成了多少损失或牺牲。遗忘无处不在，无时无刻不在发生，却没有一个人能够与之对抗，甚至没有一个人能够瞥见它，成为它的目击者——你永远无法清楚知道，自己究竟忘记了什么。”

那一天，死神的话语过了好一段时间才穿过镜筒，传到三月那里。三月相信自己不是第一次听见这段台词，却仍然受到撞击和触动。他不禁猜测，这或许就是死神所说的遗忘，就是不知不觉间被自己遗忘的东西。他被一种巨大的不安包围，开始极力审视自己的记忆，想要确认，自己究竟失去了多少东西。

他想到了父亲。

那个失踪的考古学者曾经让三月日夜思念，承载着男孩的全部祈愿和希望。但如今，三月似乎已不大记得，自己上一次想起父亲是在何时何地。他早就接受了父亲不在身边的现实，也适应了孤儿院的生活，习惯了跟朋友们定期爬上山丘，到那座永不完工的灯塔脚下去参加幕间休息。对于那帮奇怪的侏儒建筑工，三月不再怀有敌意，还会尝试着与他们亲近。毕竟，他们从未伤害过他，对他十分友善，虽然三月无法确定这是否发自真心，但即便那只是一场表演，一个善意的角色也总比一个恶意的角色更易于让人接受，更何况这些侏儒还在某些地方像极了男孩的父亲。在情感最脆弱的时候，三月甚至会学着朋友的模样，把头埋进某个侏儒怀中，轻喊一声“爸爸”。侏儒会安慰他，替他抹去泪水，那种温暖相当真实。

现在，当三月试图在脑海里勾勒出父亲原本的模样，他发现自己再也无法找回那位考古学者。至此，三月才确信，死神并不是在虚张声势。他感到哀痛，既为父亲，也为自己。

“可怜的人啊，你是无处可逃的。”就在三月独自思索时，河水中央的舞台上，死神的表演仍在继续，“我无处不在。‘麻木’仅仅是我的一个面相，除了它以外，我还有无数个面相，‘遗忘’就是其中之一。你若要对抗麻木，就必须用遗忘去保持灵魂的敏感；你若拒绝遗忘，就必因堆叠的记忆堕入麻木之中。你刻意创造了一个永不麻木的角色，让他反复否定未来，以便永远停留于过去，宣称这就是你的永生。而我则在他入睡时用遗忘一次又一次将生命收割，把他推至今日这与行尸无异的境地。我用‘麻木’杀死未来。我用‘遗忘’杀死过去。过去与未来都任由我支配。永生便与死亡同义。但我仍是仁慈的。我给你留下了此刻。而眼前的这一瞬，就是你生命的全部。”

三月不大清楚，死神和大团长的较量是否分出了胜负。他只依稀记得，这场河上的葬礼后来是因死神的突然离场而草草结束的。那一次，死神的镰刀明明已经挥了下去，却毫无预兆地停在半空。死神仰起脸，像是听到了某种召唤，定定地望着黄昏尽头的天空。三月当时就站在人群中，即将一去不返的阳光照在河面上，将这怪异的一幕映入眼底。他有些好奇，想知道，死神视线的尽头有什么，却见死神忽然化作一道阴影，划过虚空而消失……然而，这一次，太阳已经陨落，河面上只剩星光。当死神又停下手中的镰刀，置棺材里的铁皮人于不顾，转而仰起脸，望向高处，目光更一下子刺透镜片，与望远镜另一端的男孩形成对视时，三月才骤然意识到，死神在过去的那个黄昏中究竟看见了什么——那是未来的三月，今天的自己。

随后发生的事，即便在噩梦中，三月也从未经历。他在望远镜里见到的最后一幕，就是正朝自己扑来的死神。黑暗降临，令他陷入一种短暂的失明。三月想要抛开望远镜，却做不到。掌心的汗已变成冰霜，把手牢牢粘住，他感到一股刺骨的恶寒，正奔涌过每一条镜筒。观星者的阁楼像是突然陷入凛冬一样，就连玻璃管里的星光也停止了流淌，被彻底冻结。前所未有的恐惧击中了三月，他还来不及惊叫，耳边就响起了死神的声音。

“没有人能够旁观死亡。但凡窥探我的，都必须面对我。”

三月惊慌四顾，并不确定，死神是不是已经近在眼前。他什么也看不见，甚至不知道眼睛已被冻伤，前方只有一片黑暗。就在三月以为自己马上就要死去的时候，观星者却快步上前一伸手，将男孩拉到身边，更跨出一步，挡在了死神面前。

“回到坟墓里去吧。”观星者仰视着在头顶聚集的黑暗，显得平静而坚决，“这里可不是你的舞台。”

“我是死亡。”黑暗在半空中涌动，似乎还不急着展露形体，“世上没有一个角落不是我的舞台。”

“的确，你掌管世上一切。”观星者点了点头，却毫不退缩，“唯独这里例外，因为这里属于我，而我则来自你的世界之外。”

“世界之外？哈哈哈……”死神笑了，声如丧钟，令万物战栗，但这笑声仅持续了一小会儿，就止住了。黑暗俯伏而下，凑近观星者的鼻尖，就像是要仔细观察这个胆敢与自己为敌的角色。死神沉吟良久，最后语气竟陡然一转：“你说的倒也没错。你是个例外，一颗镜中的棋子。确实，我看不到杀死你的必要。”

“很抱歉，惊扰了你。我保证，我和我的朋友以后都不再窥探你的秘密。”

“噢，你可知道，自己许下了一个无法信守的诺言？”似乎已决定就此离去，死神的声音开始变得空洞又遥远，“我的秘密就是你的秘密。你如何能不窥探自己？你不妨再看清楚些，直面我，最好用上你的望远镜……”

三月的视力刚恢复些许，就目睹了死神离开。头顶的黑暗如一团行将散去的雾气，正变得稀薄、透明。观星者没再说话，仅以沉默目送死神，视线就这样越过阁楼的第四面墙，投入星空。那片死神身后的星空后来被观星者称作“逝去的星空”。观星者不是第一次发表这类奇谈怪论，他上一次就宣称星空已变得面目全非，甚至被某种不知名的力量偷偷替换，还因此让自己陷入了险境。尽管三月对长夜镇的夜空也充满了畏惧和怀疑，但对于观星者的说法，他依然无法确定真伪。他原本就不像观星者那样执着于星辰，现在更是对自己的记忆失去了自信。当他看到观星者那种久违的，仅属于发现者的激动，三月其实并不确定，那片星空是真的发生了变化，还是仅限于观星者的臆想或演技。

正如三月无法理解观星者的激动，观星者也无法理解三月的困惑。常人眼中平平无奇的星空，到了他那里就成了总在发生剧变的宏大舞台，而他之所以会把死神身后的星空称作“逝去的星空”，正是因为他能够清楚记得，那个区域过去的模样。对于他来说，死神就像一位掘墓者，把那片曾被时光埋葬的星空挖掘了出来。这让他更加确定，长夜镇上方存在两片星空，一片属于未来，一片属于过去。他并不知道哪一片星空才是真实的，但祖先留下的星图早已刻入他的血脉，相比起陌生的未来，他更愿意相信熟悉的过去。自那时起，他的目光便总是对准了那个区域。

最新型的望远镜终于展现出了真正的威力。凭借它的帮助，遥远的星辰已不再是晦暗不明的光点或亮斑，却一下子被放大了无数倍，开始显露出各种前所未见的细节。观星者发现，尽管大部分星辰都通体笼罩着烈焰，像颜色各异的火球，却也存在另一些更小更暗的星体，它们本身不发光，只反射外来的光。这些星体与他身处的世界颇为相似，表面云雾萦绕，遍布山脉湖泊，峡谷中有风呼啸，河流上水声滔滔，潮汐冲刷着海岸。如果再稍微调整一下望远镜，一连串怪异的情景就会跃入观测者的眼帘。

根据观星者留下的观测记录，他观测的第一个星体上长满了扭曲的植物，并没有人类居住，只有一些形似蜥蜴的庞然大物穿行其中。这些怪物有的脖子极长，有的头上长角，有的周身覆盖着甲胄般的鳞片。他对这些大爬虫们没有兴趣，他确信，这个星体与自己的祖先和故乡没有任何关系。

在第二个星体上，观星者见到了巨大的冰川和广袤的苔原，各种生物都披着厚厚的长毛。唯一的例外是一种群居的动物，它们身材高大，毛发稀疏，长相像猿，又与人类有几分相似。观星者将它们称作“猿人”。他当初会注意到它们，是因为在茫茫白雪上发现了一条猩红的血迹，进而看见，一群猿人正吼叫着围猎一头巨兽。观星者仔细倾听它们的叫声，并未发现语言的元素。观星者很快就失去了耐性，把目光投向别处。

在第三个星体上，观星者终于见到了人类，尽管这些异星人从衣着到肤色都迥异于长夜镇的居民。他们聚居在一条大河两岸，放牧农耕。而离大河稍远，那个世界就皆是沙漠。这些人热衷于修建陵墓，对岩石情有独钟。当观星者找到他们的建筑工地时，不禁惊讶于那些石料实在太过巨大，太过沉重，大大超出了人类的尺度。但开凿它们的是人，搬运它们的也是人。无数人聚集在一起，由一位手执睡莲的君王带领，将无数巨石堆叠成了一个近乎完美的几何体，犹如信仰在大地上显现。在见到它以前，观星者并不相信世上有永恒的事物，现在他信了。他把那座几何体称作“金字塔”。当观星者目击他们把一艘金碧辉煌的航船拖离大河水面，由无数人扛着走向金字塔时，他的内心何其激动。他深信自己马上就要见证另一次奇迹，这个民族也将像他的祖先一样远航于星空。但他的兴奋之情很快就跌落谷底，异星人只是在金字塔旁侧挖了一个巨大的深坑，并将那艘航船解体，深埋到了黄沙之下。观星者结束了对这个星体的观测，难过地说了一句：“真可惜。这是一个崇拜死亡的民族……”

在第四个星体上，观星者见到了一片汪洋大海。海面上狂风骤雨，电闪雷鸣。观星者本以为那里没有生命，直到突然发现了一艘船。那船极为巨大，其上栖息着各种生物，其中有长着腮的公牛、生有蹼的绵羊、周身覆盖鱼鳞的兔子，以及一位对天祈祷的老者。相比起船的主人，观星者显然对船本身更感兴趣。这船上既没有帆，也没有舵，就像一只巨大的盒子，观星者将其称作“方舟”。他想要知道，在这片无边的汪洋上，它究竟从哪里来，又将要到哪里去。他深信问题的答案一定指向星辰，一定能把他引向故乡和先祖，但直到雨停潮退，方舟搁浅在某座山巅之上，也没能见到它在星空中开辟出航路。

在第五、第六、第七个星体上，观星者找到了各式各样的人类，也见到了各式各样的航船。但无论是哪里的人类，都在忙于战争，从未把船驶向星空。他们有的会为船装上撞角和铁钩，在海上彼此冲撞厮杀；有的会在船的首尾两端都安上恐怖的龙头，沿着狭窄的河道杀戮劫掠；有的会在甲板下添置火炮，用其攻城略地。在最惨烈的一场战争中，观星者差点如愿，他目睹了数十艘战舰冲出水面，那壮观的场面惊呆了他。但它们终究没能就此飞入星空，却只是沿着滑轨在陆地上滑行了一小段距离，便又一头栽进了水里。尽管这支舰队的战法大获全胜，击毁了一个辉煌帝国，但观星者很失望。之后发生的事，观星者没做记录，他转向别处寻找着自己的故乡和先祖。

至于观星者接下来还看到了什么，因为他本人甚少提及，留下的观测记录也十分凌乱，三月后来只能凭着想象进行猜测。有一天他告诉三月，他在某一颗星上发现了一座灯塔。三月起初并不在意，心想既然异星人有船，那么他们会建造灯塔也是理所当然。但等到后来重新翻看观测记录，他才体会到了观星者当时的震惊。“灯塔造在一座山丘上，周围既没有湖，也没有海。灯塔高耸入云，通体皆是黑色。”若这一连串描述尚能勉强归作巧合，那么最让三月难以置信的是，观星者竟宣称，他还见到了灯塔的建造者。“那是一群侏儒。他们聚集在塔底，不眠不休地工作……”在这段记录的末尾，观星者还清楚地记下了观测日期，以及那颗星在星图上的坐标。

坦白说，三月不相信这份记录。他认定观星者犯了一个可笑的错误，误把本应指向星辰的望远镜对准了郊外的灯塔，这是唯一合理的解释。男孩记得，自从与死神交锋之后，观星者的精神状态就明显变差了，他的脸色越来越憔悴，目光越来越恍惚。

然而，当同样的灯塔反复出现于观星者的记录，三月终于开始怀疑，或许事情并不像自己想的那么简单。他不得不开始考虑一种极为荒唐的可能，在这浩瀚的宇宙中，每一颗有人类居住的星体上，都存在这么一群侏儒，在无休止地修建着一座永远无法完工的灯塔……

无论事实如何，三月都感到后悔了，他后悔自己最后一次见到观星者时，竟跟他说了那样的话。那是他唯一能回想起来的，有可能招来不幸的台词。他怀疑，正是因为那句台词，那次见面才变成了两人之间的最后一次。

但不可否认的是，观星者的心智确实已深陷入死神的星空，濒临疯狂。在遭遇异星灯塔后没多久，他似乎又遇见了别的东西。那是一群艺人，从歌伶到舞者，从七色头发的小丑到吐火吞剑的杂耍演员，他们曾在星球上四处流浪，现在却停在灯塔附近。他们在那里搭建舞台，尽情演出。演员是他们，观众也是他们，仿佛生活本身就是一场表演，而表演则是生活的全部。舞台渐渐扩大，布景渐渐增多，现出了小镇的雏形。观星者不大愿意承认，自己对那座小镇感觉熟悉。他看到异星人在小镇中央建造教堂，用大理石铺设地面，又为窗子镶嵌五彩玻璃，等到观星者发现那仅仅是半座教堂时，他内心的不安终于爆发了。他没再观察那颗星，撕毁了与它有关的一切记录，逃亡似的把目光移向别处，却又在另一颗星上遭遇了相同的情景。在那颗星上，半座教堂早已经建造完成，广场和商店街也都相继出现。镇民们有了自己的领导者，而在众多陌生的面孔中间，观星者唯独认出了他，也认定他必将支配小镇的命运。除此之外，观星者还认出了异星深巷里的小帐篷，以及蹒跚行走的大鹅……就像上次一样，观星者逃离了那颗星，而结果也跟上次一样，他又在下一颗星上与这一切再次相遇。这一回，他更是遇见了拥有金属义手的钟表匠，而在目击过一场由钟声引发的地震之后，他又遇见了仍顶着瘤子的教宗。各式各样的墓地犹如华丽的舞台，葬礼不断上演。他惊骇莫名。

在经历了不知多少次逃亡之后，观星者最初的预感无可挽回地应验了——在望远镜的另一端，他见到了另一个自己。所幸的是，那个异星的自己并没有仰望星空，更没有像死神那样透过望远镜与任何人对视。但这也是不幸的，因为观星者知道，那个自己恐怕再也不会这么做了。观星者所见的自己，当时正身处于一个相当昏暗的，仅有一扇窗子的房间，房间里挂满了面具。

观星者见到自己躺在一张长桌上，两手交握于胸前，紧闭着眼睛，脸上缺乏血色。一个陌生人走进房间，在自己身旁站定，一言不发，开始以一种极为娴熟的手法浇筑石膏，而目标竟是自己的脸。观星者看着石膏迅速覆盖过自己的眼睛、嘴巴、耳朵、鼻孔……但长桌上的他始终没有惊醒，也没有丝毫挣扎。那个浇筑石膏的男子似乎也料定他不会反抗，都没有试图去控制他的手脚。一切都发生得很突然，也很平静，平静得让人恐惧。观星者尝试把望远镜的倍率调到最大，他曾用这种方法倾听蜻蜓在异星的振翅，蝴蝶在宇宙另一端破蛹而出的声音，但此时此刻，他依然无法听到自己的心跳或呼吸。死寂一直持续，就如热切的追问总会遇到冰冷的答案，石膏凝固了，流淌的一切都定了形。当陌生人伸手把成形的石膏倒模从自己身上抽离，即使隔着望远镜，观星者都不免感到了脸上的痛楚。

他知道，长桌上的自己从一开始就已经死了，而那个陌生人并非凶手，而是一位面具师，他正在制作自己的死亡面具。观星者放下望远镜，离开阁楼的第四面墙，躲进星光的阴影里。他开始做梦，在梦里一遍遍体验死亡，陷入黑暗，从炽热到冰冷，一遍遍感受被撕开。他看见石膏模中倒出自己的鼻子、嘴巴、耳朵、眼睛，它们竟是那么真实，栩栩如生，然而，它们拼凑而成的，却又是一张自己从未见过的、极其陌生的面孔。

这个梦折磨着观星者，让他产生了一种冲动，想要找个人倾诉。但他离群索居多年，孤独得就像一个幽灵。尽管三月有时会来找他，但他知道这件事不能向一个孩子求助。他只能寄望于巫婆。巫婆曾用占星术帮他找回祖先留下的旧零件，或许也能用占星术为自己解释梦。

他在一个礼拜天的深夜走进巫婆的帐篷，巫婆似乎一直在等他，连姿势都没变。小桌上摆放着星盘和火盆，星盘上的彩珠仍停留在上一次占卜时的位置，只是覆满了蛛网，火盆里有一段乳香木，也像上次那样烧到一半，周围却堆积着厚厚的灰烬。观星者向巫婆讲述了自己在望远镜里看到的一切，直到最后的噩梦。巫婆从头到尾都没打断他，只是闭目倾听。

“告诉我，这究竟意味着什么？”末了，观星者望着巫婆，目光恳切，无法掩饰内心的担忧，“这是一个预兆吗？我是不是就要死了？”

“预兆？”巫婆沉吟片刻，摇摇头，“许多事都有预兆，但没有一种预兆来自星空。”

“但你上次就用占星术……”

“我的占星术无法预见未来，只能回首过去。”

巫婆的回答并未让观星者安心，却令他愈加疑惑。噩梦依然困扰着他，挥之不去。后来他实在忍不住，吞吞吐吐向三月透露，他在异星上见到了另一个自己。而三月的一句回话终于令他顿悟。

“你不是说过，大部分星星其实不发光，而是反射来自别处的光吗？那么在另一颗星星上看到自己又有什么稀奇？它们本来就像是一面镜子……”

说这话的时候，三月故意表现得很轻松，似乎是觉察到了观星者的不安，试图给他一点安慰。他不愿让对方知道，这些话并非自己心中所想，却是原原本本的，来自剧本上的台词。他曾因自己的倔强辜负了蜘蛛，现在，尽管心中仍对大团长满怀怨愤，他却愿意相信，大团长写下的这段台词能够帮助眼前的朋友。不幸的是，男孩从未读过观星者的剧本，他甚至不知道观星者手中有没有剧本，而对方的反应更是远远超出了他的想象。

“原来如此！”

观星者的眼睛突然变得明亮，他神情激动，不断在阁楼里来回踱步，犹如一名受困于自己知识的囚徒。一连串问题冲进他的脑海，他开始想象镜子，想象它们悬浮在无限遥远的夜空之中，他想象光线、气味和声音在虚空中的传播，又被镜子折返，他想象它们在进入自己的感官之前所经历的漫长旅途。他回想起死神离开前所说的话，他一直以为，死神没有带走自己，是因为自己确实不属于这个世界。但如果他所见的一切都只是同一个世界的虚像，如果这偌大的星空只是一个知觉的监牢，莫说是启航归去，就连目光都无法逃离，那么他所要担心的问题或许就不再是自己是否“就要死去”……面具师为什么要用自己的脸制作死亡面具？而那副虚假的，只属于死者的面孔又究竟有什么用途？

观星者只能想到一个答案。

“表演！当然是为了表演！”他大叫出声，随即万分胆怯地抬起手，摩挲着自己的脸庞，那一刻，透过指尖，他只能感到一阵近乎残忍的冰凉，“我原以为自己看到了未来，但那只是过去。我原以为自己仍在生活，但那只是一场表演。我忘记了，自己从未战胜死神。我忘记了，在很久很久以前，我就已经死了。”

那是观星者最后一次出现于小镇的舞台。他说完这段话就离开了阁楼，消失在茫茫黑夜之中。

14 然后呢？

在与疤脸的最后一场决斗中，铜腕获得了胜利。不过，因为不记得过去的无数次失败，所以对这来之不易的胜利，钟表匠也并未感到欣喜。他赢了，却没能杀死对手。他感到不满。这倒不是因为他毫无恻隐之心，而是因为面具师那天压根儿就没有出现。那是一次空洞的胜利，一场寂寞的决斗。只有铜腕一人站在场上，仿佛被世界彻底遗忘了，既找不到对手，也没见到任何人来旁观。无数齿轮和铰链在他的金属义手里高速空转，发泄着愤怒的嗡嗡声，这位把时钟停在过去的钟表匠等了又等，却无论如何都想不通，自己为何会遇到如此不可理喻的事情。

除了钟表匠以外，任何人都明白，这一切皆是理所当然。要知道，自从发现了聚光灯以假乱真的神奇力量之后，长夜镇的生活就彻底改变了。而相比起观看一场既无悬念又无意义的决斗，人们显然可以去做些别的更有价值的事情。从天而降的光芒从未像现在这样诱人，它早已不只是一种纯粹的，信仰的象征，却具有了更多更实在，也更世俗的意义。不过，在最初的惊喜和兴奋之后，体验过光芒的人们大多会陷入一种长久的不满。他们知道，无论怀有多么不切实际的理想，哪怕是最疯狂的幻想，只要能将其变成一场演出，呈现在聚光灯下，一切就都能实现。但他们同时也很清楚，一旦聚光灯从头顶移开，方才实现的一切就又会迅速褪色，变回苍白的谎言。而这世上最让人无法忍受的，恐怕并不是梦想永远无法实现，而是在短暂实现之后又目睹它的破灭，得而复失。

表演开始了。

人们很快就注意到，若聚光灯真属于某一个神，那么这个神显然有他自己的选择和偏好——光芒总是落在演技最精湛，也最卖力表演的人的头顶。这一点自教宗统治长夜镇起就从未改变，尽管教宗一度认定，他能得到神的青睐是因为自己信仰虔诚，但从聚光灯日后的选择看来，神真正喜欢的很可能只是他夸张的表演。一旦想通了这一点，追求光芒就不再是什么难事。要知道，长夜镇的每一个人都是演员，他们或许不懂得如何取悦神明，但如果告诉他们说，神只是一位穷极无聊的观众，那么他们倒是有数不清的方法，去博得这位观众的欢心。

几乎是在一瞬间，长夜镇的每一个角落都成了舞台，各种惊世骇俗的戏码如喷发般上演。弑父，娶母，兄弟阋墙，种地的杀了牧羊的，执长矛的把拿连枷的骗进棺材，分尸成十四块，再统统扔进河里……神爱看伦理悲剧，若再点染上点暴力和血腥，则更加美味诱人。精彩的打斗自然也是热门，毒沼里的九头大蛇，盘踞湖上的铜喙怪鸟，不眠的恶龙，蛇发的女妖……各种穷凶极恶的怪物被生造出来，只为了配合英雄表演。但仅有武勇的英雄显然已不能满足观众的需求，若要脱颖而出，英雄的事迹往往还需要辅以名为“机智”的佐料。正因为这样，与巨人作战的英雄并没有带刀，而选择了投石索，挫败独眼怪物的英雄也没有拿剑，而只用了一坛酒和一根削尖的木桩。等到最后功成名就，英雄身边总不缺少美人相伴，而无论美人带来的是幸福还是灾祸，都能为故事添上一个浪漫的结尾。是的，就如大多数观众一样，神也喜欢浪漫，只是这浪漫不仅属于殉情的爱侣，更属于骑士、航海家和诗人。用长矛挑战风车是一种浪漫，寻找新大陆是另一种浪漫，游历冥界，丈量天地，在木桶中背过身，以沉默拒斥君王更是浪漫。神倾心的情节总与常识相悖，而浪漫则往往来源于开端与结局之间的奇异落差。人们很快就意识到了这一点，开始投其所好，创作出一系列峰回路转的经典。在聚光灯最强烈的地方，灵魂纯洁的圣徒会被钉在倒逆的十字架上，凄惨死去，却因此得到了通往天堂的钥匙，出身高贵的王子会突然抛弃权力和地位，居于荒野，历尽风吹雨打，最后在一株菩提树下大彻大悟。为了吸引聚光灯，演员们无限放大了对戏剧性的追求。若任由这种倾向发展下去，说不定哪天就真能在舞台上见到驴子作诗，乞丐称帝，人为老鼠洗脚，又或是让一条鼻涕虫主宰了整个世界。

那确实是一段荒唐又充满希望的日子，大家终于为自己的毕生所学找到了真正的用武之地，而只有技艺最精湛的演员才能跻身于聚光灯下，实现自己的理想。最大的难点还在于如何将个人的私欲融入精彩的情节和对角色的塑造之中，使二者并行不悖，而在那之前，还要优先考虑如何在过分真实的演出中保证自身的安全。有人为了扮演英雄，最后竟真就死于怪物的利爪，有人为了扮演殉道者，最后反倒真的壮烈成仁，人们尚未得知他们究竟要借光芒实现何种理想，就已见他们匆匆退出舞台。尽管有这些失败的例子，大部分人还是跃跃欲试。他们都认为，这很公平，他们也都认定，自己能演得更巧妙、更聪明。而与舞台上不断上演的神迹，还有令人目眩神迷的希望与幻想相对，在舞台下的黑暗之中，另一种前所未有的压抑气氛却开始弥漫。即使是最友善的邻人也逐渐变得多疑，对周围的一切充满了戒心。这也难怪，毕竟表演终归只是表演，聚光灯带来的只有十分短暂的真实。当你不再确定自己新买的奶酪会不会在肚子里变成碎石或泥灰，当你开始担心口袋里的金币会不会在隔天变成陶片或马粪，你或许就再也不可能以相同的眼光去看待这个曾经朴实的世界了。

人们追求光芒，却又像远离骗子一般远离那些受光芒青睐的演员，无论他人在聚光灯下的表演有多么精彩，也只能在看台上唤起一片嘘声。光芒的恩赐确实为许多事物赋予了真实，大家认为那是好的，但真实终究脆弱，唯独嫉妒和敌意能够长久留存。冲突频频发生，人们过去怎样对待裁缝，现在就怎样对待彼此。在商店街，天天都能见到大打出手的人，他们互相指责对方是骗子，声称自己才是受害者。争吵的起因有时是一件首饰、一套皮草，又或是一件年代不明的破古董，有时则只是一袋面粉、一瓶酒，甚至是一块糖。为此，玻璃工房的老板在回家路上被铁匠打折了腿，肉店的胖屠夫更是在后脑勺上被人砸了个大窟窿。若不是情况很快就发生了变化，还真没人知道，长夜镇的黑暗中还会发生多少可怕的事情。

彻底扭转这一局面的是国王。尽管他一直以来都给人一种笨拙无能的印象，但这一回，他的行动却极其果断高效，简直就像是被他的十八位兄长同时灵魂附体了似的，让人惊讶不已。直到那时，不少人才猛然意识到，国王或许真的能够成为一位杰出的领袖，或者说，哪怕不是真正杰出，至少也能把这个角色演好。可惜的是，他们还不知道，自己对国王的期望将永远停留于期望，因为他们当时所见已是国王的最后一场表演。在那场表演中，国王的行动毫无逻辑性可言。他前一天还在指挥仪仗，一如既往地抬着笨重的金火盆和无数银镜在大街上巡游，第二天却像是得到了天启，领着队伍冲进了观星者的阁楼。要知道，在那以前，国王还从未与观星者有过任何接触，也从未接近过那座位于小镇边缘的古宅。人们甚至一度怀疑，他或许根本就不知道镇上还住着那样一个离群索居的怪人。但国王知道。虽然他没在阁楼里找到观星者，却似乎早已料到了对方的逃亡。他不但了解观星者，而且还很清楚观星者多年来的研究。若非如此，就很难解释他为何会将观星者留下的器材全部收缴，随后又轻而易举地拆解开来，将内里的零件尽数取出，再挪作他用。

从来就没有人确切知道，在那个狭小偏僻的阁楼里，观星者究竟独自经历了多少个无眠的夜晚。但到了后来，几乎所有人都不得不承认，他对于星空确实怀有一种可怕的迷恋，而其强烈程度则足以让整个小镇都为之受惠。尽管这很可能不是观星者的初衷，但当国王率人走遍大街小巷，把成千上万的镜片和玻璃导管以某种旁人无从理解的方式安装在路灯、房檐和天井上之后，这些望远镜的残骸竟一下子活了过来，更展现出一种魔术般的精密，在小镇上空彼此呼应，编织出一张无形的网。那是一张奇特的网，看得见却摸不着，因为编成它的并不是丝线，而是光。如果说国王的银镜仪仗队确曾给人带去光明，那么它现在也再无用武之地，侍从们再也不需要高举镜子，因为无论他们把动作做得如何标准、如何整齐，都绝不可能与这张巨网相比。

事后回想起来，三月相信，正是自那时起，他生出了一种错觉，认为这座小镇正逐渐变得不再像人类的居所，失去了原有的凌乱和喧嚣，转而变得规整，井井有条，仿佛某种巨大的，经过精心设计的装置——对，就像铜腕的《庭园》。聚光灯的光芒被俘获了。现在，无论它指向哪里，无论它原本要落在哪个人头上，它总会触碰到这张网，总会被无数镜片反射，折射，经历成百上千次分光，在小镇上空纵横交错，再均匀地散落到每一个角落。至此，人们已再没有必要去争夺聚光灯的光芒。他们赞美国王，也爱上了观星者留给他们的遗产。因为只要有这套装置，长夜镇的每一个人才可以分享神的恩泽，不但平等，而且随时随地——如果教宗这时还保留着曾经的信仰，他就会惊喜地发现，自己梦中的愿景终于变成了现实。

不过，也不是所有人从一开始就接受了这种转变，尤其是那些在黑暗中生活了太久，习惯了在台下发出嘘声的人。他们即使沐浴于光芒，也总不忘以一种警惕的目光扫视周围，试图暗暗记住别人带进光芒中的每一件物品，以便过后区分真伪，好让自己不再受骗。但这样的尝试很快就变得徒劳，因为光芒普照万物，不再反复无常。笼罩小镇的长夜似乎突然变成了极昼，仿佛观星者在离去时也随身带走了星空，让原本虚假的一切都堕入真实之中。尽管这真实仅仅是聚光灯下的真实，但只要大家不离开舞台，不停止各自的表演，这真实也就不再有任何期限。没过多久，哪怕是最小心谨慎的人，也开始逐渐忘掉了身边各种事物的真伪，这不仅是因为它们数量繁多，很难记住，更是因为这件事本身早已失去意义。试想一下，如果一个人能够永远活在梦中，而且梦境还足够甜美，那么他又为何要逼迫自己苏醒过来？更何况大家对光芒追逐已久，曾费尽心力去取悦它，如今遇上这样的美事，更是没人会甘愿留在黑暗之中。人们开始享受生活，置身于绫罗绸缎、金银珠宝、珍馐美馔中间，根本就不在乎它们原本很可能只是些粗布树皮、废铜烂铁，乃至是粪坑里的屎尿。“是的，为何要在意它们原本是何种模样呢？”某一天，旁白忽然用宣读启示录般的声音在小镇上空宣布，“那都是一去不返的过去了。只有此刻，只有当下，只有它们呈现在聚光灯下的样子，才应被视作‘现实’。”

“现实”似乎有了全新的定义，但若深究起来，又仿佛与过去的定义并没有什么不同。

长夜镇成了真正的乐园，一个不需要任何代价就能实现任何梦想的地方。

在那段时日里，包括三月在内，几乎所有人都体验到了某种无可争辩的幸福。长夜镇的故事也许应该到此结束，毕竟，在那些曾被搬上舞台的故事中，有不少都拥有一个相似的，借由旁白完成的结尾：“从此以后，他们就过上了幸福的生活。”对于长夜镇而言，这个结尾不可谓不贴切。可惜的是，没有一个演员愿意在这时退场，演出也不准备就此落幕，恰恰相反，大伙都鼓足了劲，想要把这幸福的生活一直表演下去呢。于是，有耐心的观众或许就能继续留在看台上，稍稍窥探一下那种过去总被省略了的，仅存在于结局之后的幸福生活。

当然，那可是真正的幸福生活。但何为真正的幸福？尽管大家对此各有各的理解，但在若干基本问题上还是能够达成共识的。首先，最可喜的是，长夜镇的居民再也不用担心饿肚子了。这世上有许多人奋斗了一辈子，都不过是在对抗饥饿。聚光灯彻底解决了这个问题。长夜镇的食物永远也吃不完了，所有人都可以随意取用。哪怕是悖逆之家的孩子，也很快就忘掉了往日的饥肠辘辘。他们已不需要去期待每个礼拜一的面包，更没必要去忍受那难以下咽的胡萝卜或稀面糊。大家想吃什么，就吃什么，只要是他们能想到的，都能轻而易举地吃到。正是因为有太多人把精力集中到了这件事上，在光芒普照的最初一段时日里，长夜镇一下冒出了许多胖子，而那些最胖的家伙，在过去往往也是最贫穷、最常挨饿的人。到了后来，人们甚至开始以此来分辨对方过去的处境，并把胖子都戏称作“穷人”。不过，这也终究只是戏称，因为光芒不但彻底消灭了饥饿，也彻底消灭了贫穷。不难想象，只要向聚光灯许愿，每个人都能点石成金，任何人都可以拥有无穷尽的财产。

这空前的富足让小镇陷入一种突如其来的欢乐之中，而大部分人据此断言，在一个真正幸福的世界里，人与人之间是没有贫富之分的。除了饥饿和贫穷，聚光灯消灭的第三种不幸就是伤病。在这里，所有的药都包治百病，所有的伤都药到病除。病人可以根据自己的喜好用药，无论是吞服外用的药膏，还是涂抹内服的药粉，统统有效。孤儿院的院长终于摆脱了不断复发的皮癣，方法是先按自己的口味调配一杯五颜六色的鸡尾酒，把它拿到光芒中，并在一饮而尽之前用极度浮夸的台词将其称作“灵药”。一度被打成重伤的屠夫也有类似的经历。他老婆在他的脚指头上抹了一层猪油，屠夫脑壳上的窟窿就立刻愈合了，只因那坨猪油曾在光芒中被命名为“圣膏”。不但如此，屠夫还宣称，就连折磨他多年的痔疮也立即消失无踪了。尽管没人有兴趣去验证这话的真伪，但他们还是目睹了别的奇迹在屠夫身上发生，比如他历来光秃的脑壳就突然长出了全新的头发。总之，疾病很快就在长夜镇销声匿迹，不再有走投无路的少妇或老者会去向巫婆求助，因为无论是伤寒还是麻疹，肺痨还是梅毒，都已无法对任何人构成困扰。

一时间，瘸子又可以走路了，瞎子重见光明了，就连哑巴也能为这太过幸福的生活展开歌喉了。人们感到满足，开始回忆过去，感叹如果有谁能早点给教宗用上这么一剂灵药或圣膏，长夜镇或许就不必经历那场鲜血与火焰的瘟疫了。是的，如果这光芒的力量能早一点被发现，那些死去的人说不定就都能得救了，哪怕是最无助的小尾巴，或许也用不着去死，甚至也用不着再被称作小尾巴了……不过，也不是所有人都懂得善用聚光灯的力量。比如铜腕，他即使见到瘸子下地行走，瞎子睁开眼睛，也始终没生出为自己找回手臂的念头。这本是轻而易举的事，但钟表匠非但没去做，反而更加小心翼翼地保养自己的金属义手，仿佛那才是他真正的躯体。这毫无疑问是件怪事，但在当时，沉浸在幸福中的人们根本就没有注意，也就更不用说有谁能对后来发生的一连串事件有任何先见之明了。

所有的不幸都消失了，所有的愿望都得到了满足。聚光灯的光芒笼罩着小镇的每一个角落。几乎所有人都坚信，从此以后，他们真的能够过上永远幸福的生活。人们侧耳倾听，等待旁白在虚空中念出那句总结一切的台词。然而，旁白却一直保持沉默。旁白没有错，事实上，幸福的生活未能一直持续。过了一段时间，镇民们就遇到了新的问题，那是他们过去未曾设想过的问题。首当其冲的，就是那帮曾经挨饿的人们。他们不但在极短的时间内吃成了胖子，也在极短的时间内尝尽了世上的一切美味，鹅肝、松露、鱼子酱、海胆、熊掌、葡萄酒……无论是亲眼见过的，还是道听途说的，那些在过去仅有富人消受得起的食物，在他们这里转眼就变得稀松平常。就像是要向往日的简陋生活复仇一般，他们现在吃得比皇帝还要豪华，每一顿饭都要摆上数百个菜，从餐前小食到饭后甜点，用餐的长桌从大街的一头一直延伸到另一头，杯盘碰撞的声音就像永不停歇的交响乐。他们本以为自己的下半辈子都会在这样的幸福中度过，而这场饕餮的狂宴也确实持续了很久很久。但它终究没能到达永远。某一天，一个胖子突然从餐盘中抬起头，呸的一声吐出了刚嚼到一半的鱼翅茴香河豚肉馅饼，眼神呆滞地盯视着周围仍在大快朵颐的朋友。就在大家担心他是不是食物中毒了的时候，他突然伸手抹了抹嘴上的油，颇为天真地问了一句：

“然后呢？”

听到这么一句没头没脑的话，人们本以为自己会大笑出声，但他们谁都没笑，反而让餐桌陷入一片死寂。是的，饥饿确实被消灭了，世上的美味也被尝了个遍，然后呢？没有人知道然后，他们甚至已经想不出，自己还准备把什么东西填进嘴里。有些人开始把目光转向别处，审视起那些在过去从未被当作食物的东西，一本正经地思考，蚱蜢会好吃吗？蜘蛛会好吃吗？蛾子和蟑螂又如何？要不要再尝尝肥皂和蜡烛，墙皮和炉灰？这些征服了世界的美食家们终于抛弃了传统，开始了全新的探求。至于另一些人，则把注意力转到了其他地方。

不得不承认，并不是所有人都对吃有如此深的迷恋，尤其是那些在过去就能得到温饱的家伙。在满足了嘴巴以后，他们自然就觉察了另一种全然不同的，来自下半身的愿望。当然，聚光灯也实现了这些人的愿望。尽管无人愿意透露具体细节，但可以肯定的是，即使纵观整个剧团的道具组，这帮人也绝对拥有最疯狂的奇思妙想。正是他们为瞎子打造了全新的眼珠，也是他们为瘸子制作了完美的腿脚。他们原本是最有可能注意到铜腕异常的一群人，但他们没有注意到，不过，也无人能因此责怪他们。要知道，他们制作道具的技术实在太精湛了，以至于连他们自己也深深痴迷。即便是神话中那位用爱唤醒了自己作品的大雕塑家来到这里，恐怕也不得不折服于这帮人的热切和执着。各种陶瓷和软木经过精雕细琢，在一连串如同咒语般难以启齿的台词洗礼之后，变成了活生生的血肉。它们有的细腻，有的粗犷，有的光滑圆润、狭小幽深，有的则棱角分明、蓬勃笔挺。聚光灯不但让这些奇形怪状的事物带上了人类的体温，还让它们能够呼吸、搏动、流汗、颤抖，散发各种气味，甚至在被触碰时发出诱惑的呻吟。接下来发生的事尽管极少被搬上舞台，但哪怕是最多疑的观众也不会否认，它真的能够给人带来难以计量的幸福感。人们与自己创造的血肉游戏，又或是先让这些血肉成为自己身体的延伸，而后彼此游戏。那场面极度混乱，五彩缤纷，既有独舞，也有合奏，就像一个永不疲倦的马戏团，内里充斥着各式欢呼和杂技。在彻底摆脱了饥饿和疾病之后，就连血肉的劳损也可以被道具弥补，还有什么能阻止人类由此获得幸福，又有什么能把人类从这种幸福中剥离？这是一场无限制的皮囊狂欢，每一个参加者都认定它没有止境。然而，在许久许久之后的某一天，它却终究还是停了下来。那个率先停止动作的家伙仰躺在自己的汗水中，尽管浑身上下依旧精力充沛，内心却感到了一丝疲劳。从自己原有的，到那些被道具组生造出来的，他已试过了所有的身体器官，所有能想到的姿势，所有的形状、尺寸、力度，甚至由男变女，由女变男，再变得亦男亦女，非男非女。随后又超越人类，变成一头驴、一头大象，乃至是一只由各种古怪器官拼接而成的狩猎欢愉的怪兽，他全都尽情尽兴地体验过了。

“然后呢？”

他问自己。他已实在无法想象，接下来还能有什么新鲜刺激的方法，能为自己的血肉带来更多的欢愉。这种太过幸福的生活竟让他枯竭了。

这种枯竭绝不仅限于饮食男女，它出现在每一种幸福的尽头。对于那些毕生追求财富的家伙而言，它尤为明显。很显然，对于何为幸福，这些人也有自己的理解。他们先用黄金堆满了地窖，又用钻石和翡翠装点卧室和厅堂，他们用象牙和犀牛角打造家具，又用珍珠、玳瑁、水晶和天青石制作艺术品，他们躺卧在自己的财宝上，周身缀满令人目眩的首饰，各色宝石像决堤的洪水，泛滥汹涌的粼光，将他们全身覆盖掩埋。那粼光自然也是鳞光，因为任何一位观众都难免会产生错觉，以为自己又遭遇了某一则遥远的神话，在某个幽深的洞窟中找到了无尽的财富，以及那条看守着财富的巨大恶龙。问题就出在这里，在每一出戏剧里，恶龙的财富事实上都是为英雄准备的，它的命运永远只是等待，直到某位英雄将其夺走。但如果这世界没有英雄，如果恶龙能一直幸福地躺卧在自己的财宝上，故事就会突然变得荒诞，甚至难以收场。很快，不仅是观众，就连恶龙自身也会忍不住发问，想要知道自己为何要聚敛如此庞大的财富。

龙不是商人或贵族，它深居于洞窟，既没有能与之交易的对象，也没有能向其炫耀的伙伴。金银对它无用，它对金银的迷恋不合常理，如果强行将其解释为本能，那么龙的幸福或许还不如乌鸦见了一颗亮闪闪的玻璃珠。在这一点上，长夜镇的守财奴与恶龙极其相似。聚光灯虽赐予了他们无穷尽的财富，却同时抹消了财富的所有价值。既没有任何人需要与他们交易，也没有任何人会向他们投去羡慕的目光。于是，庞大的财富就成了庞大的空虚。在最初的亢奋之后，不少人醒觉过来，走出自己的金库。至于那些依然沉迷于此的家伙，则长久蛰居在他们的洞窟，逐渐从大家的视野中消失。

聚光灯下的幸福是真实的，但这依然无法阻止人们对生活感到不满，连三月也不例外。就跟孤儿院里的其他孩子一样，三月当然也是聚光灯的受惠者，在吃饱穿暖以后，他亲眼看到马靴重建起了心心念念的鞋店，可可获得了大片美丽的种植园，他自然而然地想到了父亲。三月希望父亲能够回到自己身边，却早已不对钟表匠的承诺抱有期望。他相信，无论父亲是否仍活在世上，聚光灯都能够让他们父子重聚。这的确不是难事，既然道具组能制作出各种各样的人体器官，那么为死者重塑一副躯体当然也完全可行，更何况还有疤脸这样杰出的面具师。只要向他求助，他一定能根据三月的描述完美再现出父亲的面孔和声线。三月满心欢喜地找到疤脸，却还没来得及开口，就被一种莫大的空虚击中。他感到不安，目光快速游移，掠过工作室的每一个角落，最后索性来回走动起来，仿佛在黑暗中寻找着什么东西。面具师望着这个迷路的男孩，完全不明所以。他问三月在找什么，得到的却只有男孩沮丧无助的表情和近乎倔强的沉默。不过，这事也怪不得三月，要知道，他早已羞愧得无地自容，也就更不愿意承认，自己其实是在找一副面具，那是他第一次在此地苏醒时见到的，面具师所戴的，让他误以为是父亲的面具。是的，尽管那件事至今仍让两人感到尴尬，三月却比以往任何时候都想要找回那副面具，因为他需要一个参考，因为他发现，他几乎已经忘掉了父亲的模样。

聚光灯确实能够化伪为真，实现任何愿望，但如果一个人内心的渴求原本就模糊不清，那么再神奇的力量都将失去用武之地。三月的困境就在于此，他得到了聚光灯的魔法，又有当世最伟大的面具师乐意替他效劳，却唯独无法凭着自己的记忆拼凑出一个完整的父亲。于是，他知道，死神又一次获得了胜利。三月颇有些后悔，他或许不该到灯塔那边去，也不该继续接触那帮长相诡异的侏儒，这样他的记忆或许就不会被搅浑，能够保存得长久一些。不过，一切都太迟了，父亲的形象早已支离破碎，消融在那无数个侏儒的身体里。理性告诉三月应该就此放弃，情感却依然在熊熊燃烧。他开始在疤脸面前回忆父亲，声泪俱下地宣泄自己的悲伤。直到那时，疤脸才像是觉察到了什么似的，开始暗暗记下男孩对父亲的描述。

面具师想要安慰三月，给他一个惊喜。尽管男孩说话笨拙，所透露的信息也十分贫乏凌乱，有时甚至自相矛盾，面具师却依然使出了浑身解数，不眠不休地工作，最后竟一口气为男孩制作了二十四个不同的父亲。那是二十四张彼此相似却又截然不同的面孔，无论哪一张摆在眼前，三月都会立刻认定，那就是他记忆里的父亲。然而，当这二十四位父亲一同在聚光灯下苏醒过来，这个精心准备的惊喜却变成了灾难。三月目睹父亲们的身躯崩溃皱缩，化作一个个矮小的侏儒。这一切就像一面扭曲的镜子，一场畸形的戏谑剧，以一种极尽恶毒的方式，映出了父亲在男孩的记忆中残损和变换的样子。

那一天，商店街上的人们先是听见一声男孩的惊叫，随后又目击到许多侏儒从面具师的工作室里逃窜出来。若不是有光芒普照在他们身上，人们或许根本不会注意到这些不起眼的身影。他们就像一堆被创造者抛弃的作品，自惭形秽，尽力回避众人的目光，一转眼就消失在同一条路的尽头。

那一天，小镇上空响起了旁白久违的声音："现在，你们是否依然相信，从光芒普照的那一刻起，生活便已成就了幸福？为什么总有人要停下来，关心'然后'？也许，正是为了阻断对'然后'的追问，故事才必须到此结束。承认吧，幸福是无聊的，无聊到无法被搬上舞台，也无法长存于任何一出戏剧。它没有静止的形态，因为人类永不满足。它如火焰和雷电，仅存在于追求者的想象。它的全部意义，只在于追求的过程。当聚光灯将这一切统统略去，把世界领到了结局之后，人们得到的却是迷惘。他们不了解自己，不知道自己下一幕要演出什么。"

毫无疑问，人类面临的最大困境，就在于没搞明白自己到底应追求什么。理解了这一切的人终于意识到，仅仅享有了聚光灯还远远不够，他们更需要一种智慧，能够告诉他们，该如何利用天赋之力去施行创造，为自己排遣无聊。大家如梦初醒，议论纷纷。但在当时，似乎尚未有人想到，自己正体验的，或许就是神在决定创世前的心情。所有人都同意，他们不能一直吃喝，一直做爱，一直守着堆积如山的金银财宝，因为这终究会让他们感到无聊。为了避免无聊，他们打算做点别的事。他们不清楚具体该做什么，但那必须是刺激的、新奇的、有趣的，不断变换的事情……于是，他们最后得出结论：

他们需要剧本。

没错，为了获得真正的幸福，他们必须为自己的生活找到完美的剧本。

直到此时，大家才猛然回首过去，想起了死去的大团长，还有他留下的遗产。长久以来，他们都遵照大团长的剧本演绎生活，虽然舞台上有悲伤也有艰辛，但无论演员还是观众都几乎从未感到无聊空虚。大团长显然是有先见之明的。现在，人们对大团长愈加崇拜，他们四处翻寻，想要找回一度被幸福抛开的剧本。

他们是如此急切，以至于根本没有料到，在前方等着他们的竟是一个可怕的陷阱。

15　我是谁？

在缺席最后一场决斗之前，疤脸已经历了无数场决斗，尽管有好几次差点丧命，他却从未表现出恐惧。据此，疤脸断定，自己从来就不是一个胆怯的人。然而，在面对三月的时候，他却往往会莫名不安，甚至有一种要逃的冲动。这一点让他自己都感到惊讶。这是两种他甚少体验的情绪，而早在第一次遇见男孩时，他的内心就已经有了这种感觉。不但如此，他还注意到，自己的不安和惊讶都迅速转变成了兴奋和动摇。他后来甚至怀疑，自己之所以会喜欢上三月，想要与他成为朋友，帮助他离开，也全都可以追溯到这种最初就有的怪异感觉。

作为一位曾经游历世界的面具师，疤脸见过的人不计其数，更亲手塑造了千万副面孔，然而，还从未有一个人物能像三月这样令他着迷。不过，就连疤脸自己也不会否认，三月的相貌并没有什么值得一提的特点，简直是平平无奇。而事实上，真正吸引疤脸，让他又爱又怕的，还是男孩的眼睛。疤脸从未向任何人透露自己的想法，因为他深信无人能理解自己，认定这是只有面具师才有的怪癖。而在遇见三月以前，他也确实不止一次为别的眼睛着迷。他记得，上一次让自己产生这种心情的，还是大团长的眼睛。众所周知，大团长的左眼十分诡异。三月也一定会同意，自己的全部厄运都始于那场糟糕的葬礼，始于本应长眠的死者睁开了他受诅咒的眼睛。三月逃避这只眼睛的目光，疤脸却怎么也看不够。他曾无数次被灼伤，又无数次尝试制作大团长的面具，但每次制作到左眼，他都不得不停下来，前功尽弃。面具师造不出那样的眼睛，因为没有任何材料能够耐受那样的高温，他开始相信，它内里藏着活火，拥有一种变幻莫测的旷阔与丰富，绝不可能被人间的工匠复制。恰是因为无法复制，疤脸才对其越发迷恋。如今想来，他当初之所以会选择在长夜镇定居，或许也只是为了能够留在近处，好一直欣赏大团长的眼睛。是的，再也不需要去进行漫无目的的旅行了，疤脸如此告诉自己，因为只要盯着那只眼睛，他就能窥见人间的所有风景。

但是，没过多久，疤脸就发现，比起那只光彩夺目的左眼，大团长的右眼竟更吸引自己。那是一只暗淡的眼睛，乍看毫不稀奇，内里却深藏着另一种全然不同的，足以让灵魂颤抖的魅力。而疤脸后来在三月眼中所发现的，也正是这种魅力。如果说大团长的左眼是一座宏大的舞台，那么他的右眼则像一面幽深的镜子。至于三月，则不但拥有这样一面镜子，更是以少年人特有的纯粹滤去了世上的杂质，仅留下一个清澈的时空。

于是，疤脸先是透过大团长的眼睛，看到了整个世界，随后又透过三月的眼睛，看到了自己。

对大多数人而言，相比起世界的厚重与丰富，自己显得太过单薄、脆弱、孤独。但也正是这样一个乏善可陈的形象，竟比整个世界都更能吸引面具师的注意。疤脸当然也曾见过镜中的自己，他工作室的角落里就放着一面镜子，面具们都喜欢这面镜子，但它平时基本都对着墙。而剧团的准备室里更是立着好几面巨大的穿衣镜，它们彼此相对，创造出一连串无限延伸的空间，能让任何人的形象在其中无节制地繁衍。但映在镜中的形象终究与映在人眼中的形象不同，疤脸虽说不清究竟有何不同，却又清楚意识到，他十分讨厌镜中的自己。为此，疤脸甚少照镜子，在替三月画像的时候，他就曾不止一次宣称，镜子是人类最糟糕的发明。他说每一面镜子都带有恶意，想要杀死他，因为他发现自己在镜中的形象根本不像活人，倒像是一具尸体。但疤脸从没敢把话说完。每当看见三月流露胆怯的讶异，他便住了嘴，转过头，重新在画纸上动起笔来，哪怕他从一开始就深知，自己无论怎样努力，都无法画出男孩的眼睛。疤脸不愿进一步向男孩坦白，他认为这一切都应归咎于镜子缺乏人类的体温，而男孩的眼睛才是最好的镜子。他从三月眼中窥视自己，莫名兴奋，惊喜于自己的形象终于变得鲜活，仿佛被赋予了生命。有时他甚至怀疑，自己并不是画不出男孩的眼睛，而仅仅是画不出男孩眼中的自己。

然而，必须承认，尽管大多数人都有自怜自爱的倾向，也有照镜子的需求，他们却不怎么习惯于审视自己。疤脸也不例外。他爱盯视三月的眼睛，看得久了，又会突然生出一种反感，甚至羞惭，想要别过脸去。尤其是当他发现三月也在注视自己，男孩眼中的自己就显得太过生动，仿佛突然获得了自由行动的意志，开始以相同的方式回望他，让他不再是一个纯粹的窥视者，反倒变成了一个被窥视的人。每到这时，疤脸就会产生一种逃跑的冲动，想要从这对视中挣脱，过后却又忍不住一再折返。

面具师从未把这体验告诉任何人，他不想让任何人误会，以为自己是个疯子。尽管他有时也幻想自己是个疯子，认为这或许会让他好受些，但他总是十分沮丧地发现，自己恐怕是世上距离疯狂最遥远的人。也正是因为有过这样的体验，面具师越发厌恶镜子。镜子里没有未知，有的只是对他自己最冰冷的复制，而在三月的眼睛里，疤脸却窥见了另一个全然不同的，活生生的，能够给他惊喜的，在做即兴表演的自己。面具师从未见过这样的自己。

自从大团长死后，疤脸对三月的依赖就日渐增加。他对这一切都守口如瓶，依然尝试以最大的真诚去维系两人的友谊，尽管其中夹带着一点无害的私心。他替孩子们画像，每一次都在三月身上耗费最长时间，却没有一次能画出三月的眼睛，只能从长久的对视中获得短暂满足。他本以为这种美好的关系会一直持续，但事与愿违，尤其是在他擅自为三月制作了二十四个父亲，最后却全都变成了侏儒之后，他们的关系就再也回不到从前了。那件事造成了难以愈合的伤害，但直到三月终于冷静下来，疤脸才突然发现，对于三月来说，真正的问题并不是自己制作的面具不够逼真，而是它们无论有多么逼真，都无法取代真正的父亲。疤脸原本只感到抱歉，但在那一刻，在一个聚光灯的魔力普照万物的世界里，他作为面具师的骄傲和自尊却被伤到了。

“为什么不行？”疤脸的声音变得有些急促，“如果这世上有一个人，他与你的父亲拥有完全相同的相貌、神态、动作、口音，他就像你记忆中的父亲一样，会拥抱你、安慰你、保护你，而且在任何一个你能想到的细节上，都与你的父亲并无二致……当你遇见这样一个人，你又怎能分辨出，他到底只是一个与你无关的陌生人，还是你失散已久的父亲？”

“唔……”三月一下子蒙了，却显然还没被说服，他支吾了好一会儿，才说，“我不知道。也许我没法分辨，但是，即使这个人确实存在，他也终究不是我真正的父亲。”

“但这不重要。因为你不知道，而且也不会有任何人知道。”面具师紧追不舍，“你一定还记得吧，大团长曾经说过，世上根本不存在完美的、无法被戳穿的谎言，因为这样的谎言一旦出现，它就不再是谎言，却成了事实本身。事实之所以是事实，正是因为它拥有无懈可击的自洽，而完美的谎言也一样，它们具有相同的定义，原本就是同一种东西。看一看我们的剧团吧，我是面具师，我的职责就是用面具撒谎，我们演出的每一部戏剧都是精心编织的谎言，舞台上的每一位演员都在撒谎，而我们一直都在极力追求完美，渴望着有一天能够以假乱真。现在，我们得到了聚光灯的力量，你又凭什么认定，我没办法为你创造一个真实的父亲？”

“但是，这不对。它没有父亲的心。”

“心？”疤脸抬起头，盯着三月的眼睛，“我认为那从一开始就是个伪命题。总有人宣称，没有人了解自己，说别人眼中的自己不是‘真实的自己’，不是‘真我’，因为他拥有一个复杂而又独特的内心世界。这可真是一种方便的说辞，杀人犯可以借此逃脱惩罚，任何一个残暴的君王都可以借此美化自己的恶行，只要假设这样一个内心世界确实存在，就几乎能让一切不可理喻的事情变得必须且合理。依我看，这样的‘心’才是最糟糕的谎言。一个人内心的想法原本就无人能够看见，它既然无法被证明，也就几乎不具备任何真实性。凭什么要求别人承认或相信？依我说，这世上根本就没有‘真实的自己’，有的只不过是无数表露在外的言行，即便是那些宣称别人所见并非‘真我’的家伙，他们向世人展露的也终究不是‘真实的自己’，却只是一系列自相矛盾的言行。至于那些隐藏在‘真我’深处的情感和动机，很多人都愿意相信其存在，但它们充其量只是人们根据言行进行推断和猜测的结果。你无法直接看到父亲的心，你只能看到他的行动，你无法直接感受到他的爱，你只能感受他的吻和拥抱，又或是倾听他的话语。所以，若要把‘心’作为判断的依据，即使是血脉相连的父子，也无法分辨彼此的真伪，这真伪事实上也就失去了意义。是的，诚如那位伟大的先贤所说，世界是一个宏大的舞台，所有男男女女都不过是演员而已，他们出场退场各有其时，扮演着不同的角色。观众看到的永远是面具，听到的永远是台词，关心的永远是演员扮演的角色……至于演员的内心，到底有谁能猜到，又有谁会在乎？”

面对面具师的雄辩，三月根本无从反驳。有那么一瞬，似乎连他自己都以为，他马上就要被说服了。但是，当他最后听到那段关于舞台和演员的话，他却突然生出一阵本能的、难以抑制的厌恶。他立刻想到了自己的处境，想到了大团长留下的剧本，想到自己无论怎样反抗，都只不过是一个被死者任意摆布的演员。这让他感到受辱，进而愤怒。他站起身，离开疤脸，只抛下一句话，但就连那句话也早已在大团长的剧本上写得清清楚楚：

我在乎。演员在乎。自己在乎。

那是他们之间的最后一次对话。至此，两人的友谊走到了终点。这样的结局无论在面具师还是在男孩的剧本上都写得明明白白，犹如命中注定。不过，在当时，早已预见了这一切的疤脸却再一次罕有地感到了动摇。他在过去也曾出演过不少意志动摇的角色，凭着精湛的技艺，凭着那些小巧的、比神经还致密的自动机关，他的面具能够完美呈现出这种情感。但这一次，情况有些不同，因为他的动摇并没有展现在任何一副面具上，却是发生在某个陌生的、观众无法看到的地方。疤脸很困惑，他无法理解这种动摇，事实上，他越是盯视三月，就越是会感到困惑，尤其是在最近，在死神穿过望远镜，触碰了男孩的眼睛之后，一切都脱离了常轨——疤脸当然知道那件事，他不但知道，而且很后悔。因为他当时就身在观星者的阁楼，站在离三月很近的地方，尽管三月永远不会意识到他的存在，他却理应有能力保护好三月，还有男孩的眼睛。但是，他没能做到。因为那次事故，三月的眼睛发生了变化。那是一种旁人不可能注意到的微小变化，恐怕连三月自己也毫不知情，但对于疤脸来说，却是灾难性的。

疤脸发现，他已很难在三月眼中找到自己，那面温润的镜子正在结冰，就像在过滤世上的污物与喧嚣那样，现在也正悄悄地把他滤去。男孩的视线失去了焦点，有好几次，面具师已经站在他跟前，他却像是全无觉察似的，定定地望着面具师身后的虚空。面具师本以为那只是男孩跟自己开的玩笑，是一个小小的恶作剧，直到他仔细端详男孩的眼睛，却一下子没找到自己，他才开始担心，怀疑自己的形象真的没映入对方的眼睛。

“我……到哪里去了？”

他想起了第一次与男孩交谈时，三月就已经讲述过的怪异经历。那件没有国王的新衣虽然在当时也着实让疤脸震惊了好一会儿，却终归只是一则滑稽的笑谈，然而，到了现在，疤脸却感到不寒而栗。他很想回到过去，回到三月与死神遭遇前的岁月，相信这样他就能重新看到一个清晰的自己。他更感到好奇，想要知道，在男孩所见的世界里，自己究竟是一副什么模样。疤脸知道，若真有必要，他可以做到这一点，甚至还可以做得更多。事实上，他从一开始就已经做好了准备，尽管他从未打算让事情发展到那一步，而他当时所做的一切都不过是在遵循剧本。但随着时间的推移，他的好奇有增无减，终于变成一种难以抑制的诱惑，让他开始庆幸，自己竟早有准备。

现在，面具师独自一人，在工作室里来回踱步，屡次打开展示柜的玻璃门，又屡次将其关紧。似乎注意到了某种异样的气氛，周围的面具停止了喧闹，全都静静地望着主人。最后，疤脸还是掏出贴身的钥匙，摸索着插入柜子深处的锁孔。随着一声轻响，暗阁敞开了。暗阁里没别的东西，同样陈列着面具。尽管疤脸曾用英雄的面具让自己成为英雄，也曾用天神的面具让自己化身神祇，做起来没有任何踌躇，他却从未佩戴过暗阁里的任何一副面具。这些面具都有原型，是属于逝者的死亡面具，他们都曾以活人的形象闯入面具师生命的舞台，在退场时却已变作一具尸体。面具师有一种无来由的预感，认为自己一旦戴上这些面具，他的世界就会彻底改变。他或许会成为别人，成为死者，让自己的生命坠入某种完全未知的领域。然而，现在，世界已彻底改变，他不仅失去了大团长，失去了三月，更失去了三月的眼睛，再没什么可让他留恋或顾虑。

自上往下，面具师的视线扫过一张张熟悉的面孔，既像是在回顾过往的岁月，又像是在重温早已落幕的戏剧，他知道，在那堆密密麻麻的面具中有他的父亲，他的母亲，他曾经的挚友、恋人，还有他早夭的孩子……但他的目光没有停留，甚至都没寻找他们，而是直望向暗阁的最底层。在那片浓稠的阴影深处，还单独存放着另一副面具——三月的面具。三月当然还算不上是死者，但面具师制作这副面具的手法却与暗阁里的其他面具无异。那是一副属于活人的死亡面具。是的，疤脸永远不会告诉三月，早在他把自己误认成父亲之前，也就是他第一次遭遇侏儒，并被他们抬到这里的时候，自己就已经在他的睡梦中完成了这件作品。疤脸拿起这副面具，走到墙边，把镜子翻转过来，正对着自己。他看了一眼镜中的自己，又看了看自己手中的面具，那副面具同时拥有死者的冰冷，以及男孩过去的温润和纯净，既像是一个答案，又像是一个谜题。借助面具，疤脸可以化身成任何一个角色。这是所有演员都渴望得到的力量。而若想要把失去的一切重新唤回，这无疑已是命运留给他的最后途径。

疤脸深吸一口气，戴上了面具。

那一刻，稀薄的光照着面具师，照着他的面孔，在虚假之上呈现出真实。他触碰到了一种全然陌生的情感。这情感正透过嘴巴、眼睛、鼻子，甚至是脸上的每一个毛孔，涌进他的身躯，拖拽着他，直奔深渊而去。他陷入梦中，那正是他在制作这副面具时，男孩所做的梦。他见到了从天而降的五官，目睹它们如暴雨般落在周围的面具上，随后又飞溅起来，在自己崭新的面孔上汇成血腥的小溪。镜子里显现出一个形象，他知道，那是他的形象，此时已与记忆中的三月相互重叠，却又染上了某种他未曾见过的色彩。他急切地盯着镜子里的人，盯着男孩的眼睛，想要借这怪异的对视找回自己，却无意间听到了来自镜子另一边的声音。那像是三月的声音，又像是死神的声音。面具师感到不安，不明白自己为何会将两种全然不同的声音搞混，但更让他不安的还是，他很快就意识到，从现在起，那也将是他自己的声音。

“终于！”镜子里的人凑到近前，以完全相同的方式盯着镜子外的面具师，“我们见面了。”

“你是谁？”

“我是谁？”镜中人微微一笑，“你知道我是谁，正如我知道你是谁。”

“你就是我？”面具师面露讶异，“抱歉，我不敢确定。”

“我就是你？”镜中人同样面露讶异，“抱歉，若你不敢确定，我也不敢确定。当然，事情正如你所猜测的那样，你知晓的一切我都知晓，你未知的一切对我而言亦是未知。当你认定我是你的时候，我就是你。当你怀疑我不是你的时候，我也就不再是你。我们从未谋面，却早已彼此熟知。原本，我们根本不必以这种方式相见，也不需要借由话语交流，甚至不应被一分为二，站在镜子的两边。但是，很可惜，你与所有人都不相同，你太聪明了，你是一个天才。这不但意味着你的才华无人能及，更意味着你的固执不可理喻。这就像一个诅咒，让我们不得不彼此远离。”

“我从来就不认为自己是天才。”

“的确，你不是。至少，你此刻所扮演的这个角色并非如此。但你又确实是一个天才，因为我关心的可不是你的角色，而是躲在面具之下的你。”话音未落，镜中人又朝着面具师凑近了些许，“你是否还记得，自己究竟扮演过多少个角色，又制作过多少副面具？你是否愿意承认，你所有的面具都有同一个目的，那就是掩盖它的使用者，掩盖你自己？你的天才不仅在于制作面具的手艺，更在于戴上面具后的演技，这演技是如此精湛，以至于它早已不能被称作演技，而成了超越现实的真实。你无数次登上决斗场，每一次的取胜方式都让人惊叹。只要一戴上面具，你便进入角色，成为骑士，成为剑圣，成为神话里的英雄或恶魔，甚至神祇。你拥有无数面孔，你会以各种各样不同的身份去作战，你时而敏捷如风，时而力大无比，时而操纵雷电，时而召来魔法。所有人都被你的才华遮蔽了眼睛，他们为你欢呼，却根本没有注意到，他们从未在场上见过不戴面具的、原原本本的你。扮演另一个人，成为另一个角色——这就是你的生存方式。而那些可悲的凡夫俗子，他们无法理解这意味着什么，即使在这小镇上生活了一辈子，他们也一点都看不透你。在他们眼中，你永远神秘。是的，即使到了现在，他们也绝不可能意识到，你不但扮演着面具师，更同时扮演着很多别的东西。这不怪他们，毕竟，就连你自己，也很难看清自己。当你以国王的身份在大街上巡游，你就是国王。你那庞大的仪仗队绝不会想到，他们的王竟只是一个虚构的角色。那些尽情嘲笑你的人又怎么可能猜到，他们所见的傲慢和愚蠢竟全是你的演技。你轻而易举地骗过了所有人。当你以观星者的身份开始追逐星光，你就成了观星者，一举一动又透露出与其相配的古怪和癫狂。人们唾弃你，排斥你，把你视作异端，却从未有人怀疑过这个角色的真实性。你的演技是那么完美，即便在独处的时候，在那空无一人的阁楼之中，你也毫无破绽，似乎你早已不满足于骗过他人，而是要更进一步，骗过自己。你沉浸在杜撰的故事中，几乎连自己也忘了，国王其实没有十八位兄长，或者说，他的十八位兄长全都是你，而观星者也没有来自异星的祖先，因为他的每一位祖先都不过是一副面具。”

“不，这怎么可能！”戴着男孩的面具，面具师对着镜子大声疾呼，“国王和观星者都是真实存在的。”

“当然，对于三月来说，这些角色都是存在的，而你则正尝试扮演他。”镜中人微微一笑，“看啊，即使到了现在，你也从未抛下自己的演技。似乎除了表演，你连一举一动都不知该如何继续。你很清楚，若那个男孩觉察到了这一切，就必然会认定，你是一个虚伪之人。而在那以前，你就已经开始为自己辩护了。的确，在你所见的世界里，‘真实的自己’并不存在。而真正能对一个角色进行定义的，只有他表露在外的言行。至于观众无法直接看到的情感和动机，则只是言行的衍生之物，十分缥缈，甚至其存在都不得不借助假设和推理。是的，你认为言语先于情感，行为先于动机，你把原因变成了结果，把结果变成了原因。抱着这样的认知，即使缺乏情感和动机，即使只剩下一连串言行，你也依然比任何人都深信，自己所扮演的每一个角色都是真实存在的。你很满意，成功地说服了自己，而在这个问题上，还从未有人能挑战你，因为他们竟无一人能够识破你的演技。”

“这有什么可指责的呢？”即便戴着面具，面具师的脸也一下子阴沉了下来，“人间是一个无法逃脱的舞台，生命是一场至死方休的戏剧。你大可以不同意，但这就是我理解世界的方式。事实上，我倒是很好奇，那些不愿把这一切当作戏剧，却一味追求真实的人，他们究竟是凭着怎样一种意志，才得以继续承受自己的命运。”

“当然，你很好奇。现在，你的好奇终于让你戴上了这副面具。”镜中人说到这里，忽然叹气，“这不怪你，尽管我很想相信，你也曾有机会去过一种无须面具的生活，但命运对你确实缺乏怜悯。你还记得那出血腥的戏剧吗？一场愚蠢的战争，无数男人死去。他们被征召，在黑色的草原上厮杀，有的被长矛杀死，有的跌落陷坑，有的被马车碾碎胸膛，有的想当逃兵，被督军斩首，还有的终于熬到战胜，却在争抢战利品时被同伙割断了喉咙，但无论如何，他们在返乡时都仅剩一颗被破布包裹的头颅，以及一阵极度相似的、腐烂的恶臭。你曾为他们每一个人哭泣，如今，你只知道，这其中有一人是你的父亲。你也一定还记得那场在冬季上演的戏剧吧？城里瘟疫蔓延，无数平民死去。你目睹那个咯血的女人在窗前风化干枯，你看见那个满身红疮的女人被关进地下室，听着她的尖叫逐渐变成濒死的呻吟，还有那个浑身肿胀、皮肤泛黑流脓的女人，当人们用红粉笔在她的房门上画出代表死亡的叉叉，你见证了她在此世的最后一次祈祷。灵车驶过长夜，叮当作响，使你的恐惧变成悲恸。后来，每当回想起那些堆叠在大坑中的尸体，你都清楚知道，那其中有一位是你的母亲。你的妻子也无数次登上舞台，每一次，她头顶的夜空中都有一颗血红的彗星。火灾、海啸、台风、地震，她就与那所有不幸的灵魂一样，被神明的诅咒裹挟，成了无常命运的牺牲品。还有你的孩子，你从未告诉别人你究竟有几个孩子，但无论在哪一出戏剧里，他们都没能熬过那场由暴政带来的大饥荒，差别仅在于他们被埋在何处，后来又被何人挖出，被撕成了几份，又被生吞进了几人的肚腹。这些你所爱的人，你不知道他们为什么要死。他们死得毫无尊严，毫无意义。你感到痛苦，但你的痛苦也与他们的死一样，毫无尊严，毫无意义。你确信自己再也无法承受命运的折磨，你认定生活已无法继续，你深陷在绝望与虚无之中，直到你为每一位死者制作出面具，将他们搬上舞台，与世上所有的不幸并排，陈列在一起。你拒绝遗忘，一遍又一遍地体验痛苦，将自己与他人相混淆，将现实与舞台相混淆，直到最后终于麻木。是的，这就是你的选择，这就是你的生存方式。当你把世上的每一个生命都当作一场表演，当你把所有不可理喻的灾难都视作戏剧，苦难就具有了意义，从荒诞变作艺术，升华成了悲剧。哪怕是从自己遭遇的不幸之中，你也发现了一种美，甚至还能以一种旁观者的方式去对其欣赏、品鉴。至此，你终于超越了自身，也超越了痛苦。你没有爱，没有恨，没有了羡慕或嫉妒，也抛弃了希望和怜悯。你麻木了，你不再过问剧本，不再抗拒命运分配给你的角色。你不再生活，你开始表演。”

“你说得没错，但那都是早已落幕的戏码。”面具师抬手掩面，对这个话题似乎只感到厌倦，“而且，既然你已知道这是我的选择，又为何要穷追不舍？我无论是在生活还是在表演，都与你无关。”

“很不幸，你的事，没有一件与我无关。”镜中人微微一笑，又朝镜面靠近了一步，“不过，请放心，我从未想过要你做出改变。我只是感到好奇，你曾游历世界，后来又在此地定居。你似乎一辈子都在寻找着某种事物。现在，你找到了吗？那究竟是什么？”

房间一下子安静了下来，面具师没有回答，过了许久，镜中人才缓缓地摇了摇头。

“这很奇怪，不是吗？尤其是到了现在，任何人都能够在长夜镇获得世上的一切，而你却依然没能找到自己渴望的东西。就让我实话告诉你吧，你要找的东西并不稀罕，甚至可以说是平平无奇，但你注定无法发现它。因为你并不清楚，自己究竟在寻找什么，你从未如此自问，从未认真审视过自己的内心。而比这更糟的是，你根本没有内心。你从一开始就认定，‘内心’只是一个伪命题。即便它有时会以某种朦胧的、难以捉摸的方式外泄，化作隐约的渴望，不断困扰着你，你却依然拒绝承认它的存在。你很理性，不愿让一个如此虚妄的概念动摇自己生存的根基。你投身于无休止的表演，戴上无数面具，在千百个角色间往复跳跃腾挪，把父母妻子全都混淆，只为了逃避自己。对于自己所扮演的角色，没有人比你理解得更深，你拥有这种天才，却也因此越陷越深。你并不热衷于新衣，但当你戴上国王的面具，你就知道，自己理应表现出这种热衷。你也从未痴迷于星空，但当你戴上观星者的面具，你就知道，自己理应演绎出相应的痴迷。作为舞台上的角色，国王是生动的，观星者是鲜活的，他们看似愚蠢疯狂，事实上却一举一动都服从于你极度理性的算计。你无懈可击，从不冷场或犹豫，每一句话都是台词，每一个动作都在演绎，即便是一个最微小的神情，都与当时所扮演的角色完美契合，哪怕让你做出反应的只是一阵来自暗处的啜泣，又或是一根忽然刺入指尖的荆棘，你在转瞬间流露的同情和痛楚也早已经过了缜密的推演，符合角色的性格和逻辑。是的，你太聪明了，聪明到能够让任何一副面具成为自己的面孔。渐渐地，你的角色取代了你。你原本的意志、冲动和情感都被无限压抑，你觉察不到它们的存在，而它们也无法影响你的言行，因为在这一切来得及发作之前，你的理性就已经为你戴好了面具，告诉你该如何去对每一件事做出反应。你从未真正感到高兴，却只是知道，自己应在何时表现出何种程度的高兴，你从未真正感到悲伤，却只是知道，自己应在何时表现何种程度的悲伤。你爱你应爱的，恨你应恨的。你演得很好，以假乱真。你的角色就像人们期待的那样，会哭，会笑，会愤怒，会惊恐，简直比真人更像真人。然而，恐怕没有人会想到，在这一副副极尽逼真的面具之下，无论摆在眼前的是鲜花还是蜂蜜，火焰还是鲜血，你的灵魂都不会再起一丝涟漪，永远如死水般沉寂。你麻木了。”

面具师盯着镜子，面具上的神情变了又变，似乎想说什么，却终究没有开口。

“你就是这样对待你的生活，你的生命。在长辈面前，你是一个完美的孩子，就连撒娇和任性都能拿捏得恰到好处；在恋爱时，你是一个完美的情人，既能说出浪漫的情话，也能表现出火候得当的占有欲和妒忌；而到了孩子眼里，你又是一个完美的父亲，会交替地展示出经过精确计算的关爱和权威。你很清楚，自己在他人眼中拥有怎样的形象，也可以轻而易举地塑造它们。你的天才让你包罗万象。你认为这就是一个正常人的生活。可是，一旦除去了你的角色，褪去了责任和义务，剥去了那一件件由人际关系编织和定义的外衣，当你不再是任何人的孩子，不再是任何人的情人，不再是任何人的父亲……当黑夜降临，当你不得不独处，当整个舞台从上至下都仅剩自己一人，你总是会忽然发现，你空洞得就像一口枯井。你是一个演员，你只存在于你所扮演的角色之中，你的角色需要由观众来赋予意义，所以，你也只能存在于别处，存在于他人那里。”

“你错了。”面具师反驳说，“现在，我就正在独处。现在，我存在。”

“是的，但你依然无法看清自己的内心，却只能以一位旁观者、一位观众的方式来观察自己。你麻木了，不但对世界麻木，也对自己麻木。于是，对你而言，就连你自己，也成了

‘他人’。你是最初的他人，也是末后的他人。因为你无法摆脱自己，又永远无法回到自己中去。在你的世界里，你既是扮演自己的演员，又是欣赏自己的观众，你拥有无数个角色，却唯独不是你自己。你知道这意味着什么吗？这意味着你永远无法走下舞台，也永远无法停止表演。你拥有一名观众，他永不离席。即便是在最寂静无人的黑夜，你仍会不间断地听到他那恼人的、极度理性的声音，他在无休止地品评你的表演，仿佛要以此来提醒你，你的一举一动中没有丝毫真实的东西。”

“我认得他。”面具师望着镜中的虚像，点了点头，似乎突然理解了，自己为何总对镜子感到厌恶，“那个人就是你。”

“当然，那个人就是我。但是，你难道没发现吗？我的声音就是你的声音。当你开始回避镜子，当你开始在他人眼中寻找自己，你就应该意识到，事情已经糟糕到了无可挽回的境地。这都是因为你否定内心的存在，否定自己的真实。你固执地以旁观者的方式观察自己，终于对自己感到陌生、迷失，甚至再也无法区分自己与他人。你扮演着无数角色，却不知道自己到底是谁，每一个角色都是那么生动鲜活，你放眼望去，竟不确定哪一个才是真正的自己。”

“不，这是不可能的。”面具师打断了镜中人，“我永远不会迷失自己。你不要忘了，只要我想，我随时都可以摘下面具。”

“没错，这才是最精彩的地方。你的确随时可以摘下面具，但你事实上并不知道，面具下的自己究竟是什么东西。每一次，在摘下面具之前，你都禁不住感到好奇，甚至畏惧。你游遍了世界，寻找的并不是某个人的眼睛，而是真实的自己。你制作了无数面具，目的却不是戴上面具，而只是摘下它们。”说到这里，镜中人突然伸出手，穿过镜子，轻触着面具师那冰冷而虚假的脸颊，“现在，就让我们来揭开谜底吧！戏剧的结局早已注定。一个虚假的角色，却在不断追寻真实的自己——世上还能有什么比这更悲壮，也更滑稽？落泪吧，欢笑吧，让台下的你送别台上的你，最棒的悲剧，必定也是最棒的喜剧。来吧，演好这最后的一幕，去完成你毕生的追寻。”

接下来发生的事，犹如男孩噩梦的延续，即便在大团长留下的剧本里也找不到清晰的记叙。面具师摘下自己脸上的面具，将三月的面孔丢弃在黑暗中，却惊讶地发现，他并没有立即回到原本的容貌。镜子里出现了另一张脸，那是另一副他亲手制作的面具。他很疑惑，清楚记得自己根本没有戴上它，却又想不起上一次摘下它是在何时何地。这种不确定令他十分不快。他一把将这副面具扯下，不料在这第二副面具之下又出现了第三副面具，同样出自他之手，同样让他无比熟悉……事情一下子变得诡异起来。面具师气急败坏，动作也变得越来越快，他开始不断撕去自己的面孔，就像在剥开层层叠叠的洋葱。他将自己曾经扮演的角色一个接一个地扔在地上，只为了在镜中重新看见原来的自己。很快，他脚边就堆满了生动的面孔，那其中有国王，有观星者，有悖逆之家的修女，有玻璃工房的学徒，有背井离乡的吟游诗人，有惨遭流放的历史学家，有发疯的木匠，有飞翔的舞女，有圣书中的神明，有伪经里的魔鬼……面具师的动作没有停，但每一根手指都因紧绷的癫狂而微微颤抖，仿佛他正在进行另一场永无休止的决斗，却绝无获胜的可能，只因这一次他的对手并非别人，却是自己。

就在他终于绝望时，忽然，在镜中，他又看见了自己的脸。面具师的手一下子僵在半空，他凝望着这张归来的面孔，理性告诉他，自己此时应流露胜利的微笑，或是如释重负的神情。不过，他发现，自己竟没能做到。长夜镇的每一个人都认得这张脸，它属于世上最伟大的面具师，这是毫无疑问的。然而，现在，面对这副面孔，它的主人却突然屏住呼吸，感到一种前所未有的陌生。面具师伸手轻抚自己的脸颊，像是要以此来重新感受自己的血肉和体温，然而，这动作非但没使他回到现实之中，反而一下子印证了深藏的怀疑和恐惧。终于，他厉声道：

“我是谁？”

那是面具师此生最凄厉的惨叫。惨叫声冲出房间，冲出商店街，淹没了报时的钟声，在饕餮者的宴席上回响，在狂欢者的床笫间回响，在守财奴的金库里回响，惊醒了聚光灯下的每一个人。而与这惨叫声一同到来的，还有一连串剧烈的、事物被撕碎的声响，人们觉得它既像是纸，又像布帛或皮革，有时还像极了某种活生生的、有血有肉的东西。更诡异的是，每一阵撕裂声过后，那阵“我是谁”的惨叫也必定会发生变化。它时而苍老，时而年轻，时而由男变女，时而由女变男，最后终于扩展为混沌，不再像人，也超越了世上一切活物所能辨别的音域。

不知过了多久，人们才从震惊中回过神来，循声冲进面具师的工作室。狭小幽暗的房间里狼藉一片，面具被扔得到处都是，大多是陌生的面孔。此外，还有更多面具被留在了展示架上，却一改往日的喧闹，竟全都噤了声，别过脸，仿佛在极力回避着眼前的罪案现场。根据后来人的叙述，他们当时并没有找到疤脸，却发现了一具尸体。那具尸体倒毙在镜子旁边，属于一个怪人，一个陌生人。长夜镇的居民都不认识他，而事实上，即使找遍全世界，恐怕也不见得有谁能够认出这个人。因为，他根本就没有脸，没有眼睛、鼻子或嘴巴，而在本应是五官的地方，只有一片无法解释的空白，简直就像过去长在教宗头顶上的那颗尚未孵化成神的瘤子。人们对这怪物的来历和身世一无所知，唯一确定无疑的是，他才刚死不久，因为在那片怪异的空白上，似乎仍存留着一丁点儿体温。后来，这具尸体被葬在小镇的其中一块墓地里，具体的位置谁也记不清。那一天，半空中响起了旁白的声音，像是在回答着什么人，却显然没有一位观众能够理解：

“是的，那就只是一件衣服而已。”

至于面具师，他的工作室一直保持着案发时的模样，而他本人则再也没有回来。细心的观众或许还会发现，事实上，自那天起，不仅是疤脸，就连小镇上的其他居民，也一下子失踪了一半。

16 噩梦

等到铜腕终于在决斗场上不战而胜，小镇的时钟也只剩下最后一个钟点。那是黎明的钟点，也是日落的钟点，既是正午的钟点，也是子夜的钟点。至此，就与聚光灯下的所有事物一样，时间也成了舞台上的道具，一种可以根据人们的希望而任意改变的东西。钟表匠摆脱了循环往复的命运，一度凝固的时间又开始流逝，尽管他本人对此毫不知情，这场空洞的胜利却还是将他从死亡和永生中剥离，让他得以跨过那个阻拦记忆的、堆叠耻辱的时间点。没错，他没有再返回过去。但无人知道，这是否意味着他的遗忘症已经痊愈。自那以后，钟表匠再不曾入眠，不过这件事现在也没什么稀奇，毕竟，如有必要，长夜镇的任何一位居民都能永不合眼。神圣的聚光灯早已将这样的力量赐予了它的演员，只要他们觉得足够有趣、足够精彩，能帮助自己摆脱无聊，他们就可以轻而易举地做到这一点。

不幸的是，在经历了最初的狂喜、骚动，还有泄欲般的满足之后，大多数人都对自己的智慧失去了信心。无论他们尝试了多少种取悦自己的方式，他们现在都只感到无聊，绝望般的无聊。他们不知道该怎么做，才能让生命变得有趣。他们确信，自己已永远无法给自己带去惊喜。

铜腕当然也不例外，他从未设想过离开剧本的生活。他当初之所以会向面具师发起挑战，也是因为他手上的剧本到那一幕就中断了。他在页末读到一行字，告诉他下半部在面具师的手里。当他急不可待地找到面具师，向对方索要剧本时，他竟被拒绝了。铜腕不知道大团长为何要将剧本一分为二，也不知道自己为何被拒，更无意解读面具师和众面具对自己流露的怜悯，他只知道一件事，那就是他必须夺回剧本，否则生活就无法继续。

现在，诅咒解除了。当铜腕从决斗场上返回，走进面具师的工作室时，那里早已空无一人，敞开的暗阁里摆满了瘆人的死亡面具。然而，正是在那片由陌生人组成的丛林中，铜腕一眼就见到了自己最熟悉的面孔。那毫无疑问是大团长的脸，尽管面具师仅完成了其中一只眼睛。它面带神秘的微笑，盯着钟表匠，像是在召唤他过去。铜腕凑上前，对面具深行一礼，还没来得及伸手，就见面具突然张嘴，噗噗噗地吐出一整沓纸来。那是一沓焦黑的纸，纸上的字已辨别不清。很显然，这是一份被烧毁的剧本。钟表匠悲叹一声，他实在想不明白，面具师为何会如此憎恨自己。就在他感到绝望时，一个声音降落到他耳边。那是旁白，正一字一字读出早已烧焦的剧本：

> 遗忘与麻木的决斗结束了，死神以为自己是最后的胜者。但你没有输，你还有一个承诺需要履行——在林中取回男孩的钥匙，让所有人的命运步入正轨。

铜腕不是一个失信的人。他从未忘记自己的承诺，只是不知道自己早已无数次爽约。他无条件服从，坚信剧本上所写之事早已注定。现在，他揣好这份烧焦的剧本，已没有任何人能够妨碍他，也是时候让戏剧进行下去了。

然而，这一次，三月没有赴约。他没有忘记钟表匠的承诺，但过去的经历让他对找回父亲已不抱希望，而更重要的是，他不愿再靠近那座正变得越来越奇怪的树林。事实上，直至最后，在被铜腕抓住之前，他都是想要逃跑的。当然，对于这件事，铜腕并不感到意外，长夜镇上的任何人都不会感到意外。自从到这里的第一天起，三月就总是在尝试逃跑，从未间断。多年以来，这男孩都随身携带着一个小包袱，内里藏着他的财产，尽管其中的地图早已过时，衣服也都不再合身，就连钱币也逐渐生锈、贬值，在遥远的国度停止了流通，他也依然没有放弃。三月是认真的，但他越是认真，就越是会遭遇失败，越是发现自己根本无法逃离这座迷宫般的小镇，而观众则总是在阴影中注视他，欣赏他的失败，为男孩的每一次尝试鼓掌欢呼，认为这就是大团长分配给他的角色—— 一个小小的、古怪的逃亡者。这样的认知一旦建立，就再不会有人去关心男孩逃跑的动机，更不会有人注意到，那深藏于三月眼中的恐惧。是的，如果说三月过去的逃亡大多是出于他对小镇的厌恶，那么这一回，他的动力则是纯粹的恐惧。

最初，这恐惧连三月自己也无法理解。自从获得了聚光灯的魔法，他便摆脱了难以下咽的胡萝卜、漂浮在稀面糊上的虫子尸体，也不再需要去期待每个礼拜一的变质面包，即使召唤父亲的尝试后来以失败告终，他也至少算是过上了前所未有的优裕生活。三月本以为自己已没有逃亡的必要，甚至开始接受长夜镇当下的生活。但事与愿违，一种他从未经历过的恐惧在此时找上了他。他开始做噩梦。虽说是梦，却不仅限于入睡之后，有时，他还睁着眼，梦境就突然袭来，把他从本就荒唐的舞台拖入更加疯狂的幻境。

三月的第一次体验就发生在可可的种植园里。那是一片在任何一张地图上都不存在的广大田野，位于悖逆之家的一个狭小房间。房间里只有一扇窗，正对着一条蚊蝇飞舞的小巷。在过去，即使将窗子紧闭，也无法完全阻绝水沟里泛起的臭气。但自从有了神的聚光灯和观星者的遗产，一切都变得大不相同。现在，每当可可坐在窗前，推开窗子，便总会见到一束稀薄的光，经过无数次精确的反射，投出窗外，在那里照出大片美丽的田野。三月曾不止一次到种植园中玩耍，他跟在朋友身后，奔跑在一丛丛形态奇异的矮树之间。可可告诉他，那就是可可树。但三月不太确定，毕竟，这片种植园里的一切都仅仅来自女孩最早的记忆。但他很喜欢树上那些鲜艳的、长相古怪的果实，也很喜欢弥漫在园中的香气。那香气既苦涩，又甜蜜，就跟女孩身上散发的气息一样惹人爱怜。可可会邀请他喝一种饮料，她管那叫巧克力。尽管巧克力看上去像浑浊的泥水，三月却从未喝过那么美味的东西。

他的噩梦就始于此。

那应该是某个礼拜二的午后，但因为长夜镇仅剩一个钟点，所以也有可能是清晨，是夜晚，又或是任何一个观众认为合适的时间。三月在种植园里，大口喝着巧克力，柔软香甜的液体正淌过他的喉咙。忽然，他听到一阵陌生的钟响。随后，一切都变了质，黏稠的恶臭取代了巧克力原本的味道，在喉头爆发，仿佛那里淤积着千万具腐烂多时的虫子尸体，而它们现在竟全都活了过来，开始蠕动。这阵恶心彻底摧垮了三月的意识，他呕吐起来，疯狂挤压自己的脖子，想要摆脱那阵恶臭，像是要把胃里的一切连同内脏一道从腹腔里掏空。但直到筋疲力尽，眼见吐出的污物已淹没自己的脚踝，三月依然觉得身体里还留存着那些肮脏的东西。如果说这场噩梦的起点只是恶心，那么它的终点则是恐惧。当那阵天昏地暗的感觉终于开始减弱，一抹诡异的浮光又引起了三月的注意。他发现自己吐出的污物上有一层薄油，油膜下并不是想象中的千百只虫子，而是好些亮晶晶的、棱角分明的东西。那竟是许多小巧的齿轮和螺丝钉，其中有一枚银色的齿轮，明明已经开始生锈，却仍在污物中打着漩，仿佛直到刚才都还在某个巨大的装置上如常运转。

三月不明所以，惊魂未定，他望向可可，对方却一点也没注意到他的异常，仍旧眯着眼，大口吞咽着那些极其可疑的巧克力。三月想要求救，却说不出话，仅能从喉咙深处发出一串怪异的、叮叮咚咚的声音。情急之下他一把抓住女孩的手，却感到一阵刺骨的冰凉。他打了个寒战，突然回想起自己初次触碰钟表匠义手的情景。后来，他总算从噩梦中醒来，发现自己躺在一棵矮小的可可树下，种植园里阳光明媚，香气四溢。唤醒他的正是可可，女孩的手仍很温暖。梦过去了，恐惧却挥之不去。

三月的第二场噩梦发生在马靴的鞋店里。鞋店就开在悖逆之家的另一扇小窗中。根据马靴儿时的记忆，聚光灯的光芒会在那里照出一面琳琅满目的货架、一张工作台、好几只工具箱，分门别类地放着各色布料、皮革、丝线、铁钉，还有锤子、剪子、锥子，以及许多三月根本叫不上名字的东西。那其中最吸引三月的，是一台帅气的银光闪闪的机械，被马靴骄傲地称作“缝纫机”。马靴在缝纫机前工作，转眼就能把各种原料变成一双双漂亮的鞋子。三月很惊讶，尽管他并不知道马靴的手艺有几分是真才实学，又有几分应归功于聚光灯的魔法，但能看到朋友自豪满足的模样，也无疑是一件乐事。三月常常拜访马靴的鞋店。有一天，马靴提议，要为他的朋友制作一双鞋子。那是一双非常漂亮的鞋子，由河马和犀牛皮缝制而成，通体银灰色，鞋跟上套一个金搭扣，末端镶有一枚铮亮的八边形马刺，每当马刺旋转，两侧装饰的小铃铛还会发出悦耳的声音。鞋子很合脚，完美贴合了男孩的每一寸皮肤，三月第一次试穿就爱上了它。他在店里跑来跑去，蹦蹦跳跳，每走一步，都能听到欢快的、叮叮咚咚的声音。

然而，当三月试图脱下鞋子，噩梦爆发了。他发现，自己无论如何也无法把脚拔出来。那双鞋实在太合脚了，就像是一片温暖的、无孔不入的沼泽。三月越是用力拔，越是想要挣脱，就越是感到一种不断收紧的束缚，似乎有某种坚硬的事物正从外部钻进他的皮肤，嵌入他的骨骼，想要与他融为一体，甚至取而代之。三月大声呼救。但就与上一场噩梦一样，他的朋友只是呆呆地望着他，似乎对他遇到的麻烦全无知觉，也完全不能理解。就在那时，八边形的马刺忽然旋转起来，三月立即感到一阵撕裂的刺痛，他想要搞清楚这痛楚从何而来，但疯狂作响的小铃铛打断了他的思路。叮叮咚咚，这是一阵止不住的声音，即使三月伸手抓住铃铛，捂住了声源，它也依然经由血管和骨骼一路向上，以一种由内而外的方式，响彻三月的身躯……不知过了多久，三月才被马靴唤醒。他发现自己躺卧在鞋店的地板上，而那双漂亮的新鞋子则已经被脱了下来，静静地放在自己脚边。他摸摸自己的脚，没找到伤口，却还是感到了梦中留下的隐痛。

可想而知，三月后来再也没有穿过那双鞋子。

三月的第三场噩梦发生在蝙蝠的马戏团里。当然，蝙蝠已经死了，但在梦中，三月显然忘记了这一点。那个身手矫健的男孩行走在高处，脚下是一条紧绷的、来回摆动的冷冽弧光。三月仰望着他，看着蝙蝠纵身跃起，在虚空中做出一个潇洒的后空翻，而后急速俯冲，朝自己探出倒悬的双臂。那手臂在黑暗中泛着奇异的光泽，极为瘦削，却又出奇有力，它们猛地扣住三月的肩膀，将他从泥土中抽离。无数掌声和欢呼声自四围爆发，在某个瞬间，三月像秋千一样荡入空中，经历了前所未有的飞腾。他发出惊叫，却不是出于兴奋，而是因为他发现，朋友紧握自己的双手竟是那么冷硬，那么棱角分明。那绝不是一双活人的手，甚至也不是一副人类的骷髅。三月立即明白过来，蝙蝠已经死了。但就在这时，蝙蝠在他头顶开口了，那个倒立在半空的男孩半张着嘴，像是要说话，发出的却是一种全然不属于人类的声音：叮叮咚咚，叮叮咚咚。声音虽轻，却一下子穿透了掌声和欢呼声的海潮，从耳膜直刺入灵魂深处。恐惧如闪电般袭来，击中了三月。他再次大声呼救，瞬息之间却住了口。噩梦中呼喊而发不出声的情况倒也常见，但这一次，情况略有不同。三月确实听见了自己发出的声音。然而，那并不是他要说的话，而只是一连串细碎的、不间断的、叮叮咚咚的声响。

类似的噩梦接踵而来，越发突然，越发频密，每一次都带着那阵诡异的、叮叮咚咚的声响。所以，也就不难想象，当墓园的黄昏树林终于开始了对长夜镇的入侵，作为目击者，三月的内心是何其恐惧。他不知道那片森林是怎么动起来的，但它确实在动。树木庞大的根系像无数无骨的腕足，在地上蔓延攀缘。它们先是占据了广场，沿着祭坛盘曲而上，张开巨大的螺旋形树冠，随后又涌入商店街，将闪烁的枝丫伸进每一扇橱窗。藤蔓爬满了所有存在和不存在的墙壁，又沿着每一条暗巷推进，翻过栅栏，最后从悖逆之家的井里探出头，撬开门锁，直抵三月的房间。往日的一切都被侵蚀了，无论是桌子、椅子还是床铺，此时都被卷进了大树的躯体。聚光灯穿过林子，在绵密的枝叶上蜿蜒，反照出冰冷的色彩。嘀嗒，嘀嗒，就与过去一样，树林的每一个角落都在发声，这声音原本很轻，三月曾以为那是雨点落在树叶上的声音，但到了现在，整座树林就像是着了魔，沸腾了似的，无数的嘀嗒声交叠成叮叮咚咚的声响。直至那时，三月才感觉不妙，意识到自己又一次堕入了噩梦之中。

他逃出房间，冲上大街，想要躲避这声音，想要从梦中苏醒。但三月非但没能醒来，反而发现，整座小镇都充斥着相同的声响。有人在追赶他。这当然也是噩梦里常有的情境，男孩曾经被各种恶意的东西追赶，却没有一次能奋起反击，那压倒他的有时是畸形的野兽，有时是异界的魔鬼，有时是无论如何也看不清模样的陌生人，有时则仅仅是一团不可名状的阴影。不过，这一次，追撵在他身后的事物却不再具有与梦境相配的隐晦或模糊，反而显得出奇清晰。那是长夜镇的居民，不是某一位，而是曾经生活在男孩身边的每一个人，从悖逆之家的院长，到书店的职员，从酒坊的帮工，到染料店的老板娘，就连马靴和可可也赫然在列。他们疯了似的追赶三月，全都张开五指伸长了手，像是要把他牢牢抓住，并永远地留在这场噩梦之中。跑在最前列的是铜腕，他挥舞着引以为傲的金属义手，锋利的指尖好几次刮过男孩的脊背，齿轮旋转的嗡鸣与那阵叮叮咚咚的声响连成一片。人群叫嚷着，似乎正朝男孩喊话，但三月已无法分辨他们的话语，周围都是入侵的树林，四面八方都是噩梦的声音。

他在恐惧中狂奔，无法醒来，气喘吁吁，最后无处可逃，冲入广场，在那里陷入重重包围。三月记得很清楚，自己脚下原本是块空地，那是面具师与钟表匠决斗的地方，也是乌龟落地、教宗目睹神迹、巫婆险些成为圣女的地方，更是火焰燃起，旁白和小尾巴被审判和处决的地方。但现在，却有一棵巨树迁徙至此，扎下根，舒展开枝叶，更挑衅似的从躯干中发出嘀嗒嘀嗒的声响。面对步步进逼的人群，男孩别无选择，竟一下子发挥出梦中才有的矫健，跳上大树，沿着一根巨大的藤蔓往上跑去。藤蔓犹如回旋梯，一路上升，很快就超越了旁边的六边形祭坛，随后又超越了远处教堂的钟楼，还有钟楼的尖顶。当三月来到树冠顶端，往下望去，他发现整座小镇早已与入侵的树林融为一体，而自己此时就身处在最高处，树林的中心。但即使如此，追赶他的众人也没有放弃，事实上，男孩的全部抵抗都只不过是稍稍推迟了自己被抓住的时间，因为他很快就见到铜腕也沿着藤蔓来到了树顶。

钟表匠脸上陈列着怪异的凛然，眼中的血丝也已近乎凝结。相比起过去的任何一场决斗，他此时的模样更显冷酷，也与人类相去更远。若按照三月以往的经验，这场噩梦必定会在此刻结束。然而，这一回，什么也没有发生。他惶然地退到藤蔓的尽头，看着那只锋利的金属义手朝自己逼近，四周皆是叮叮咚咚的，直击灵魂的声音。

“快醒来啊！”三月大喊，“怎么回事，快醒啊！”

最后，也许是实在无法忍受这绝望的恐怖，男孩终于做了一件在清醒时完全无法想象的事——他猛地一纵身，跳了下去。

天地疯狂旋转，在某个瞬间，三月见到一抹冷光从衣兜里滑出，飞掠过眼前。那是钟表匠交给他保管的青铜树叶。现在，它就飘在空中，又开花了。直到那时，男孩狂乱的内心才突然冷静下来，回想起铜腕的承诺。没错，他此刻就在树林里，带着捡到的青铜叶，青铜叶开花了，而钟表匠也来到了他跟前。很显然，大团长交给铜腕的剧本从未失效，就在三月几乎要将它忘掉的时候，它又以一种连出演者也毫不自知的方式回归，再一次主宰了命运的舞台。这一连串惊人的巧合终于让三月开始察觉，自己眼前的一切或许并非梦境。那么，我是不是马上就能见到父亲了？三月如此自问。但如果铜腕真的是来履行承诺的，我又为什么要跳下来呢？糟糕，一切都乱了套。三月望着树顶的钟表匠，看着他离自己越来越远，心中后悔，但事情已无法挽回。他在坠落。

“这一次，三月终于跨出了那一步……”毫无预兆地，天空中响起了旁白的声音，“在舞台边缘，他下定决心，摆脱现时的处境。”

三月一下子想到蝙蝠，那个可怜的、没能触碰天幕的少年，不知他在最后坠落时是否也回想起了某部剧本，发现大团长早已为自己安排好了如此惨烈的结局。现在，轮到三月了。男孩有些伤感：是的，我摆脱了现时的处境，我要死了，自然也就见不到父亲了。也许，他们说的也没错，恰是在死者的世界里，我才能找到父亲……

“但那一步究竟是离场，还是登台？”

旁白话音未落，只听欻的一声，三月忽然感到一股巨大的力量，从背后拎起自己，把他直直地往上提。他一扭头，恰见到一把大伞在头顶撑开，钩住了自己的包袱。

“三月偷走了稻草人的伞。他是临时起意这么做的。”旁白继续言说，就像在陈述早已注定的命运，“即使事后自问，他也没法为自己找到一个合理的动机。现在，他感到惊讶，似乎还无法接受，这样一件小事竟会关乎自己的命运……”

毫无疑问，这些话放到此刻，三月一个字也没听进去。在求生本能的驱使下，他一把握住伞柄，犹如惊慌的野兽，连指甲也深陷进了伞柄之中。尽管这一连串动作很笨拙，他下落的速度却还是明显变慢了。就与蝙蝠退场时一样，今天也刮着风，但等到那阵熟悉的强风吹来，三月才发现，自己不仅停止了坠落，甚至还往上飞升了一段距离。男孩就这样手脚并用，扭绞着身躯，晃悠悠地悬在空中。他大汗淋漓。片刻之前，他还极力让自己变得勇敢，直面死亡，兀自倾听临终的悲伤。而到了现在，他却在众目睽睽之下摆出了一副极不体面的姿势，只想要活下去，逃过曾经降临在蝙蝠身上的结局。这样的转变是如此迅速，如此唐突，足以让任何一位观剧者哑然失笑，也让一出原本庄严的悲剧穿插了戏谑剧般的滑稽。

若这是一场梦，男孩仍未梦醒。

撑开的伞不但救了他一命，也阻断了投落在三月身上的灯光。阴影中，曾被重新定义的真实很快消退，将三月从这光芒普照的世界割离。他又开始感到饥饿、寒冷，发现自己蓬头垢面，衣衫褴褛，浑身上下都是来历不明的伤。他感到失落，并对自己的失落惊讶不已，他甚至暗暗埋怨起那把伞，哪怕它才刚救了自己。三月显然已在聚光灯下停留得太久了，久到几乎忘记了光芒之外的生活，也失去了离开舞台的勇气。不难想象，若连三月都对这把伞抱有如此矛盾的情感，那么对于长夜镇的其他人而言，这把伞就无疑是一场灾难。它高悬半空，随风而动，夺走了光，在所过之处投下巨大的阴影。这可憎的阴影无情地降下真相，撕裂了美好的生活。地上的人们开始争相走避，世界原本的样子再一次呈现在眼前。三月望着那些走避不及的人们，看着他们跌倒在阴影中，光鲜亮丽的衣服一下子变得破旧暗淡，年轻强健的身体一下子变得衰老残疾。金银变成了瓦片，宝石变成了岩砾，轻歌曼舞的亭台上粪尿横溢，丰盛的宴席上爬满了蟑螂和蛆。失去了光芒的世界竟是那么不堪，令人叹息。一时间，三月甚至感到一丝愧疚，开始可怜起地上的众人：可不是嘛，若能够永远生活在舞台上，又有谁会想要看到一个这样的自己？更可怕的是，三月突然发现，在那群躲避阴影的人当中，有许多已根本不是人，却成了像黑桃七那样的铁皮人——在长夜镇，会被偷偷替换掉的绝不仅仅是头顶的星空，更包括当地的居民。三月不知道这些铁皮人所扮演的角色现在身在何方，真人是否还活着，又是在什么时候被替换的。事实上，若再追问下去，他甚至都不敢确定，那些角色最初是否真的存在一个真人。他唯一确定的是，自己现在正目睹着它们一度逼真的皮肤被阴影快速褪去，显露出其下的铁皮、弹簧和齿轮。无数精巧的零件在这些“人”的体内旋转搏动，发出一连串规律的、嘀嗒嘀嗒的声响，最后交织成噩梦里叮叮咚咚的声音……

马靴被替换了，可可也被替换了。三月甚至可以在那两个身材娇小的铁皮人身上看到梅花和方片的标记，但男孩已来不及为此悲伤或震惊。就像是还嫌眼前的梦境不够混乱似的，只听得半空中又传来一串嘎嘎的怪叫，男孩就见一个深灰色的身影冲出夜幕，朝自己疾速逼近。那是巫婆的大肥鹅。三月从未见过这只跛脚的家禽高飞，但它现在已经扇动翅膀，来到自己头顶。大鹅用它能够打结的脖子在伞柄上绕了整整两圈，而后一振翅，便拖拽着伞和男孩一道，往更高更远的地方飞去。

“你在干什么？”三月大喊。

“嘎！你难道没看过剧本吗？”即使脖子已经绕了两圈，大肥鹅还是保持着它一贯的轻蔑，“嘎嘎！当然是带你去找父亲。”

那真是一幕怪异的情景，所有人都惊恐地仰望着长夜镇上空，盯着那个由鹅、伞和男孩组成的飞行物，在所过之处为他们的影子让路，直到男孩终于消失在天空之中。

四周渐暗，风声渐强。很快，三月就发现自己正在飞越小镇郊外的田野。聚光灯的恩泽并未抵达此处，枯萎的向日葵依然留在过去，朝着太阳曾经升起的地方。三月确信，在某个瞬间，他甚至还见到了记忆里的稻草人。多年以后，它想必仍伫立在原来的地方，旁观着世界，并不知道自己的伞和偷伞的男孩此时正从头顶掠过。这场离奇的旅行并没有持续太久，当夜空浮现出那片更深沉的黑暗，三月明白过来，大鹅正把他带往灯塔。

他们并没有降落在灯塔底层，而是飞得更高，最后越过一座半圆形的露台，撞进一扇巨大的窗子里。三月不知道这是第几层，距离地面又有多高，他和观星者都曾用望远镜观察灯塔，却从未发现任何露台或窗子。但是现在，他就这么进来了。迎面是一个大厅，很暗，很幽深，既望不到头顶的天花板，也望不到四周的墙壁。大厅里静得可怕，空荡荡的，仿佛岩石的旷野，唯独在靠近中央的地方，有几级台阶，台阶顶部立着一座石雕，远远的辨不清形象。

“嘎！坦白说，我可真不喜欢自己现在的角色。”

大肥鹅抛下这话，开始径自往里走。三月跟上去问了许多问题，却没获得任何回应。空气安静下来，逐渐变得阴冷，令人联想到小镇的地下酒窖，而相比起那个摆满了纳骨坛的钟乳洞，三月感觉这里更像墓穴。如果这时大鹅突然开口，说此地已经有几百年没人来过，三月也会相信。他们来到大厅中央，开始逐级登上台阶。直到这时，三月才发现，台阶顶部的石雕是一个巨大的宝座。三月曾见过国王的宝座，也见过教宗的宝座，后来，等到光芒普照长夜镇，他更是在各式各样的人那里见识了各式各样的宝座，所以，对于自己现在的判断，他没有任何怀疑。但即便有如此丰富的经验，三月也必须承认，眼前这宝座的宏伟和壮丽皆是自己前所未见的。这倒不是因为它使用了多少贵金属，又或是镶嵌着多么稀有的宝石，事实上，它完全由岩石雕刻而成，几乎没有修饰，却也恰因为如此，它从一开始就透出一种可怕的傲慢，这傲慢超越凡人，也超越所有被凡人崇拜的偶像、君主或英雄。是的，当三月望着这宝座，他首先联想到的，是那块束缚盗火巨人的山岩。所以，男孩也立刻明白过来，这宝座是属于神的。

现在，没有神坐在宝座上，这个宝座是空的。

不过，等到三月再走近些，他又发现，宝座上确实坐着一个形象，只不过那个形象与宝座相比实在太过矮小，太过不成比例，所以他竟一直没注意到它的存在。那一刻，男孩内心的敬畏一下子被讶异取代，随后又迅速转变成强烈的不安——三月发现，他认得宝座上的形象。那正是他自己。是他的一尊石像，坐在这宏伟的神座上。而更让三月无法理解的是，这石像显然不是最近才放上去的。它的存在并非玩笑，也不是一次即兴的恶作剧。它就如同神座一样古老，两者间没有接合的痕迹。事实上，它们根本就是来自同一块巨岩，出自同一位巨匠之手。而这也意味着，它们从一开始就是一体，这神座正是为三月准备的。

“为什么？”

男孩的声音有些颤抖。他有一种奇怪的感觉，仿佛在古老的陵墓中看到了早已死去的自己，而这个自己又记录着他未来的全部命运。他忍不住又朝石像挪近了几步，等到他能够仰起脸，与石像对视时，他内心的不安也终于变成了惊骇——在自己的两个岩石眼窝中，他看到了两个黑色的空洞。石像拥有他的一切，却唯独少了眼珠。而那两个黑色的空洞，则像是等候已久，一直在寻找与它们相配的填充物。

三月不明白这意味着什么，恐怕也没有时间去弄明白了。因为，就在那时，他见到了父亲。

17　自由与死的咏叹

远远地，父亲站在黑暗里。但三月仍一眼就看到了他。尽管知道今天恰好是幕间休息的日子，三月却十分确定，自己见到的并不是某个曾在塔底忙碌的侏儒，更不是疤脸制作的二十四张面具。他不一样，他拥有三月记忆中的高大身影，也比男孩向面具师做的任何一次描述都更清晰。他一点都没变，仿佛时光没能在他身上留下任何痕迹。他一出现，父亲的形象就立刻回到了三月脑海，好似熄灭已久的炭火被重新点燃，带着热，带着光，带着所有曾遭遗忘的细节，比以往任何时候都更鲜明生动——毫无疑问，三月此时见到的，正是这世上唯一的考古学者，他的父亲。

“爸爸！”

男孩一转身，撇下大鹅，冲下阶梯，朝父亲跑去。他听到了父亲的呼唤。他相信，只要回到父亲身边，再一次抓住父亲的手，他就能挣脱这场太过漫长的噩梦。但父亲离得很远，而阻隔在两人间的黑暗则太过空阔，竟让男孩一时间失去了对距离的判断，兀自沉浸在重逢的喜悦中。他本是个瘦弱的孩子，现在却像是有用不完的体力。他追随着父亲跑过岩石的旷野，跑到大厅边缘，随后又跑上一条巨大的阶梯，一直往更高处跑去。

幕间休息开始了。三月又听到那阵熟悉的声响，沉重、刺耳，像金属与巨岩的碰撞摩擦，只不过，这一次声音很近。它来自塔底，来自灯塔内部，很快就像野火般连成一片剧烈的轰鸣。整座灯塔都动了起来，墙壁开始旋转，阶梯开始上升，这些巨石表面的每一处突出或凹陷都显然经过了极尽精巧的设计，可以彼此咬合，相互嵌套，就像螺旋排布的齿轮，一下子便将三月裹挟。翻滚的阶梯承托着男孩，一路往上，远比他奔跑攀爬的速度还要快。至于父亲，则仍在前方。他也在奔跑，但无论两父子如何努力，都无法胜过脚下疯狂的阶梯，他们间的距离也没有缩减……

灯塔会动。关于这个秘密，观星者也许是镇上唯一一个曾看出了点端倪的人。只不过，他还来不及仔细观测，便遭遇了死神，而他的望远镜也很快就为那片“逝去的星空”所吸引，进而对灯塔失去了兴趣。所以，直到他本人从舞台上彻底消失，观星者对灯塔的猜测也终究只能停留于猜测。他真该为此感到庆幸，这使他得以免除了进一步探究下去的后果。事实上，在某一份观察笔记的角落里，观星者就曾写下这样一段令人费解的话：

那座塔，确实与众不同。它是从上往下建造的。但我认为，它并非悬空，它的根基仍在地面上。只不过，最先被建成的，倒真是它的顶层，那是它最古老的部分，至于它的底层，反而是最新的，尚未完工的地方。如果我没猜错的话，这是因为侏儒们总会在灯塔外围加建新的，更加庞大的底层，而等到新的底层完成，旧的底层便会以某种常人无法理解的方式上升，带动整座灯塔向上生长。没错，它就像一个直立在大地上的，能够伸缩的长筒望远镜，而侏儒们所做的事，则是不断地在望远镜的末端添加新的镜筒……但是，这都是为了什么？为什么那些侏儒要建造一座通往天际的高塔，自己却甘于留在最底层，从不攀登？这个巨型望远镜的设计者和使用者究竟是谁，又有什么目的？为什么要不停地添加镜筒？他是想要看到遥远的天堂，还是幽深的地狱？抑或是别的什么，我至今未曾听闻，更难以想象的东西……

后来，观星者又从笔记上撕下这一角，把它揉成一团，投进了大宅的壁炉中。对此，三月一无所知。如果他知道灯塔会生长拔高，他或许就不会太过惊讶于自己现在的处境，他甚至还能够更进一步，解开那个长久困扰他的谜团：他曾目睹光芒自灯塔射出，过后却再也找不回光源。很显然，这是因为光源在上升，早已离开了原本的位置。当然，即便三月知晓这一切，他恐怕也很难改变接下来发生的事。

毕竟，这一切，都早已在剧本上有了安排。

不知过了多久，阶梯和墙壁终于回归静止，灯塔中的岩石都停止了骚动。三月发现，自己又来到另一个大厅。这里十分空阔，结构与先前的大厅几乎完全一致，中央同样有一个神座，唯独他和父亲互换了位置。现在，三月站在大厅边缘，而父亲则已经登上神座的台阶。父亲朝三月招手，就像刚才三月朝父亲招手一样。父亲示意他过去，却又仰起脸，畏惧地望着神座。三月看不见那里坐着谁，神座的岩石靠背就像一座山，阻挡了他的视线。他快步跑向父亲，还没来得及靠近，却见父亲走到了神座的另一侧，从视野中消失。至此，三月才注意到，相对于先前的黑暗，这大厅里竟是一片光明。

“你来了。”忽然，三月听见，神座上传出了声音，“要知道，我一直在等你。”

这不是父亲的声音，却莫名地比父亲更让男孩感到熟悉。当三月终于绕到正面，父亲早已不在那里，而在神座上等着他的，则是一尊石像。三月本以为又会见到自己，定睛一看却发现根本不是。情况比那还糟，没错，现在，坐在神座上的不是别人，正是大团长。大团长已经死了，在多年以前，在第七场葬礼的演出结束以后，这是事实，众所周知。然而，就在刚才，三月却听到了大团长的声音。他紧盯石像，害怕极了，担心大团长会突然活过来。但石像没有动，只是僵在原处，从姿势到神态都与三月的石像并无二致，仿佛一对怪异的孪生子，被冻结在不同的时空之中。

“爸爸！”过了好一会儿，三月才猛然想起父亲，开始朝四下大声呼唤，“爸爸，你在哪儿？”

“噢，我可怜的孩子。”现在，三月确信，石像里又传出了大团长的声音，“你难道没看过剧本吗？”

这句话彻底激怒了三月。他一抬眼，恰好对上了大团长的眼。如果说大团长与三月的石像有什么明显的不同，那就是眼睛。三月的眼窝是两个空洞，而大团长的左眼窝里却镶嵌着一颗眼珠。那眼珠大得异常，发出刺目的光，仿佛一座随时会爆发的火山，还在不住地震颤翻滚。三月与这眼珠间的纠葛可以往上追溯，直到最初的那场葬礼。当时，它也是这样，在大团长的眼皮底下转动，随后便将男孩拖入了长夜镇永不落幕的戏剧之中。到了现在，它又被嵌入石像的眼窝，与男孩继续着往日的对视。三月不会认错，它可不是什么复制品，它仍像记忆中一样怪异、可憎。毫无疑问，它就是大团长的眼珠。不仅如此，它更是大厅里唯一的光源。正因为有了它，大厅才如此明亮，而三月也才能够看清遥远的四壁，还有其上的无数面镜子。

“在很久很久以前，我就已经为你安排好了一场绝妙的重逢。你很快就会找到父亲。但现在还不是时候……”石像没有理会三月的愤怒，抬眼望向远方，“现在，请随我看，一场真正的好戏才正要上演。”

霎时间，三月理解了，这座诡异的建筑为何被称作“灯塔”，而那盏长久照拂小镇的聚光灯又究竟藏在何方。三月看见一道炽烈的光，从大团长的左眼射出。这光芒穿过大厅，刺透夜空中的云雾，一直往下，投落到小镇上方。原来，那曾被无数人追逐崇拜的光芒，那能把一切虚假都变作真实的聚光灯，正是大团长的目光，而不是别的神。

三月站在神座前，与大团长一道，从高高的灯塔上俯瞰长夜镇。那是一种前所未有的体验，男孩浑身战栗，仿佛灵魂深处的某种东西正在经历着洗礼，即将分崩离析。

“他说，要有光。于是，就有了光。”男孩听见另一个声音，那是旁白，她仍在长夜镇的上空徘徊，竟也飘进了灯塔，“借由光，无论是神还是人，都开始用自己的眼睛观察世界。神是起点，人是终点。在神与人之间，有光相连。没错，他们总在对视……”

光芒所过之处，皆为舞台，命运的戏剧，正在那里上演。

那是大团长的第六场葬礼，也是他被死神带走前的最后一次演出。舞台回到了最初的黄昏树林，但因为林子已经入侵了小镇，这一次重演就发生在小镇中央。镇民们一改过去的冷漠，全都聚集在钟表匠周围，一个个跃跃欲试，情绪高涨。他们每人手拿一份剧本，脸上流露着虔诚的期待，竟没有一个人回到宴席上大快朵颐，也没有一个人回到床第寻欢，更没有一个人返回他们藏宝的洞窟，仿佛彻底抛弃了往日的幸福生活，也忘掉了刚刚对三月的疯狂追捕。他们又来到树林里，走到墓园中，并将遵循着剧本，把那场早已成为过去的葬礼呈现在观众眼前。

那一天，蜘蛛曾为大团长准备了一套全新的寿衣。她将其命名为《农神的骨骼》。评论家们侃侃而谈，尽管这些人其实什么也没看到，却照旧卖力地吹捧、赞美，宣称自己悟出了其中奥妙。只有三月，从那近乎枯萎的袍袖中看到了一种昏黄的色彩，却并不确定那究竟来自日落的天空，还是某个阴冷的黎明。

死神到的很晚，几近缺席。作为死者，大团长一度成了葬礼上唯一的主角。送葬的队伍抬着他，来到林地中央。也正是在那个地方，三月前不久才打着伞，与一只鹅一道，从上空飞掠而过。而到了现在，一度被遮蔽的聚光灯已然回归，更分裂开了七道光芒，随后又全都聚焦在了大团长身上。没有人说话，大家都在等待，直到大团长最后从棺材中一跃而起，朝七个不同的方向投下七道影子，人们才终于见到了死神。死神出现在阴影里。那是七道阴影，七位死神。七位死神拥有与大团长完全相同的形象，亦与大团长立足于同一个地方。他们随大团长的动作而动作，却似乎比他本人更加真实，也更加立体。

“我可真没想到，你竟是我的崇拜者。”死神开口说话，七个声音相互重叠，笼罩着大团长，犹如深渊，“我曾用七天时间创造了世界。而你，则想要模仿我，借七场葬礼完成自己？”

“不，你错了，我的朋友。”大团长环顾四周，以俯视的姿态，面对将自己团团包围的死神，“我可不仅仅是要模仿你，我还要挑战你，超越你。你曾赐给人类一座乐园，过后又收回了我们的生命。你降下洪水，召来天火，总是那么反复无常，把人类弃置于创生和毁灭的间隙。现在，我要用这七场为自己举行的葬礼，在大地上建造一座全新的乐园，我要让每一个人都能够彻底摆脱你，赢得真正的永生。”

“哈哈，这是多么可怕的高傲，又是多么狂妄的野心。你知道嘛，你说得太有趣了，简直都让我感到好奇了。是的，感到庆幸吧，因为你的表演，我已经不打算在今天就带走你了。我要等到第七天，在第七场葬礼上，好好看一看你臆想中的乐园，我要见证……”

“不，用不着等到第七天，也用不着等待第七场葬礼！”忽然，大团长打断了死神，“你难道忘了吗？在第七天，你自己就什么也没做，你选择了安息。所以，我也决定，要在第七场葬礼上真正歇息。不过，别担心，你仍有机会见证我的伟大功业。事实上，它早已完成。是的，就在今天，就从这个瞬间起……”

过去，在这一幕初次上演时，尚未有任何人理解这段对白的含义。但到了现在，当大团长的铁皮人替演在聚光灯下喊出相同的台词，一切都变得豁然开朗。因为这一次与以往都不一样，这一次，铜腕赢回了他的剧本。只听咚的一声钟响，一个正六边形的树洞在巨树的主干上张开。钟表匠走上前，庄严地把义手伸进树洞。直到那时，三月才发现，自己刚刚攀爬的那棵巨树根本就不是真正的树。它完全由青铜制作而成——正如铁皮人是人的仿制品一样，它也只是树的仿制品。无数发条和齿轮在树干内运转，嘀嗒，嘀嗒，井然有序。而现在，钟表匠的义手上正握着那枚由三月捡到的，已然开花的青铜叶，将其插入树洞中央。在那里，恰有一个花形的匙孔。铜腕旋转钥匙。大地开始震动。嘀嗒嘀嗒的声音连成一片，终于汇成男孩噩梦中叮叮咚咚的声响。

“青铜的枝，青铜的根，青铜的花，青铜的叶，那是一片青铜的森林，没有死亡与腐朽，没有死神的立足之地。”旁白在天空中高声念诵，即便身躯早已化成灰烬，却仍在忠实地遵循着大团长的剧本，“定时发芽，定时抽枝，定时散叶，定时结果，没有任何意外，循环往复，周而复始，这里是剧作者梦寐以求的完美舞台。”

机关被打开了。这一切都早已在剧本上有了安排。树与树开始联结，金属藤蔓彼此联动，庞大的根系由数百万个零件驱动着，相互纠缠，交错重组，让整座青铜树林进一步朝小镇中央聚拢。相比起过去的那场地震，现在发生的一切显然更惊心动魄。然而，奇怪的是，在场的人竟没有一个表现出一点慌张，反而个个面带笑容。最慌张的反倒是三月。尽管他已经站在高塔上，成了一个遥远的旁观者，却依旧不敢相信自己的眼睛。他见到了传说中那位来找女儿的贵族，还有与贵族一同迷路的九十九个家奴。这些人至今仍高举着火把，在树与树之间来回奔走，却早已不像是在找人，倒像是在跳着一支惊悚的舞。他们动作优雅，却又出奇怪异，时不时一跃而起，两脚离地，轻盈得几乎停滞于半空，让任何一位舞者都自愧不如。除非他们身上全系着绳索，被吊在半空，否则三月无法想象这些动作是如何完成的。但男孩没看见绳索，事实上，若不是那一缕偶然闪过的银色寒光，他或许永远都不会发现，这些人的身躯和关节上竟悬挂着无数极细的丝线。

"那是什么？"三月惊呼。

"这么说，你真的看见了？"那是大团长的声音，既属于过去，又属于现在，既来自小镇舞台的中央，又来自神座上的石像。它在质问三月，同时也在向死神示威："这么说，你真的看见了？"

"三月已经忘了。曾经，有一位裁缝，也问过他相同的话。是的，这一切都早已在剧本上有了安排。裁缝并没有离去，她只是在等待，等待着向世人复仇的这一天。"当旁白继续念诵旁白，三月也终于沿着丝线一路往上，见到了那张遍布整座树林的蛛网。一只巨大的蜘蛛正伏在巨网中央，犹如一位耐心的琴师，正用她的金属足爪在丝线上拨弄出旋律。"她本是神的后裔，她编织的丝线如命运般不可挣脱。凡人不理解她的天才，看不见她的作品，也就永远无法意识到，自己只是命运的囚徒。于是，在神以自己的死完成创世的那一天，她也用漆黑的丧服捉住了猎物。她以蛛丝编织丧服。那是她的复仇，寂静无声，却要困住每一个生命，令其在网中翩翩起舞。”

“当然，显而易见，这是我创造的乐园！”

当大团长发出这样的宣告，三月还惊魂未定，却仍禁不住在内心的某个角落暗暗庆幸，自己当时竟因为另一次临时起意，没有穿上蜘蛛为他准备的丧服。巨网早已遍布小镇，不但操纵了贵族和他的九十九个家奴，也操纵了镇上的每一个人，将他们变成了戏台上的人偶。不难想象，这些人刚才之所以像疯了似的追捕三月，肯定也是因为剧本的安排。到了现在，只要是仍留在镇上的人，无论是演员还是观众，都已不可能逃脱大团长的目光，更将要在这位观众的注视下，把自己今后的生命变成一场无休止的演出。

“这就是你的乐园？你最好别让我太过失望。”死神在阴影中哼了一声，“它确实与我在创世之初建造的乐园有几分相似，但还远算不上完美，更无法让任何人获得永生。”

“别急，我的朋友。”大团长微微一笑，“很快，你就会看到，所谓永远，只不过是一个时间上的概念。”

大团长话音未落，就见远处的钟表匠突然心领神会似的转身，抬手，而不知自何时起，他的义手已然改变了形态，成了一把金色大弩。他从未在与面具师的决斗中动用过这把弩，现在用起来却像是早已操练过千百次一般娴熟。只听嗖的一声，弩箭就脱手而出，飞向钟楼，一转眼，便射落了钟面上仅存的最后一个钟点。紧接着，就像许久前曾发生过的那场地震一样，这崩溃的钟声一下子传遍小镇，撼动了每一台幸存的时钟。死去的钟点如雨点般落下，仅留下无数光秃秃的指针，仍在荒芜的钟面上疯狂旋转。怪事接踵而来。林中的贵族一下子返老还童，成了一个因迷路而哭泣的少年，而他的九十九位家奴则全都弯腰驼背，转瞬就成了干瘪的老叟。蛰居已久的教宗突然恢复了佣兵时代的体格，就连长久光秃的脑袋上也重新长出了毛发。而在悖逆之家，可可已不知所终，广阔的种植园里现在行走着一位美丽的少妇，马靴也不见踪影，他的鞋店里现在只躺着一个不停哭闹的男婴。

失控的时间也波及了三月。在自己意识到之前，他的身体就已开始急剧变化。他长高了，他长出了胡子，他手上有了疤痕，眼角有了皱纹……疯转的时针催动他疯狂成长，但他自己对此全然不觉。后来，还是父亲告诉了他这一切。没错，他又见到了父亲。父亲的形象有点模糊，他被封在神座的巨石深处，映在某个棱面的反光之中。男孩向父亲伸手，父亲也向男孩伸手，但当两人终于触碰彼此，三月却感到可怕的失落和哀愁。父亲作为考古学者的记忆和意志统统涌进他的脑海，由他继承，直到那时，三月才突然发现自己身体的变化，回想起巫婆的话，理解了她的占卜……是的，他终于在自己的躯体里与父亲重逢——在棱面的反光中，三月见到的既是父亲，也是自己。

他找到了父亲，却也成了父亲。

“时间不再拥有刻度，每一个瞬刻都指向混沌。生命将继承自身，人将与自己重逢。”虚空中又传来了旁白的声音，在纷繁中仍保持着一贯的超然与冷静，“所谓永远，并不一定是一条无限延伸的路，也不一定要抵达时间的终点。当时间被抹去了方向，万物便会回归乐园，在那里循环往复。当起点和终点的定义相互溶融，生命便不再有穷尽，命运也不再有出口，舞台化作螺旋的迷宫，每一场演出都永不落幕。”

“生命继承自身，人与自己重逢？很好，我的朋友，你总算抓到了诀窍。”欣赏着舞台内外发生的一切，死神似乎又被提起了兴致，七个影子都因兴奋而微微颤抖，“没错，永恒只有一种形态，那就是循环往复。创世之初的乐园是这样，你的乐园也是如此。”

“是的，不过，我的设计比你还要高明。”大团长微微一笑，自负地说，“我并没有为他们安排一棵智慧树，也不准备将死亡的绝望藏在某个秘匣之中。我不考验他们，也不需要他们的承诺。那可是真正的乐园，你永远进不来，而他们也永远不会被驱逐出去。”

“不，这根本不是乐园！”忽然，三月打断了大团长，他望着那片时间错乱的青铜树林，还有那些仍在丝线操纵下舞动的人群，用一种浑厚的，来自父亲的，连他自己听了也会惊讶的嗓音说，“你创造了一个地狱，你只是在戏耍和奴役他们。”

“戏耍？奴役？”那是大团长的声音，却也是死神的声音，面对这位突然成长的考古学者的指控，他们竟一下子变得异口同声，表现出深深的不解。

“难道不是吗，你是一个暴君！”三月显然对大团长积怨颇深，他受够了对方留下的剧本，又因为无法挣脱，他已无数次恼羞成怒，现在，他终于从父亲那里获得了勇气，“你从来就只想着如何操纵人，羞辱人。你逼迫每一个人依照你的意志表演，即便在死后也没有放弃。你是最可怕的野心家，你想要万物都臣服于你，你想要支配整个世界。”

“哈……”石像突然瞪大了眼，聚光灯变得愈加炽烈，而在这前所未有的光芒中，七位死神的形体却变得愈加锐利，愈加清晰，愈加漆黑，也愈加靠近这个世界，“的确，如你所见，我的智慧和力量都宛若神明，我不但能掌控舞台上的时间，也能掌握每一个人物的命运。支配世界对我而言简直轻而易举。但是，你该不会真的以为，我会对这么无聊的事情感兴趣吧？”

“你现在就在操纵他们，你现在就在把他们变成你的木偶。”

“没错，现在，我确实是在统治这座小镇，但这并非我的愿望，却只是我施予他们的仁慈。你不相信？你难道忘了嘛，我曾允许他们放下剧本，我曾与他们分享自己的力量，我曾赋予他们自由。我以慈爱的目光照拂每一个人，让他们站在聚光灯下，所有的欲望都能得到满足，所有的梦想都得以实现。我让他们抵达了一切戏剧的美满结局，也触碰到了每一种幸福的‘从此以后’。因为我，他们甚至从人升华成了神。而我，则一直待在这里，静静地，观察着他们。就像一位充满期待的观众，我只想要看一看，在完全脱离了我的剧本之后，在完全随心所欲的自由之中，他们究竟能走到哪里，又能在舞台上演出怎样的戏剧。如果可能，我甚至愿意永远这么观察下去。但我的愿望没有实现，这些‘自由人’并未抵达某个永恒的乐园，在所有我能轻易预见的放纵和狂野过后，他们竟停了下来，似乎根本无法驾驭我赐予他们的力量，也无法承受这种自由。他们枯竭了。作为演员，他们竟比我这个观众还要先一步感到无聊、迷惘，不知所措，并终于在绝望中自问：‘然后呢。’是的，然后呢？这正是我所好奇的。但我知道，我已不可能从这些人身上找到答案。他们失败了。对于这失败，我比他们更加痛心。他们令我失望，而我却依然爱着他们。所以，当这些人又回到我这里，就像一群尚无法自立的孩子那样，从我的剧本中寻求指引时，我知道，我对他们仍负有责任。是的，我必须引导他们。”

“你疯了。你把奴役说成是拯救。你明明是个恶魔，却自以为是神。”

“我是神还是恶魔，这不重要。崇拜我的人尊我为神，畏惧我的人视我为恶魔。不少人同时怀有两种情感，因为崇拜和畏惧原本就不矛盾。重要的是，他们确实都在我这里得到了拯救。”说到这里，棺材里的大团长一摊手，环视四周。在不远处，重获青春的教宗又一次投身于信仰，正领着回归的信众开始了跪拜新神的朝圣巡游，唯一的不同只是，他手里高举的已不是圣书，而是大团长的剧本。面包师又开始烘烤面包，药剂师又开始配药，咖啡馆又开门营业了，酒坊里又飘出了阵阵酒香……遵循着剧本上的安排，人们突然醒觉，从极尽无聊的生活中挣脱，在舞台上找回了自己的角色。他们不再担心自己的命运，不再害怕虚无，因为以往的任何生活都比不上这些早已写好的情节精彩。只要按部就班，便能将自我的价值和生命的意义升华到极致。曾经的失落如今已被崇高感填满，每一个人的脸上都洋溢着幸福的笑容。“你发现了吗，他们当初是出于对我的爱，才自愿来为我送行，穿上漆黑的丧服，现在更是出于自愿，才重新拿起了剧本。而且是在获得了无穷的力量，尝试了无限的自由之后，他们依然决定，要把自己交托给我。他们向我寻求智慧，请求我引导他们的生活。即便有谁一定要把这视作奴役，他也必须承认，这从来就不是我的愿望，却只是人类自己的请求。”

“无论如何，你剥夺了人的自由。”

“自由？你应该知道，自由是沉重的。它逼迫着每一个人，要他们自己做出判断和抉择。这只会让人犯下千百种不同的过错，招来千百种不同的痛苦。因为自身的智慧极其有限，背负自由的人大多过得十分悲惨，他们在自由中寻找幸福，就如同在谬误中寻找真理一样举步维艰。那些渴求拯救的人，事实上就是在渴求答案，那是一个终极的，关于自身生命的答案，也是一份完美的，关于该如何演绎生活的剧本。而自由的全部价值，则不过是赋予了这些人去自行寻找答案的权利，让他们可以自己为自己书写剧本。这当然值得赞许，甚至还有些凄美和悲壮。但是，如果终极的答案早已存在，如果最完美的剧本早已被写好，如果有这么一位极尽仁慈的神，就如同那位从天国盗火的巨人一样，他不但替你找到了长久渴求的一切，更将它们统统放到你眼前，用白纸黑字写得清清楚楚，你又还有什么理由要别过脸去，不惜扔掉答案，也要沉溺在寻找答案的自由之中？看一看你眼前的小镇吧，那里的每一个人都爱我，敬畏我，更下定了决心，要永远追随我。我是他们的太阳，也是他们唯一的神，我给他们送去了最好的答案，最棒的剧本。我消除了自由对他们造成的困扰，让他们看到了明明白白的真理。现在，他们知道了，生活不应屈从于任性的自由，而应当遵循至善的真理，只有这样，他们才能赢得长久的幸福。是的，无论你愿不愿意承认，大多数人其实是害怕自由的，若不允许他们放弃自由，这些人就无法得救。而相比起因自由犯下种种过错，他们倒更乐意成为真理的奴仆。所以，正如神和恶魔本是一体，奴役和拯救也并不矛盾。我奴役人类，却也拯救了他们。因为我给他们套上的枷锁并非恶的强权，而是善的真理。好了，我的孩子，现在，你开窍了吗？你是不是终于开始理解这座乐园的妙处，想要加入其中了？”

“不，你听着，无论是强权还是真理，我都绝不会成为它的提线木偶。”

“是吗，这可就奇怪了，因为在观看《庭园》的时候，你可不是这么想的啊。你难道忘了？当你第一次在钟表店的橱窗里见到那件杰作，你几乎无法移开自己的眼睛。你的灵魂被震撼了。从那繁复又有条不紊的秩序之中，你体验到了一种难以言说的美。你爱这件作品，既爱它的设计理念，又爱它的每一个细节，你从它的青铜天幕一直爱到其中的每一个陶瓷人偶。看着它，你只感到陶醉。你完全理解铜腕作为一位工匠的自豪，也完全折服于他的超绝技巧。你一次次拜访钟表店，只为目睹《庭园》的繁荣和扩张，你那时可从未掩饰过自己的欣喜。看到朋友们的形象一个接一个地被安置到《庭园》当中，你只感到羡慕，更无数次地在心中祈愿，渴望自己能够加入其中。这很奇怪，不是吗？要知道，《庭园》里的一切都不过是对小镇的模仿，而你自己就是小镇的居民，你不但厌恶这座小镇，更时刻想着逃离。所以，对你而言，《庭园》的魅力究竟在哪里？若你从未思考过这个问题，我倒很乐意告诉你答案。与现实世界相比，《庭园》唯一的不同就在于，它拥有一套绝对的，无法逾越的秩序。从一开始，这秩序就已经被它的制作者设计妥当，无比精准，无比清晰，确定无疑。这秩序就是《庭园》的剧本，也是它的真理。正是依循着这样的真理，教宗才会准时祈祷，抄写圣书，马车才会准时出发，驶过商店街，在地平线的尽头消失又出现，而那所有的青铜太阳和青铜星辰才会准时落下又准时升起。若其中有任何一个零件出了问题，没能在该转动时转动，在该停止时停止，这件艺术品就会立即迎来自身的死亡，分崩离析。而当世上的每一件事物都依照真理运行，这种绝对的秩序便会产生出一种美，足以征服每一个尚在恐惧彷徨的心灵。你将见证善的循环，体验源源不绝的欣悦，因为在这个小小的世界里，不存在未知，不存在恐惧，不存在混乱，不存在任何一点能够打破这种和谐的不确定性，只剩下纯粹的秩序。是的，这是一个由真理统治的世界，这里没有自由，但也正是因为摆脱了自由，它才能够超越你所厌恶的现实世界，获得你的钟爱，成为一件永生不朽的艺术品。”

说到这里，大团长与死神的声音已相互交叠，几乎融为一体。

“让我们回到正题吧。尽管《庭园》已十分迷人，却终究是个粗陋的模型，它表现的只是一个钟表匠对完美世界的愿景，若拿来与我今日创造的乐园相比，它就不值一提。现在，你是不是终于理解了，铜腕为何总是对我怀有近乎狂热的崇拜之情？是的，他相信，我与他是同一类人，他感受到了我对人类的爱，也知道我能为世界带来真理和秩序。他迫不及待地换上义手，向我致敬，而后又创造出《庭园》，只想要见证我的剧本带来神迹，照拂到他的齿轮和发条都无法触及的地方。他向我宣誓效忠，渴望加入我的伟业，因为他深知我创造的乐园不仅能住进陶瓷的人偶，还能住进真正的生命。他很聪明，聪明到足以主动放弃自己的自由，成为真理的奴仆。现在，他正急切地等待着，要我把他领进乐园之中。即便从未从我这里得到任何许诺，他也坚信，那乐园里只存在最宏大的叙事，只有最完美的情节，每一位出演者都将从幸福走向幸福，获得永生。他是对的。只要你愿意，只要你加入我们，你就会成为史诗的一部分，你将获得无上的荣光，你将不朽。三月，我再一次郑重邀请，抛弃你那无用的自由，到我的乐园里来吧。”

“不！”三月摇头。

“你不同意？好吧，尽管我们都知道，你之所以会把话说得如此决绝，只是为了掩饰内心的动摇。但你确实说了，你不同意。你爱你的自由，你当然不同意。毕竟，就连这一切，都早已在剧本上有了安排。”说到这里，大团长的眼睛又睁大了些许，聚光灯的光芒也随之增强了几分，“那么，想必你也已经猜到，接下来将要发生什么了吧？三月，就让我们好好欣赏一下，你所珍视的自由究竟意味着什么吧。”

那一刻，在已然变作乐园的小镇里，钟表匠站在光芒最中央。作为大团长最忠实的追随者，他的情绪从未像今天这样高涨。如果说《庭园》是一件完全由他独立完成的作品，那么眼前的这座青铜树林则是他完全遵循剧本，与大团长合作建造的宏大舞台。多年来的夙愿终于实现，铜腕无比自豪，感慨万千。他从怀中掏出那沓曾被面具师故意烧毁的剧本，发现它们已经在错位的时光中恢复，焦黑的纸页重新变得雪白，浮现出大团长生前写下的字迹。钟表匠急切地翻看剧本，越过所有既成事实和已然完成的演出，直到最后……

“谢谢你，我的钟表匠。谢谢你打造的青铜树林，那是与乐园最相配的，完美的舞台。”似乎意识到故事已渐入高潮，就连旁白也再次从虚空中浮现，开始与铜腕一同念诵这份剧本，“鉴于你的卓越贡献，我决定，赐予你一件最特别的谢礼。那是一项其他人都不可能拥有的特权，我将其称之为‘即兴演出’。是的，至此，我为你准备的剧本已全部结束。在随后的无穷尽的时光里，你既可以留在舞台上，随心所欲地表演，也可以去往任何地方，想做什么，就做什么。是的，我想我已经表达得很清楚了——你自由了。”

读完这一页，旁白停了下来，因为大团长为铜腕撰写的剧本已经结束，再往后就只剩空白。现在，包括三月在内，所有人都屏住呼吸，望着钟表匠。他一遍又一遍地翻看剧本，死盯住末后的白纸，好像硬是要从那一片雪白中找出一点线索，读出一点被隐藏的东西来。但事实是，那里什么也没有，而这正是剧本上的安排……

“我自由了？”不知过了多久，钟表匠突然从剧本中抬起头，似乎仍无法相信自己看到的一切，这个男人的声音里带着一丝愤怒，但更多的还是一种易碎的颤抖。

“是的，你自由了。”旁白的回答十分悦耳，像流水般充满韵律。

“我自由了？”钟表匠又提高了声音，这一次，他已无法掩饰灵魂深处的绝望。

“是的，你自由了。”

“我真的自由了？”

旁白不再回应，虚空中似乎传来了一声很轻的叹息。

得不到回答的钟表匠僵在原地，就像他自己制作的某个铁皮人，彻底失去了动力。大团长沉默地注视着他，聚光灯笼罩他全身，所有人都在这位主角周围忙碌、歌唱、舞动，按照剧本投入乐园的生活，唯独这舞台中央的寂静一直持续。没有人知道他此时的心情，不知他是否会突然回想起早已离去的面具师，理解了那位曾经的朋友不惜决斗，宁肯把剧本毁掉也不愿让他看到的理由，更不知他能否再进一步，不但接受了他人对自己的善意和怜悯，甚至还生发出一丝感激之情……

不知过了多长时间，也许是一天，也许是一年，也许是一个世纪，反正已没有任何一台时钟能计算清楚，直到人们几乎将他彻底遗忘，铜腕才忽地又动了起来。他抬起头，环视青铜树林，似乎仍在聆听，仍想在乐园中找到自己的位置，但四面八方只有一阵连续不断的、叮叮咚咚的声响。他走向小镇中央的巨树，他曾在那里用三月找回的青铜叶启动整座乐园，现在，无数发条和齿轮仍在树洞中运转，反照出冷冽而锋利的光。

“乐园里没有即兴演出。”

扔下这么一句话，钟表匠抬起金属义手，猛地探进树洞。义手的形态在一瞬间又改变了，内里的齿轮与巨树的齿轮相互咬合，在人们来得及反应过来之前，这金属义手就被完美地镶嵌到了青铜巨树之中。叮叮咚咚，叮叮咚咚，发条和齿轮继续运转，义手越陷越深，它很快就反过来拉着钟表匠，把他往树洞深处拖去。在那一幕的最后，所有人都能见到，钟表匠脸上闪耀着某种莫可名状的幸福，继义手之后，他的身躯也遭吞没，被彻底地镶嵌到了齿轮的迷宫之中。一连串清脆的咀嚼声从巨树深处传出，齿轮的反光随即被染上了一层猩红。至此，钟表匠终于达成了毕生的夙愿，加入了这座永生的乐园，与它融为一体。

“你这个恶魔！”三月大吼，“你杀了他！”

“不，我不杀人。”大团长冷冷地说，“杀死他的，是他的自由。你难道还不明白嘛，在真正的乐园里，自由，与死同义。”

“创世之初，世间尚未有死，神亦尚未化身死神。人就与其他所有的造物一样，不知死亡为何物。彼时的世界是一个真正的乐园……”不为眼前发生的一切所动，旁白遵照剧本，继续履行着自己的职责，“永生的故事循环往复，直到有一天，人受了诱惑，吃下了禁果。这背离了神立的法则，也背离了永恒幸福的剧本，终于招来了名为死亡的惩罚。这个故事尽人皆知，其中却有一个天大的谬误——据说那禁果中藏着智慧，而人也恰是因为获得了他们本不应拥有的智慧才受到了惩罚……但这世上还有什么智慧能敌得过永生的真理？一个已经在实践永生的人，一个已经被神亲口告知了真理，并且也融入了真理的人，又怎么可能从一颗小小的禁果中获得什么别样的智慧？出问题的不是禁果，而是偷尝禁果的行为。人通过禁果尝到的不是智慧，而是自由。这自由才是真正的诱惑，真正的毒蛇。它总在撩拨人的灵魂，让人丢下神的剧本，试图凭自己的意志去演绎生命。是的，自由从来就与死亡相连。在吃下禁果的那个瞬间，人获得了自由，放弃了永生，而神也化身成了死神。”

“自由会招来死亡？但如果失去了自由，我们又该如何定义生命？”三月登上神座，怒火中烧，直斥自比神祇的大团长，“我不相信没有自由的永生，无论那永生的剧本多么幸福完美，都只会令人失去自我，变成‘死物’。生命本身就是知觉与世界的冲突，是‘对世界感到的不适’——这是死神早已揭示的事实。既然如此，永生从一开始就只能是一个伪命题，即便它真的能以某种形式存在，也必然与死亡无异。”

“不，你错了。”面对三月的反击，大团长的语气显得有些急促，“如果说永生与死亡无异，那只是因为人类尝试过的每一种追求永生的方式都是错的。如果人类能完全遵照神的剧本去演绎生命，如果他们能完全依循真理去生活……”

“没有任何一种生命能完全依循真理生活！若有谁真的做到了，他事实上也就退化成了《庭园》里的一个零件，生活将不再是生活，却成了一种精准无误的机械运动。他无法借此彰显自身的意志，他的知觉和意识都会在永恒中消磨，最后，他只会从生者变成死物。看一看那些在天空中运行的星辰，看一看那些遍布世界的岩石、沙砾和水流，它们听凭惯性摆布，服从重力牵引，只有必然，没有意外，它们的运动永远不会违背神的法则，是真理最忠实的奴仆。它们从未离开创世之初的乐园，它们在其中循环往复，它们是永生的，却也是死物。难道你要把人类也变成这副模样？难道这就是生命最理想的状态？若果真如此，神当初又为什么要创造出生命，创造出人？”

“神造人，赐予其生命和自由，是为了让他们也能够与神一道领略真理之美，是为了让他们能够凭自己的智慧认识正确的道路，并且在追随神的时候心悦诚服。”大团长也提高了声音，七位死神已然与他合为一体。他盯着三月，目光灼灼。如果说这是一场精心安排的演出，那么到此大团长才真正使出了浑身解数，“不幸的是，你显然误用了自己的自由，并将其当成了傲慢的借口。你拒绝真理，仅仅因为那不是自己最初的选择，而是别人给你指明的道路。你要用你的倔强去否定一切超出你理解范围的美好事物，并将这称作是你的自由。你为自由所诱惑，固执地行使选择的权利，哪怕付出代价，用差的去替换好的，用错的去替换对的。当完美的剧本已经出现，当真理已明确无疑，你的自由便只是对神的背弃。自那时起，自由便意味着选择黑暗，选择愚蠢，选择堕落，它将变得一无是处，唯一的作用就是把你引向死亡。”

“你也许是对的，但生命的全部意义就在于自由。如果真理会把自由变得一无是处，它同样会把生命变得一无是处。当你宣称自由会把人引向死亡，你事实上也承认了，永生只是谎言，所有生命都难逃一死。看啊，真理的大厦固然永恒壮美，却又是极度冰冷的，拥有温度的生命无法成为它其中的任何一块砖，更不能依附于它，完全受它支配。自由是非理性的，也是不可预测的，它独立于真理之外。哪怕这意味着打开那个收纳了世上所有灾劫的匣子，自由依然高贵，拥有不可替代的价值。如果说自由会把人引向死亡，那么放弃自由则是从一开始便拥抱了死亡。如果说知觉是人与世界的冲突，而生命只是一种不适，那么自由就是对神的叛逆，是犯错的勇气和权利。作为一个神，一位总想要掌控一切的剧作者，你恐怕永远也不会承认，人终究不是时钟里的齿轮，也不是乐园里的沙砾，他可以逆风而行，可以逆流而上，可以不顾惯性和重力腾空而起，挑战你的剧本和法则。当然，在你眼里，这一切都只是绝望的，注定失败的反抗，但也只有在这反抗的过程当中，人可以暂时摆脱你的奴役，超越你揭示的真理，体验到真正完整的生命。”

“好吧，看来我们是无法说服彼此了。但至少，我们达成了一项共识，那就是生命只有两种归宿……”大团长的眼珠疯狂转动，仿佛有什么滚烫的事物马上就要从内里奔涌而出，“要么接受真理，在我的奴役中永生；要么悖逆真理，在你的自由中赴死。”

“根本不存在奴役中的永生，那只是死的同义反复。我承认，在演绎死亡时，你是当之无愧的大师。但在表现永生时，你却不得要领。你依然沉迷于那无数层叠的、葬礼的意象，你难道就从未觉察到这其中的矛盾，从未意识到自己事实上无法挣脱死的主题？你不可能不明白，你的乐园就是你的墓园，永生的真理就是死亡的真理，而你自己，则正是你一直想要摆脱的死神，与他难分彼此。再回头看看古老的寓言吧，那则关于乐园的故事，它是被安排在了圣书的开头，还是结尾？没有人知道最初的人类究竟在乐园里生活了多久，那时间想必长到足以用‘永远’来形容，然而，对乐园里发生之事的记叙却仅有寥寥数笔，至于剩下的篇章，讲的全是人类被逐出乐园后发生的事情。可想而知，若人不偷尝禁果，而是遵循剧本，永远被圈养在乐园之中，那么人类的命运就乏善可陈，到最后就只值一句台词，我们都知道，那台词很短，开头必定是‘从此以后’……所以，你应该看到，人类早已做出了选择，也对自己下了定义：生命，就是一个叛逆与赴死的过程。而人类的故事，则正是从‘选择死亡’开始。”

三月话音未落，大团长就已经展开了激烈的反驳。按照剧本，他显然还有无数雄辩的台词。但三月已不再听了，只是从包袱里翻出大团长为自己准备的剧本……

“是时候结束这一切了。”

三月奋力一掷，把那个信封扔到神座上，随后又回身拿起了伞。他是临时起意这么做的。那只是一把普通的伞，除了胡桃木的伞柄上有一排新旧交杂的刮痕，并无什么特别之处。但它又确实曾助三月飞上天空，遮挡了神的目光，把他解救出永生的诅咒。现在，没有人能够预料，他还会用这把伞做出什么离奇的事来。与此同时，在聚光灯照耀着的乐园里，青铜树林饱饮过钟表匠的血，开始抽芽，长叶，开花，结果，朝着永恒循环往复。树下的每一个人都怀揣真理的剧本，由蛛丝牵引着，劳作，生活，笑逐颜开。每一件事物都自内而外嘀嗒作响，这声音相互交织，连绵不断，将小镇永恒地包裹在叮叮咚咚的单曲之中。

至于后面还发生了什么故事，其实已不再重要。因为长夜镇的剧本已经到此结束，再往下，就只剩些并不怎么精彩的即兴演出了。

18 返场与谢幕

大肥鹅这一次花了颇长时间才回到巫婆身边。这不怪它，因为巫婆的帐篷早已开始移动。那个时候，在一条崎岖的，过去并不存在的小路上，帐篷里的一切都在上下颠簸。巫婆坐在桌前，抽着一管很长很长的水烟。水烟的另一支烟管像蛇一样在桌上盘了几圈，钻进桌面另一端的一只玻璃匣。匣子周围烟雾缭绕，内里不时有奇怪的声音传出：

“所以，然后呢？”

巫婆深吸一口气，而后缓缓吐出一个烟圈，并未理会匣子里的声音。

“我不喜欢那个小男孩，也不关心他的命运。但钟表匠怎么就死了？他不是大团长最具潜力的继任者嘛……竟能写出如此不可理喻的剧本，这个大团长还好意思自称是神？”

“嘎嘎嘎！”听见这话，大肥鹅突然跳上了桌，发出一连串近乎嘲笑的高叫，“会这么问的人实在不得要领。单凭这一点，大团长就比你们加在一起都更接近于神。你难道还没发现吗？在这出戏剧里，你最关心的钟表匠其实是个无关紧要的角色。神最讨厌他。不，他恐怕连‘讨厌’都配不上，事实上，他是神最不在乎的人。”

“胡说！他可是神最忠诚的追随者。没有一个神会不在乎自己的追随者。”

“嘎嘎！恰因为他是最忠诚的，所以他才最不讨神的欢心，更不可能成为大团长的继任者。就让我告诉你吧，如果说这出戏剧真的存在一位主角，就只能是那个你最不关心的小男孩。如果说大团长确曾给自己安排过一位继任者，也只可能是三月。”抛出这么一个论点，大鹅雄辩地张开翅膀，伸长了脖子，“如果你还不理解，就再看一看那座灯塔吧。自上而下，塔里安置着过去、现在和未来的每一位神祇，而这一切，都早已在剧本上有了安排。尽管大团长此时正在神座上俯瞰他的乐园，占据了一片天空，但他并不是第一位这么做的神，也注定不会是最后一位。因为，灯塔在不断生长。所以，他终究会离人世越来越远。而我们则早已在下层的神座上看到了继任者的形象……是的，按照剧本，就像无数前人曾经做过的那样，三月将会成为大团长的下一位扮演者，让这个形象获得永生。”

“不，这怎么可能！”玻璃匣里爆发出抗议，“他可是最叛逆的人。”

“嘎嘎嘎！是的，这其中的绝妙之处就恰恰在于，三月是最叛逆的人。”

“我不懂。”

“的确，你不懂。”大肥鹅模仿着水烟管的形状，让脖子在虚空中盘了好几圈，以一种嘲讽的方式盯着玻璃匣，“你从未真正接近神，也从未能理解神的动机。你以为神最初为什么要创造世界，创造乐园，创造人类？”

“他要向人类彰显自己的权能，他要让人类赞美他的真理。”

“嘎嘎！神何必向自己的造物彰显权能？神又怎么会在乎人类的赞美？如果他需要的仅仅是这些，他当初又为何要把那颗引人叛逆的禁果放在人类触手可及之处？”

这时，巫婆突然起身，稍稍撩起帐篷的幕帘。在她所站的位置上，恰好能望见灯塔高耸漆黑的剪影，还有那一束细瘦的、往远处照射的光芒。现在，整座小镇，连同那片不断生长的青铜树林一起，都在视野中逐渐远离，仿佛一场即将落幕的戏剧。

“神是永生的。”巫婆喃喃地说了一句，“神知晓一切。”

“嘎！这也正是神最不幸的地方。他创造了世界，还能预见世上发生的一切，他建造了乐园，又为乐园撰写了完美的剧本。一切都在他的掌控之中，以至于时光的流逝对他而言都彻底失去了意义，因为未来就跟过去一样，是确定无疑的已知，两者没有任何差别。若这是一场戏剧，若这就是神为自己建造的《庭园》，那么那些永远按照剧本演出的钟表匠恐怕根本无法理解，在神的眼中，自己的表演有多么无趣。”

“咳咳咳……”随着一声咳嗽，玻璃匣里猛地喷吐出一个惊讶的烟圈，随后又是一连串聒噪，“你该不会要说，神之所以创造出世界和人类，只是为了排遣无聊？”

“除此以外，还能有什么别的动机？嘎嘎嘎！千万不要小瞧这无聊。你也见到了，神曾降下光芒，与人类分享自己的力量。这力量一下子就填平了所有欲望，也让人类稍微窥见了神的无聊。要知道，哪怕到了最后，人类已因此陷入枯竭，他们都远未获得神的全知，所以，这些人也根本无法体验或理解，一旦到了永生且知晓一切的神那里，这种无聊会变得多么极致。是的，无聊会导致麻木，而麻木则直通向死——这或许是唯一能令神死去的事物。所以，与其说神创造人的目的是为了排遣无聊，倒不如说他是为了拯救自己。他必须创造出一种事物，一种自由的、不在他掌控范围内的事物，哪怕那只是一颗名为‘人’的骰子，他也需要借此来为他的世界添入未知，添入不确定性，并以此来对抗自己那可怕的全知。只有这样，他才能稍稍摆脱那致命的无聊，让自己得以延续。至于那颗骰子是否会为他的世界带来灾难，神不但不在乎，甚至还在观众席上拭目以待。”

“所以，他就用一颗禁果赋予了人类自由，让人类对他发起叛逆？”

“当然，如果说神确实创造过什么伟大的事物，那恐怕并不是永生的乐园，而是叛逆的禁果，并不是这个五彩斑斓的世界，而是人类灵魂的自由。在他完成那一次创造之前，这出戏剧真可谓死气沉沉，而自那以后，精彩的故事才算得上是真正开始。当你理解了这一切，你也自然理解了神对舞台上每一个人物的好恶。没错，每一个钟表匠都在杀死神，而每一个叛逆的男孩都在让神获得新生。现在，你是不是终于明白了，为什么那座孤儿院会被命名为‘悖逆之家’？嘎嘎嘎！如果说神真的对人类寄予过任何爱与期望，那么这一切都必定蕴含在那可贵的‘悖逆’之中。”

“所以，那个可怜又幸运的男孩其实并不知道，就在他对抗剧本，与神交战，奋力争取自由的时候，神其实也在暗地里对他的叛逆翘首以待，正等着他去拯救，他才是这宏大舞台上的真正主角，由始至终都沐浴在神的恩宠之中？”

“一个悖逆的悖论。”巫婆低声说。

“可不是嘛，嘎嘎嘎！曾有人问，全能的神能否创造出一块自己无法搬动的石头。这个问题尽管在逻辑上十分吊诡，答案却根本无关紧要。真正惹人思考，而且生死攸关的是另一个问题：全知的神是否知道，该如何写出一部让自己也感到惊奇的剧本？”

“若神果真如你所说的那样期待着人的叛逆，那么我们是不是也可以认为，这叛逆已不再是叛逆，反倒成了对神的敬拜和顺从……”

“嘎，也许我们应该就此打住。”大肥鹅扇起翅膀，搅动烟雾，“若再追问下去，原本的真实将又一次蜕变成舞台上的戏剧，演绎自由的男孩将发现自己并不真的自由，而一度如愿的神也终将重新败给自己的全知，被困于神座，死于无聊，消失在自己的孤独和寂寞之中。”

“啊哈，所有美好的结局都将变成悲剧。那么，请告诉我，你们是不是已经做好了准备，要在未来的某一天把那个男孩也请到这里，将他锁入匣中？”玻璃匣里的声音语带讽刺，“毕竟，到了那个时候，对灵魂自由的追求将不再被视作叛逆，反倒会成为对神的至高信仰。”

巫婆没有回答，只是走上前，合上玻璃匣，抽回水烟的烟管。烟雾逐渐散去，玻璃匣里露出一张人脸。长夜镇的居民应该都认识这张脸，它长在一颗巨大的瘤子上，曾令无数人畏惧，还杀死过巫婆，直到被某个小人物斩落之前，它都一度是众人膜拜的对象。现在，这颗瘤子也许是吸了太多水烟，通体微微泛紫，它仍在匣中聒噪，但声音已无法传出。巫婆也许是累了，微眯起双眼，大鹅见状便叼起这只匣子，飞向高处的货架。

货架倒悬在帐篷顶端，像个蜂巢，每个巢房里都镶嵌着一只玻璃匣，匣里封存着各种来历不明的事物。一个匣子里放着一条新鲜的人类舌头，另一个匣子里，则可以见到几颗被烧得昏黑的牙齿和脊椎骨，还有一个较大的匣子，里面躺着一整条被扯断的人类右臂，惨白的手背上有一枚显眼的红色小丑纹身，掌心里还攥着一小块黑色的泥土。当然，除此以外，这批收藏品的绝大部分还是各种形色奇异的肿瘤、伤疤、脓血，以及来自人身上不同部位的病灶。它们大多能说话，而且喜欢彼此争论，喋喋不休，巫婆有时也会像今天这样打开匣子，与之交谈解闷。相较之下，教宗的瘤子在这批藏品中倒算不上稀罕，而它在历次论战中抛出的观点则更是平庸，远不及它的奇葩同类们来得荒诞和疯狂……

总而言之，这其中的每一个匣子，都封存着人类的一种信仰。

大鹅把瘤子束之高阁，随后又飞回到巫婆脚边，紧挨着她。巫婆为何要收集人类的信仰，大鹅从未过问，这顶帐篷下一次将在何处停留，它也并不关心。它或许不大愿意承认，自己之所以一直陪伴着巫婆，也仅仅是因为这样比较有趣，能够排遣无聊。

远方，始于七场葬礼的创世似乎尚未结束。灯塔仍在拔高，于山巅支撑起长久的夜幕。那些点缀着夜幕的虚假星辰，继续占据着小镇的天空。永生庭园仍在扩张，真理仍在开疆拓土。不过，这都已赶不上巫婆他们逃离的速度。不知过了多长时间，大鹅忽然踮起脚蹼，抬高了脖子，发出一声兴奋的大叫。那一刻，一缕阳光，照进了帐篷。

图书在版编目 (CIP) 数据

永生剧场 / 曾铮著. — 北京 : 北京十月文艺出版社，2023.3
ISBN 978-7-5302-2275-1

Ⅰ. ①永… Ⅱ. ①曾… Ⅲ. ①长篇小说—中国—当代 Ⅳ. ① I247.5

中国版本图书馆 CIP 数据核字 (2022) 第 190996 号

永生剧场
YONGSHENG JUCHANG
曾铮 著

出 版 北京出版集团
北京十月文艺出版社
地 址 北京北三环中路 6 号
邮 编 100120
网 址 www.bph.com.cn
发 行 新经典发行有限公司
电话 010-68423599
经 销 新华书店
印 刷 北京盛通印刷股份有限公司
版 次 2023 年 3 月第 1 版
印 次 2023 年 3 月第 1 次印刷
开 本 850 毫米 ×1168 毫米 1/32
印 张 11
字 数 209 千字
书 号 ISBN 978-7-5302-2275-1
定 价 49.80 元
如有印装质量问题，由本社负责调换
质量监督电话 010-58572393